굿모닝 인도차이나

Travel, Healing and Americano
베트남·라오스

Travel, Healing and Americano

조희섭 지음

굿모닝
인도차이나

베트남·라오스

몽트)

TO April

변화하는 시간, 변하지 않는 그 무엇

대한민국에서는 동남아시아란 지역이 존재하지 않는다. 우리가 흔히 들 말하는 동남아시아를 생각해 보자. 베트남, 라오스, 캄보디아 등의 나라가 떠오를 것이다. 다시 생각해 보자. 대한민국을 기준으로 그 나라들은 다 서쪽에 있다.

동남아시아란 단어는 정확히 제국주의적 단어며 규정이다. 대항해시대 유럽 여러 국가들이 아시아 지역을 범할 때, 그들의 기준으로 만들어 놓은 게 지금의 동남아시아다. 동해가 일본해, 서해가 황해로 불리는 것을 불쾌하게 생각하는 이들이라면 지금 즉시 동남아시아란 단어를 사용하면 안 된다. 정확히 인도차이나란 지정학적 이름이 있다.

'터키 지독한 사랑에 빠지다' 이후 대형 출판사 몇 곳에서 동유럽을 쓰자고 제안을 해 왔다. 이미 취재도 끝내 놓은 상태라 어렵지도 않았다. 여행 작가로 충분히 매력적인 조건까지 제시했다.

그러나 나 역시 인도차이나를 동남아로 알고 있었던 한 사람. 누군가 나에게 인도차이나를 이야기 할 때 너무도 부끄러웠다. 출장으로 몇 번 가본 태국, 필리핀이 전부였던 나에게, 인도차이나는 생소했다.

그리고 배낭을 메고 인도차이나를 향했다. 폭염은 여행자를 지치게 했다. 폭우는 걸음을 멈추게 했다. 먼지 가득했던 비포장도로는 오장육보를 뒤틀어 놓았다. 전기가 들어오지 않은 산골 오지에서는 추위를 견뎌야 했다.

베트남, 라오스, 캄보디아 인도차이나 3국과 태국은 그 어느 곳보다 빠르게 변했다. 몇 달 사이 상징적인 건물이 들어서고, 사람들의 옷차림은 몰라보게 달라져 있었다. 인도차이나 여행 시작할 때는 여행자 거리 곳곳에 PC방이 성업 중이었다. 그러나 이제는 자취를 찾을 수 없다. 저마다 스마트 폰으로 숙소를 검색하고 맛집을 찾아가는 세상이 되었다. 론니플래닛이 전부였던 시대는 이미 화석이 됐다.

이리 빨리 변하는 세상 이야기를 쓰기는 쉽지 않았다. 인도차이나에 사는 지인들조차 똑같은 말을 한다.

'굿모닝 인도차이나 : 여행, 힐링, 그리고 아메리카노 -베트남·라오스'의 공간은 분명 빠르게 변화하는 인도차이나다. 하지만 이 책은 그 속에서 변하지 않는 이야기를 담으려고 노력했다. 호기심과 사랑의 마음으로 세상을 보면 온통 변하지 않는 것 천지였다.

가이드 책 정도로 생각한 독자라면 빨리 이 책을 덮는 게 좋겠다. '굿모닝 인도차이나 : 여행, 힐링, 그리고 아메리카노 -베트남·라오스'는 친절하지 않은 책이다. 그러나 인도차이나에 사는 그들에게는 부끄럽지 않은 책이다.

인도차이나에서 지냈던 모든 시간이 축복이었다. 다시 못 올 시간이겠지만, 다시 선택하라면 주저 없이 인도차이나를 향할 것이다.

Contents

〈라오스〉

Vietnam 베트남

고대의 도시에서 잠들다 -항박

베트남을 쓰려 마음먹고 일주일은 한 문장도 쓰지 못했다. 글 쓰는 이들은 누구나 첫 문장에 숨을 멈춘다. 독자들로 하여금 문장이 끝까지 읽혀질까, 과연 호기심을 충족시킬만한 글이 나올까 고민하기 때문이다. 그러나 무엇보다 글을 함축하고, 풀어나가는 키워드의 역할을 하기에 첫 문장의 어려움은 고통 그 이상이 되기도 한다.

일주일 동안 길을 걷다가도, 밥을 먹으면서도, 누군가와 대화를 하면서도 온통 베트남을 시작하는 한 문장을 풀기 위해 시간을 보냈다고 해도 과언이 아니었다. 과연 내가 본, 내가 생각한, 아니면 베트남인의 눈으로 볼 때의 베트남을 한 문장으로 어떻게 설명할까?

순발력 있는 독자라면 눈치 챘을 것이다. 이미 위의 문장을 통해 고민을 토해냈다는 것만으로도 베트남은 그리 호락호락하게 한 문장으로 정의되기 어려운 나라임을.

이런 고민은 베트남을 처음 찾을 때부터 시작됐다. 인도차이나를 품고 있는 나라 베트남. 베트남을 빼놓고서 어찌 인도차이나를 말할 수 있을까만, 난 어리석게도 베트남 여행을 책이 기획되면서부터 하기 시작했다.

빠르게 성장하며 자본주의의 부조리가 인도차이나 그 어느 나라보다 심한 것이 싫었다. 마치 듣추기 싫은 우리의 고통을 고스란히 보는 것 같아 더더욱 싫었다.

그러나 강한 부정은 어쩌면 베트남이란 나라에 대한 강한 끌림의 반작용이 아니었나 싶다. 중국을 피해 남으로, 남으로 이주해야만 했지만 끝내 자신의 땅을 차지한 민족. 근대사에 있어 미국에게 패망을 맛보게 해준 베트남 공산당. 두 가지의 사건만으로도 베트남은 어쩌면 여행자에게 충분히 호기심을 자극할 수 있는 나라였다.

어느 나라든 입국 도장을 찍어주는 출입국관리소 직원은 무표정하다. 베트남은 그 중에서도 딱딱함으로는 손가락에 꼽을 정도로 유명하다. 태국의 친절함이 몸에 배어 있던 나는, 처음 갔던 하노이 공항 심사대를 지금도 잊을 수가 없다. 가뜩이나 처음 시작한 베트남이었는데, 하필이면 하노이 공항으로 들어오다니. 군복 같은 제복을 입고, 날카로운 눈매로 여권을 살피는 직원의 눈은 진짜 떠올리기도 싫을 정도다. 하노이 첫 인상은 아직도 지울 수 없는 기분 나쁨이 있다.

고속도로 아닌 도로를 달리자 엘지 간판이 보이기 시작했다. 그것도 다른 나라 기업 간판보다 월등히 많았다. 잠시 우월감이 스쳐 지나갔다. 도심으로 진입하자 오토바이 부대가 등장했다. 그 인상이 너무 강렬했는지 하노이를 떠올리면 제일 먼저 풍경처럼 떠오르는 장면은 오토바이 물결이다. 정말 거대한 물결이었다. 나름 겨울이라 저마다 두꺼운 외투를 껴입고 마스크를 한 채 다들 어디론가 달려가고 있었다. 하노이는 이른 아침부터 퇴근 시간까지 오토바이를 빼놓고는 말을 할 수 없다. 도로를 꽉 채운 오토바이의 모습은 고대의 도시 하노이를 근대의 도시로 바꾸는 가교 역할을 하고 있었다. 삶을 이어주는 끈이었다.

배낭 여행자는 대부분 구시가지로 구분되는 항박이란 지역에 짐을 풀게 된다. 허름한 구시가지 항박 거리는 근대를 그대로 관통해 지금 시간까지 존재했다. 하노이에서 항박 거리만큼 여행자에게 매력적인 곳은 없다는 게 개인적인 생각이다. 호안끼엠 호수를 옆에 두고 게스트하우스, 식당, 시장이 다 모여 있으니, 여행자에게 무엇이 더 필요할까. 특히 여느 도시의 여행자 거리가 가지고 있지 못한 것이 하나 있었다. 항박 거리는 고대 시간과 근대 시대를 관통해 현재를 간직했다는 점이다.

태국의 카오산 거리, 캄보디아의 씨엠립 숙소거리. 라오스의 루앙파방이나 방비엥, 호치민의 여행자 거리에서는 느낄 수 없는 항박 거리만의 맛은 불행히도 개인 여행자만이 느낄 수 있는 특혜 같은 것이리라. 항박 거리는 이른 아침과 늦은 저녁 시간이 제 맛이다. 이른 시간, 항

박은 오래된 영화의 세트장을 그대로 옮겨 놓은 듯 했다.

겨울 아침 안개 속에서 고대 도시는 시간 여행의 신비감을 그대로 보여줬다. 여름 아침엔 선선한 기운을 가득 움켜쥔 채 조금씩 도시 사람들에게 나눠주었다.

저녁이 되면 거리의 오토바이는 삶의 무게만큼 무거운 조향 등을 켜고 도심을 달렸다. 식당마다 허기진 피로를 뒤로 한 채 하루를 마감하는 하노이 사람들의 일상이 쉬고 있었다. 마지막 손님까지 기다리다 지친 식당의 불이 하나씩 꺼지기 시작하면 하노이 항박 거리는 드디어 쉼에 들어갔다.

그 때문일까. 깊은 밤이 되면 항박 거리는 어느 여행자 거리보다 고요했다. 낮에 바로 앞, 이차선 거리를 오가던 오토바이 소리는 거짓말처럼 사라진 시간, 쓰레기통을 뒤지는 고양이 소리조차 방으로 들어 왔다. 촉 낮은 가로등 속으로 사라지는 자전거 소리를 멀리서 듣고 있자면, '인도차이나' 영화 속에 들어온 듯 한 착각에 빠지게 했다.

⟨tip⟩

하노이는 한마디로 베트남의 살아 있는 역사이면서 자존심인 도시다. 중국의 영향권에 있을 때는 지방 정부의 중심지로, 프랑스 식민지였을 때나 인도차이나를 점령했던 일본군도 시절에도 하노이는 수도로 자리를 지켰다.

1945년 9월 식민지 지배를 벗어난 베트남은 독립을 선언하고 역시 하노이를 수도로 정했다. 그러나 1954년 제국주의자들에 의한 제네바협정에 의해 베트남이 남북으로 분단된 뒤부터는 공산베트남의 본거지가 되었다. 1976년 완전한 통일을 이룩한 베트남은 당연히 통일베트남의 수도를 하노이로 삼았다.

하노이 대표적인 여행지로 여겨지는 호안끼엠 인근은 왕조 시대부터 내려온 구 시가지와 프랑스 식민지 시대에 건설된 신시가지로 이뤄진다. 구시가지는 30개의 탑문과 성벽으로 둘러 있었다고 한다. 신시가지는 프랑스풍의 건물들로 하노이가 프랑스의 식민지였음을 짐작케 하는 건물들이 남아 있다. 프랑스식 근대 건축물이 있고 현재는 정부 기관·국립극장·시립극장·호텔·박물관·종합대학 등이 있다. 호안끼엠 호수가 구시가지와 신시가지를 정확히 나누는 모양새다.

신화가 있는 공간은 늘 풍요롭다 – 호안끼엠 호수

하노이나 호치민, 냐짱 등 적어도 베트남 대도시를 보면 삶의 무게를
조금 내려놓고 시간을 즐기는 사람들을 만나게 된다. 친구들과, 연인
들과, 동료들과 티 없이 웃고 있는 모습을 보고 있자면 덩달아 기분이
좋아졌다.

베트남의 수도 하노이를 멋스럽게 만드는 데는 호안끼엠 호수가 한몫
을 했다. 하노이 여행자라면 제일 먼저 떠오르는 이미지가 아마 호안
끼엠 호수가 아닐까라는 생각이 들 정도로 말이다. 하루에도 몇 번 씩
마주치게 되는 호안끼엠은 하노이 사람들에게는 허파였다. 시간대 별
로 호수의 주인은 바뀌었다. 이른 아침은 중년과 노인들 차지였다. 중

년들은 여기저기에서 운동을 하는가하면, 노부부는 오붓하게 산책을 하며 하노이 아침을 즐겼다.

오전은 잠에서 막 깬 여행자와 지방에서 올라온 베트남 사람들이 섞여서 시간을 보냈다. 점심시간은 인근 사무실에서 쏟아져 나온 사람들로 활기찼다. 회사 유니폼을 입은 이들이 있는가 하면, 깔끔한 양복을 입고 목에는 출입증이 걸린 이들도 있었다. 호수가 주는 여유로움을 즐겼다.

오후가 되면 아침부터 관광을 즐겼던 여행자들이 더위도 식힐 겸 그 늘진 의자를 점령했다. 호수를 바라보며 앉아 하노이의 더위를 피하는 것도 충분히 생경하고 이국적이었다. 손자의 손을 잡고 나온 할머니들도 시간을 즐겼다. 어색하지 않은 공존이다.

저녁 시간이 지나 밤으로 넘어가면 호수는 연인들의 공간이 되었다. 또는 피부색 하얀 사람들의 술판이 되기도 했다. 때론 술 취한 여행객을 노리는 공간이 되기도 했고, 하룻밤을 보낼 남자를 찾는 누군가의 은밀한 공간이 되기도 했다.

평일에는 초등학생들의 미술 시간 공간으로 활용되기도 했다. 검을 '되돌려줬다' 라는 뜻을 지닌 호안끼엠은 하노이를 수도로 정한 레러이 왕과 관련된 전설이 내려온다. 레러이 왕은 호수에서 낚시를 하다가 보검을 낚았다. 왕은 그 칼로 명나라를 대파할 수 있었고, 그 후 왕이 뱃놀이를 하는데 커다란 거북이가 나타나 그 칼을 다시 가져가 버렸단다. 호수 안쪽에 있는 탑이 거북 탑으로 불리는 이유이기도 하다.

토요일이나 일요일이 되면 야외 결혼사진을 찍는 신랑 신부들로 또 다른 풍경을 만들어 냈다. 호수 한 곳에 있는 응옥썬 사당이 주요 거점이었다. 이 작은 사당은 붉은색 다리와 연결되어 있다. 이 붉은색 아

치교는 결혼사진을 찍는 사람들로 연신 붐볐다. 멋스러운 붉은 다리라는 점도 있겠지만, 사당에 모신 이들처럼 자신들의 자식들도 훌륭하게 성장하길 바라는 마음도 담겨 있는 듯 싶다. 사당은 19세기에 지어진 것으로 몽고의 침략을 무찌른 13세기 전쟁 영웅 쩐 흥 다오, 의사라 또, 문학자 반 쓰엉을 기리는 곳이기 때문이었다.

조금 떨어져 호수를 바라보니 하노이 사람들의 여유로운 일상이 보였다. 물론 하노이 모든 사람의 일상이 호수에 찾아와 여유를 즐길 수는 없을 것이다. 하지만 적어도 베트남이란 나라에 대한 선입견을 가진 이들에게 호수의 풍경은 좋은 기억을 품게 해줬을 것은 분명했다.
신화가 있는 공간은 늘 풍요롭다.

충분한 눈물 – 여성박물관

자본주의 사회에서 천박한 것을 꼽으라면 문화 우월주의는 빼놓을 수 없는 것 중에 하나다. 타국에 대한 몰이해와 GNP를 기준으로 상대적으로 낮은 나라의 문화에 대해 무작정 낮게 평가하는 모습이야 말로 천박한 자본주의의 표상이다.

인도차이나를 비롯해 동남아시아 전체가 문화 우월주의자들에게 매도될 때, 이곳 사람들은 용병 짓이나 해적 짓을 하고 다녔던 유럽의 어느 나라(혹 생겨나지도 않았던 나라)보다 훨씬 민주적이고 문화적인 삶을 살았다.

태국 불교 미술과 건축은 어느 나라와도 비견될 수 없을 만큼 아름답고, 캄보디아의 앙코르 와트는 굳이 말하지 않아도 신비롭다. 베트남 중부를 중심으로 일대를 호령했던 참족의 문화나, 미얀마 바간 일대의 유적은 그들의 철학적 깊이를 헤아리게 된다.

베트남을 여행하다보면 빠짐없이 등장하는 박물관이 하나 있다. 국부호치민 박물관이 큰 도시나 호치민이 직접 참여해 전투의 장이 됐던 도시에 설립됐다면, 여성박물관은 어느 도시에나 존재했다. 규모나 자료가 다를 뿐, 베트남인들이 품고 있는 여성에 대한 존중을 엿보는데 충분했다.

터키 에세이를 쓰고 지금도 터키를 좋아하지만 터키에서 살고 싶지는 않았다. 무슬림 국가의 정서와 유목민 특성상 남성 중심의 거친 문화가 싫었기 때문이다. 유럽도 크게 다르지 않았다. 교육에 의해 문명화된 사회지만, 내면에 박혀 있는 남녀차별적인(북유럽은 조금 예외로

하자) 모습은 감출 수 없었다. 예를 들어 프랑스 남자가 여성을 폭행하는 횟수가 OECD 국가 중에 다섯 손가락에 든다는 것을 아는 이들이 많지 않을 것이다.

다시 돌아와 인도차이나를 보자. 인도차이나는 오래 전부터 모계 사회 속에 살아왔다. 베트남 역시 예외는 아니었다. 중국의 유교(한국과 마찬가지로 나쁜 부분의 유교)가 들어오기 전, 베트남에서는 남녀를 차별하는 풍습은 없었다. 벼농사 문화에 따른 모계 사회가 전통이었기 때문이다. 한국 역시 유교가 들어오기 전에 훨씬 남녀가 평등한 모습을 보였다는 점과 유사하다.

하지만 베트남은 한국에 비해 남아 선호 사상이 크지 않았다. '찹쌀과 멥쌀, 둘 다 있어야 즐겁다'라는 속담처럼 아들, 딸이 평등했다. 이는 여성들도 남성들과 동등하게 재산을 상속 받을 권리를 가지고 있었고, 집안에 남자가 없을 경우 여성이 제사를 주관했다. 집안에서 재산을 배분할 때도 아내와 남편이 동등하게 나눠 가졌다.

또한 유교가 중요했던 19세기 초에 만들어진 '자롱법'은 시사 하는바가 크다. 자롱법은 자식에 대한 부모의 절대적인 권리 행사를 제한시켰다. 아버지가 자식을 구타하는 것 등에 대해 제한시켰다.

가이드북에 가끔 빠지기 일쑤인 여성박물관은 사회주의 국가 베트남을 여행하는 여행자라면 가보길 권한다. 일면에는 사회주의 이념을 위해 꾸며진 모습도 있지만, 근저에는 어머니에 대한 존경이 깔려 있다.

하노이에서의 하루 – 성요셉성당, 호떠이, 문묘

일주일이 지나자 항박의 거리가 지겨워지기 시작했다. 거친 오토바이의 질주에도 흐름을 타며 길을 건널 수 있게 되면 하노이에 완전히 적응했다고 해도 무방했다. 낯섦이 익숙함으로, 편안함으로 진행되다가 지루함으로 바뀌게 됐다.

무겁고 게으른 엉덩이가 처음 향한 곳은 항박에서 그리 멀지 않은 성 조셉 성당이었다. 항박이 구시가지라면 성 조셉 성당 인근은 프랑스 식민 시절의 건물이 많이 남아 있어 신시가지로 칭했다.
때문인지 항박 거리보다는 깨끗하고 유럽풍의 건물이 즐비했다. 물론 호텔다운 호텔도 눈에 들어오고, 뷰티크 호텔도 간간히 눈에 들어왔다. 입구에서 나오는 유럽 노부부들의 모습을 보더라도, 배낭 여행자에게는 부담되는 요금인 호텔임이 분명했다.

전형적인 유럽풍 성당 하나가 하노이에 떡하니 서 있었다. 왠지 어울

리지 않는 듯, 하노이란 도시와는 약간 비켜 서 있는 느낌을 지울 수 없었다. 오페라 하우스와 함께 대표적인 유럽풍 건물이라지만, 분명 안 맞는 옷을 입고 있었다.

시멘트인지, 석회암 성분이 많이 함유된 어떤 암석을 사용해서인지 성당 외벽은 싸늘했다. 주일마다 미사가 드려지고 있다는 게 믿기지 않을 만큼. 겨울 날씨만큼 차가운 성당을 지나올 즈음 자전거 위에 바나나를 구워 파는 아낙을 보게 됐다.

그는 꼿꼿이 서서 바나나를 구웠다. 손님이 찾아오면 친절하지만 당당하게 물건들을 팔았다. 사진 찍던 나를 발견하고 손을 흔들어줬다. 심지어 손짓을 하며 구운 바나나 한 꼬치를 들어 먹으라는 표시를 했다.

도시는 삭막하다. 하지만 그 속에서 어떻게 사느냐는 것은 순전히 나의 몫이리라.

지나가던 세옴(오토바이 택시?)을 세웠다. 호 떠이(서호)라는 말과 함께 그는 웃으면서 5불을 요구했다. 나도 웃으면서 2불! 그랬다. 당연히 협상은 성공이었다. 세옴은 가까운 거리를 이동할 때 사용되는 베트남의 교통편이다. 대개 1불이면 몇 블록을 갈 수 있다. 호 떠이는 조금

떨어졌다는 것을 알았기에 2불이면 충분하다는 생각을 미리 하고 있었다.

운전사의 5불은 상당히 기분 나쁜 요금일 수 있다. 하지만 그는 여행자를 가만히 놔둘 리가 만무했다. 협상을 해보자는 의도였다. 웃으면서 말이다. 좋게 보면 삶의 여유였다. 흥정의 재미이기도 했다.

만약 내가 인상을 쓰고 2불을 외쳤다면 자존심 강한 베트남인들은 돈이고 뭐고 그냥 가버렸을 수도 있다. 하지만 웃으며 어깨를 치며 2불을 부르자 미안한 미소를 띠우며 나를 태우고 내달렸다.

세옴 운전자의 허리를 잡은 손가락에는 아직도 구운 바나나의 열기가 남아 있었다. 신호를 기다리는 동안 운전자의 허리를 간지럼 쳤다. 교감이었다. 그래, 바가지를 안 써준 미안함도 있었다. 서로는 그렇게 미안한 마음을 안고 호 떠이에 도착했다. 물론 운전자는 돌아가는 길에도 자기가 태워주겠다고 했다.

인도차이나 대부분이 비슷하다. 세옴이든, 뚝뚝이든, 썽태우든 편도로 이용했다면 운전자는 기다릴 테니 돌아갈 때 자기 차를 이용하라고 제안한다. 처음엔 기다리게 하는 시간이 미안해서 싫다고 말했시만, 미안할 필요가 없다. 그가 다른 곳으로 이동한다고 손님을 태운다는 보장도 없고, 이동 중에 기름은 기름대로 쓰기 때문이다. 운전자 입장에서는 확실한 손님이 있으니 좋고, 기다리면서 쉬니까 1석2조로 좋은 것이다.

하노이는 일명 호수의 도시라는 별명을 가지고 있을 만큼 많은 호수를 안고 있었다. 호안끼엠이 하노이의 허파라면 호 떠이는 휴식이었다. 하노이에서 가장 큰 호수인 호 떠이는 오리 배를 타는 연인이며 낚시를 하는 사람들로 분주했다. 물가 주변으로 떠 있는 수상 식당을 보니 근사한 저녁이 예상됐다. 연인들끼리 여행 중이라면 여행자가 없는 호 떠이의 수상 식당에서 해산물을 먹어봄직하겠다.

하노이의 중세사가 궁금하다면 문묘에 가보자. 호치민 묘역이 하노이 근대사의 중심이라면 문묘는 베트남의 중세를 관통할 수 있는 중요한 여행지다. 특히 문묘는 하노이를 여행하는 베트남 여행자에게 빼놓을 수 없는 장소다. 항박이 해외여행자로 넘친다면, 문묘는 베트남 여행자로 넘쳤다.

문묘는 하노이에 남아 있는 사원 중에 가장 중요한 것으로 1070년 리 탄똥 왕이 공자를 기리기 위해 만들었다. 리 왕조 시대 동안 국교가 불교에서 유교로 넘어갔다. 이에 왕조는 문묘를 정신적인 중심지뿐만 아니라 정치적으로도 이용했다. 한때는 2만 명의 학자가 이곳에서 공부를 했다. 문묘는 유교적인 전통유산이며, 베트남 최초의 국립대학인 셈이다.

1232년 쩐 왕조는 3등급으로 된 과거시험을 처음 시행했으며, 이러한 과거제는 큰 변화 없이 1919년까지 800여 년 동안 실시했다. 마을 훈장 경우 과거에 급제는 했으나 관리가 되지 않은 이들이 학생들을 가르치기도 했다.

문묘의 거북 등에 세워진 비석에는 과거 급제자의 이름이 연도별로 나열되어 있다. 중국과 투쟁을 한 베트남이지만, 문묘는 역설적이게도 베트남 문화와 삶이 일정 부분 중국에 영향을 받았다는 것을 보게 된다.

베트남의 발전 가능성은 그들의 교육열을 보면 쉽게 알 수 있다. 영어 조기 교육은 하루 이틀 전의 이야기가 아니다. 사립 유치원은 한국처럼 줄을 서서 들어가고, 사립 중. 고등학교는 한국과 비슷한 수업료를 지불해야만 다닐 수 있단다. 한국 못지않은 교육열은 베트남이 멀지 않은 시간에 태국을 넘어 인도차이나의 맹주로 자리매김 할 수 있겠다는 생각을 들게 했다.

극강의 수상 인형극을 보다

베트남의 자존심, 하노이를 처음 여행했을 때 가장 강렬하게 기억에 남은 것이 있다면 길거리에서 아주 맛있고 배불리 먹었던 소고기와, 탕롱극장에서 공연되는 수상인형극이다.

방콕을 넘어 들어간 하노이 1월은 생각보다 추웠다. 반바지와 티셔츠 한 장으로 넘어와서는 안 될 하노이를 무식한 여행자는 건너오고 말았다. 공항의 공안들보다 더 싸늘한 날씨에 허겁지겁 가을 옷을 사 입고 숙소로 들어왔지만, 침대 시트는 습기에 그대로 노출돼서 여간 찝찝한 게 아니었다. 생각해 보라. 습기 찬 시트와 싸늘한 초겨울 날씨. 한국에서는 절대 경험할 수 없는 계절의 앙상블이다.

하지만 그런 이국적인 불쾌한 날씨가 주는 기분을 한 편의 인형극으로 인해 하노이를, 아니 베트남 사람들을 다시 보게 되는 계기가 됐다. 그 후 하노이를 여행하는 이들에게 늘 처음 늘어놓는 이야기가 됐다. 특히 베트남 고유의 문화와 전통을 담고 있는 수상인형극이야 말로 절대 빼놓지 말아야 하는 유산이기도 했다.

이 글을 읽는 독자 중에 어느 나라에서 수상인형극을 본 분이 있다면 손! 단연코 없을 것이다. 수상인형극은 말 그대로 물 위에 펼쳐지는 인형극. 하노이의 수상인형극은 단순히 생소하다는 이유만으로 가치가 있는 것은 아니다. 소재와 구성, 진행까지 좁은 공간에서 어쩌면 그렇게 섬세하고 박진감 있게 표현할 수 있을까라는 탄성이 저절로 나오는 작품이다.

공연장은 대부분 단체 여행객들의 차지였다. 3천 원 가량 하는 입장료를 가지고 여행객을 한 시간 가량 감동을 줄 수 있는 상품을 대형 여행사들이 놓칠 리가 없었다.

공연 시간이 다가 오자, 아까부터 궁금했던 윗자리에 베트남 악기 연주자들이 하나둘씩 입장했다. 인형극 공연에 음악이 생으로 흐른다니

이때부터 설렜던 것 같다.

베트남 특유의 악기와 음악이 경쾌하게 흐르면서 공연은 달렸다. 녹록치만은 않았을 농사짓기를 해학과 풍자로 해석해 공연으로 만들어 낸 베트남인들이 멋있게 보이기 시작했다.

베트남은 천 년을 넘게 수도작 문화권을 형성한 나라다. 벼농사는 그들의 삶과 한 선으로 이어졌다고 볼 수 있다. 때문에 수상인형극의 기원은 그들의 수도작 문화 시작과 맞물려 있다.

우기에 접어들어 홍 강 삼각주(하노이를 풍요롭게 해 주는)가 범람했을 때 인형극이 시작됐다는 게 정설로 되어 있다. 씨를 뿌려 한참 벼가 자라고 있을 즈음, 강은 범람한다.

낙담할 수밖에 없는 현실. 그것도 거의 매 년. 그런 농민들에게 위안이 필요했을 터. 멋과 풍류가 있던 베트남인들은 그 범람한 물 위에, 홍 강의 기름진 갈색 물 위에 인형을 띄우고 연주를 시작했다.

공연이 어느 정도 달릴 즈음 관객이라면 누구라도 어떻게 저 인형들을 저리 자유자재로 움직일 수 있을까?라는 의문을 스스로 하게 될 것이다. 그렇게 끝까지 달려오면 공연장 뒤쪽의 막이 열리면서 공연자들은 관객들의 궁금증에 재치 있게 답을 했다.
공연자들의 하반신은 물에 빠져 있고 상반신과 인형이 함께 얽혀 신명나게 공연의 끝을 달렸다. 글을 쓰고 있는 이 시간도 저들이 등장할 때의 생동감이 느껴져 가슴이 쿵쿵거린다.
공연이 끝나고 공연자와 연주가가 숨을 멈추고 관객과 함께 했다. 어떤 이는 허리, 어떤 이는 가슴까지 물에 젖으면서까지 무례한 여행자에게 멋진 공연을 보여준 저들에게 무슨 말을 할까.
내가 본 최고의 공연이었다. 베트남이 좀 더 멋스럽게 다가온 계기가되었다.

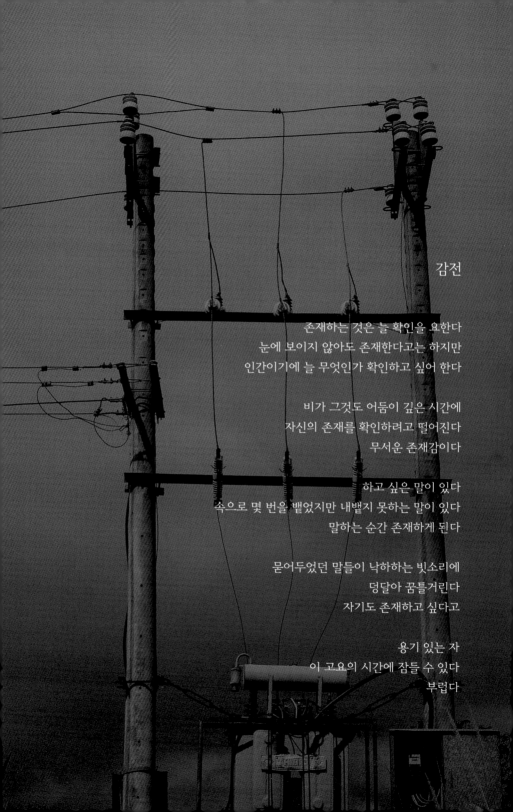

감전

존재하는 것은 늘 확인을 요한다
눈에 보이지 않아도 존재한다고는 하지만
인간이기에 늘 무엇인가 확인하고 싶어 한다

비가 그것도 어둠이 깊은 시간에
자신의 존재를 확인하려고 떨어진다
무서운 존재감이다

하고 싶은 말이 있다
속으로 몇 번을 뱉었지만 내뱉지 못하는 말이 있다
말하는 순간 존재하게 된다

묻어두었던 말들이 낙하하는 빗소리에
덩달아 꿈틀거린다
자기도 존재하고 싶다고

용기 있는 자
이 고요의 시간에 잠들 수 있다
부럽다

육식의 즐거움

먹는 즐거움은 인간의 삶을 풍요롭게 해준다. 게다가 맛있는 것이라면 행복하기까지 하다. 생태계 맨 위를 차지하고 있는 인간은 잡식성이면서도 육식에 대한 집착을 끊기 어려운 종족이기도 하다. 다른 종족의 살을 씹어 먹으면서 즐거움을 찾는 것은 어쩌면 인간이 가진 폭력성에서 기인한게 아닐까라는 생각도 해본다.

그 폭력성에 자유롭지 못한 나 또한 물고기를 더 좋아하지만, 굳이 육고기도 마다하지 않는 식성은 전형적인 잡식성이다.

폭력적인 잡식성 인간이 하노이에서 Bo Nuong(보 느엉)을 만났다. 행운이라고 말하기 보다는 운명이라고 말하고 싶을 정도로 보 느엉은 어느 저녁, 도둑처럼 찾아왔다. 사파와 박하 여행을 끝내고 되돌아 온 하노이는 안녕했다.

며칠 사이 날씨가 풀려 어깨를 웅크리지 않아도 됐다. 그거 하나만으로도 얼마나 하노이가 예쁘게 보이던지. 거기다 다음날 하노이를 떠나려고 하니, 고대 도시는 자신의 속살을 조금씩 보여주기 시작했다.

잡식성 인간답게 먹이를 찾아 하노이 항박 거리를 걷기 시작했다. 그러다 몇몇 무리들이 앉아 연기를 피우면서 무엇인가 먹는 모습을 발견했다. 사파의 어린 돼지는 잊은 채 다시 무리에게 접근하고 말았다.

순간! 신대륙(어감이 좋지 않지만 통속적인 표현으로)을 찾은 콜럼버스를, 오아시스를 만난 사막 여행자의 마음이 이해됐다. "아니, 베트남에 이런 음식이 있었어?"라는 반가운 자문도 잠시, 노천의 플라스틱 의자에 흥분해 앉아 있는 육식 동물을 발견했다.

단언컨대, 그 누가 육식은 폭력적이고 야만적인 식습관이라고 손가락질을 했어도, 나는 육식 동물임을 포기하지 않았을 것이다. 육식 동물의 본연의 모습을 일깨워 준 보 느엉 때문에 하노이의 일정은 길어질 수밖에 없었다. 저녁이 되길 손꼽아 기다리면서.

보 느엉은 과연 어떤 녀석일까. 쉽게 설명하자면 Bo(소) + Nuong(굽다), 소고기 구이 정도로 설명할 수 있겠다. 우리네 삼겹살 철판에 우

선 쪽파를 가지런히 깐다. 그 위에 선홍빛이 찬란한 소고기를 올려놓는다. 주위에 양파, 가지, 토마토 등을 올리면 끝. 이렇게 불판 위가 차려지면 시각적인 효소는 극대화 된다. 특히 장기 여행을 하며 한국 음식이 그리운 이들에게는 고문과 같은 기다림일 것이다. 굳이 한국 음식이 아니라 해도 육식 동물들에게는 고기 익는 시간도 한없이 더디 갈 것이다.

혼자 여행을 하다보면 특별히 육식을 할 기회가 많지 않다. 소고기나 닭고기볶음밥에 숨어 있는 고기가 전부라고나 할까. 때문인지 보 느 엉이 선물한 쫄깃한 소고기 육질은 잊지 못할 즐거움이었다.

거리에서 구워 먹는 소고기라고 혹시 신선도에 대해서 걱정하는 이들도 있겠다. 아직까지 인도차이나는 육식을 즐기는 편이 아니다. 특히 소 같은 경우는 농경문화의 핵심이기 때문에 잘 먹지 않았다. 경제가 조금씩 나아지면서 소의 소비도 늘어나고 있다. 하지만 아직까지

는 수요가 적기 때문에 공급도 적다. 이 말인즉, 많은 양의 소를 도축
해 보관하기 보다는, 그날그날 수요 될 양만 공급한다는 말이다.

사진에서도 확인할 수 있듯이, 소고기 빛깔은 선명하기 그지없었다.
하지만 우리가 알고 먹어야 할 한 가지. 인도차이나의 경우 수입 산이
아닐 경우 대부분 물소라는 것. 갈비 살 등 쫄깃한 부위를 좋아하는 이
들에게 인도차이나 소고기는 꽤 괜찮은 식재료가 될 듯싶다.

이튿날이 되자 고상하게 생긴 주인장과 웃으며 인사를 나누게 됐다.
물론 고기양은 조금 많아진 듯. 셋째 날 주인은 졸고 있는 아이를 내
품에 안겨 주기도 했다. 넷째 날 주인은 한국어를 조금 하는 손님을 내
옆 테이블에 앉혀서 통역으로 삼았다.
오늘이 마지막 날이란 말에 아쉬워했던 미소를 잊을 수가 없다. 선물
이라면서 1인분을 더 내놓던 그녀의 마음 때문에 하노이는 더 이상 긴
장의 도시가 아니었다. 그러고 보면 나란 인간은 참 잡식스러운 감정
을 지닌 육식 동물이 아닌가 싶다.

그러나 2년 후, 그리고 몇 번을 찾아간 하노이에서 보 느엉은 찾을 수
없었다. 찾아보려고 애썼지만 찾아지지가 않았다. 마치 무엇인가에 홀
린 것처럼 하노이 항박 노천에 있던 보 느엉은 존재하지 않는 음식이
되어 있었다.

낯선 섬에서의 하룻밤 – 하롱베이

베트남 하면 가장 먼저 떠오르는 지명이 하롱베이다. 베트남 여행의 시작과 끝 하롱베이. 그런데 막상 하롱베이에 대해 쓰려니 어이없는 웃음부터 나오니 막막함이 끝이 없다. 일단 하롱베이로.

하롱베이 여행은 두 가지 방법이 있다. 하나는 하노이에서 현지의 교통편을 이용하거나, 여행사를 통해 1박2일, 2박3일 투어 프로그램을 신청하는 방법이 있다. 현지 교통편을 이용해 하롱베이 여행을 하는 것은 만류하고 싶다. 비용과 시간이 투어 프로그램을 신청하는 것보다 합리적이지 않기 때문이다. 1박2일 투어의 경우 왕복 교통편, 일정 동안의 식사와 숙소가 포함된 가격이다. 일정 중에 나오는 식사나 숙소는 평균 이상은 된다.

일단 투어 프로그램을 신청했다면, 아침 일찍 자신의 게스트하우스나 호텔로 인솔자가 픽업을 온다. 10여명이 타는 미니밴으로 3시간가량 가면 하롱베이 배를 탈 수 있는 선착장에 도착한다. 물론 그곳 지명도 하롱베이다.

단체로 온 여행객들은 여행사에서 이미 예약해 놓은 배에 오르면 되지만, 개인 여행자는 20여명이 탈 수 있는 배에 오르기 위해 줄을 서야 한다. 아침에 하노이에서 출발한 많은 미니밴에서 여행자들이 쏟아지고, 일단 줄을 서게 된다. 그 후 20명씩 끊겨서 배에 오르게 된다.

하지만 여기서 여러 문제점이 발생한다. 여행자마다 각기 다른 여행사에서 다른 가격으로 투어에 참여했다. 여행사는 투어할 때 탈 배를 브로슈어로 만들어 보여주는 게 대부분이다. 사진으로만 보면 영화에서 나올 법한 낭만적인 배들이 대부분이다.

하지만 선착장에 놓여 있는 배들은 비교할 수 없을 만큼 작고 허름한 배다. 사진만 믿고 온 여행자(특히 서양 여행자)들 입에서는 F로 시작하는 단어가 자연스럽게 터진다.

거기서 끝나는 게 아니다. 줄을 서고 있으면 20명씩 한 팀으로 잘라, 대기하고 있는 배에 승선을 시킨다. 그런데 20명씩 이라는 데에 함정이 있다. 가령 우리의 일행이 3명이었는데, 불행히 한 명이 떨어져 다음 팀으로도 갈 수 있기 때문이다. 줄을 잘 서야 된다는 말은 정말 하롱베이 투어에서 필요하다.

역시나, 서양 애들 3명 중에 한 명이 따로 떨어지게 됐다. 인솔자에게 항의를 해봤지만 그들에게 돌아온 말은 "니들이 이렇게 비협조적일 거면 다시 하노이로 돌아가라"는 말이었다. 듣고 있던 모든 여행자는 믿기지 않다는 표정들이었다. 그래서 그 일행 2명은 먼저 배에 오르고 한 명은 뒤에 출발하는 배에 올라탔다.

정말 더러운 기분으로 배에 올랐다. 그러나 배에 오르면서 선착장에서 가지고 있던 더러운 기분이 조금 녹아 내렸다. 육지의 일을 아는지 모르는지 배의 선장과 선원들은 티 없이 웃으며 여행자를 맞아 주었기 때문이다.

인도차이나 사람 특유의 순박한 얼굴로 한 사람 한 사람 손을 잡아주며 배낭을 들어주었다. 배에 올라 배의 상태를 살펴보니 밖에서 볼 때보다 훨씬 괜찮았다.
20분 정도 지나자 말로만 듣고 하롱베이가 본격적으로 펼쳐졌다. 장관은 장관이었다. 하지만 어느 곳이든 풍광이 주는 경이로움은 금세 지루하기 마련, 저녁 깟바 섬에 오르기 전까지 똑같은 장관은 더 이상 장관이 아니었다. 하지만 분명한 것은 한 번 쯤 볼만하다는 것.

하롱베이는 1994년 유네스코에 의해 세계문화유산으로 등재됐다. 1500km에 달하는 공간에 3000여개의 기암괴석은 카르스트 지형의 영향으로 만들어졌다. 영화 '인도차이나'를 통해 세상에 알려진 하롱베이는 1년 내내 세계에서 모인 여행객으로 넘쳐난다.

하롱베이에 얽힌 전설은 지금도 베트남 사람들에게는 절대적이다. 아주 오래 전, 외적에 의해 시달리고 있을 때, 하늘에서 용이 내려와 외적을 모두 물리쳤다. 그 후로 이 일대를 '하늘에서 용이 내려왔다'는 뜻인 '하롱'으로 부르게 됐다. 지금 하롱베이에 남아 있는 기암괴석은 용이 외적과 싸우기 위해 몸부림치면서 생긴 것이라고 전한다.

하롱베이 사람들은 지금도 바다 속에 용이 살아 있다고 믿으며, 베트남에 어려움이 닥치면 용이 다시 나타나서 구해줄 것이라고 생각한다. 지역이나 도시의 전설은 어느 나라마다 있기 마련이다. 전설을 듣다 보면 왠지 그 곳이 풍요롭게 보인다.

해가 떨어질 즈음 배는 하롱베이에서 가장 큰 깟바 섬에 도착했다. 일행 대부분은 준비된 차량을 타고 숙소로 이동했다. 하지만 배에서 숙박을 원하면 가능하다. 투어 신청 시 미리 예약을 하게 되면. 웬만하면 배에서 자지 마시길 권하고 싶지만, 지금 와서 생각해보니 연인끼리의 여행이라면 나쁘지 않을 듯싶다. 그러나 혼자라면 지루해서 죽을 수도 있다.

하롱베이 여행에서 기대하지 않았던 깟바 섬의 밤은 꽤 인상적이었다. 거친 하노이를 벗어났다는 안도감도 작용했겠지만, 깟바 섬은 왠지 모를 여유로움이 있었다. 섬사람 특유의 거친 기질보다는 인도나 차이나 특유의 부드러움이 먼저 느껴지는 섬이었다.

돌아오는 배 안. 베트남 노부부와 대화를 하게 됐다. 베트남 여행을 하면서 처음으로 여유롭게 대화를 했다. 하노이에서의 첫 인상이 너무 강했기 때문에 주눅이 들었던 나에게 노부부는 베트남을 향해 마음을 열게 했다.

화가인 남편은 펜으로 즉석에서 나의 초상화를 그려줬다. 곱게 늙은 노부인은 교양 있는 미소로 여행자를 바라봤다. 대화를 하는 도중에도 손을 잡고 있던 노부부의 모습은 지금도 눈에 선하다. 자신의 집으로 초대하고 싶다는 정중함은 지성인의 풍모를 느끼기에 충분했다.

다음을 기약하고 헤어졌지만, 깟바섬의 저녁과 노부부의 미소는 베트남 여행을 선입견 없이 시작하는 계기가 됐다.

〈tip〉

-땀꼭

개인 배낭 여행자가 가기는 조금 힘든 위치에 있다. 물론 하노이 여행사들에서 진행하는 프로그램에 참여한다면 그리 어렵지 않게 다녀올 수 있는 곳이기도 하다.

개인적으로 하노이에 온 여행자라면 권하는 곳이 땀꼭이다. 육지의 하롱베이라고 칭할 만큼 들녘 한가운데 아기자기하게 솟아 있는 기암괴석이 여행자를 반긴다.

'세개의 동굴'이란 뜻을 가진 땀꼭은 말 그대로 3개의 동굴을 지나며 신비한 광경들을 보게 된다. 들녘에 흐르는 강 위로 베트남 특유의 배를 타고 유유히 항해하는 맛은 최고다.

이질적인 낯섦 – 사파

처음 베트남을 향할 때부터 목적지로 정했던 사파와 박하. 라오까이란 중국과의 국경 도시에서 한 시간을 더 가야 찾을 수 있는 산 속의 작은 마을이다. 거리도 거리지만 험한 길로 인해 버스로는 엄두가 나지 않아 기차로 가는 것이 대부분이다.

밤기차는 안개 자욱한 새벽 5시에 멈춰 섰다. 도착한 기차에서 여행자들이 쏟아졌다. 여행자들은 낯섦과 졸음, 어둠, 습한 안개, 추위에 아무 것도 할 수 없는 아이가 되어 있었다. 어떤 미니버스를 타야 할지, 어떤 버스가 사파로 가는지조차 알 수 없는 혼돈의 시간.

당시만 해도 이 낯선 상황을 추억하리라고는 상상할 수 없었다. 낯섦을 찾아 떠나는 여행자만의 특권이라 할까? 극도로 불안한 상황에 맞닥뜨렸을 때의 신선한 자극이 글을 쓰고 있는 이 시간에도 낯선 곳으로 떠나야 된다고 자기 최면을 걸게 한다.

12명이 꽉 차야 출발하는 미니버스는 짙은 안개를 뚫고 사파로 향했다. 잠에서 덜 깼던 여행자들은 베트남 운전사만 믿고 깊은 단잠에 빠졌다. 중간 중간 심한 흔들림에 살짝 눈을 뜨기도 했지만 안개 자욱한 새벽은 모두를 나락으로 빠뜨렸다.

12월 초 새벽, 베트남 북부는 녹녹한 기후가 아니었다. 이가 저절로 덜덜 떨릴 정도의 한기가 차 안 가득했다. 동이 떠오를 무렵, 예약을 한 사파 게스트하우스에 도착했다. 하지만 이른 새벽이라 아직 체크인이 안 되는 상황. 나와 같은 여행자는 게스트하우스 식당에서 몸을 녹여야만 했다.

짙은 운무와 추위(태국에서 바로 넘어와서 옷은 엷은 긴팔이 전부여
서 더더욱)로 사파와의 만남은 시작됐다. 추위로 안 좋게 시작한 여행
이지만, 사파는 베트남 여행에서 빼놓지 말아야 할 여행지라는 것을
감히 말하고 싶다.
특별히 유별난 볼거리가 있는 것은 아니지만, 베트남 안에서도 나름
다른 문화와 환경, 정서가 여행자의 호기심을 충분히 자극할 수 있다.

몽족, 자이족, 자오족, 화몽족 등 고산 지역의 소수 민족들이 사파 일대를 중심으로 살고 있기 때문이다.

전에는 토요일과 일요일에야 각 산에서 내려온 고산족들이 물건을 사고팔아 자연스럽게 주말 시장이 형성이 되었다. 하지만 요즘엔 여행자들의 발길이 잦아지고, 시장엔 시멘트로 지어진 상가들이 세워져 매일 시장이 이뤄지고 있다.

사파에서 3시간가량 떨어진 박하는 선데이마켓으로 유명하다. 때문에 여행자들은 사파와 박하를 보기 위해 목요일 혹은 금요일 밤에 출발해 사파와 박하를 여행하는 것이 대부분이다. 하지만 일정이 주말을 맞출 수 없다면 사파 시장으로도 만족할 수 있다.

아침밥은 먹고 나왔는지 모를 정도로 이른 아침 시간, 사파 시장은 형형색색의 옷과 모자를 한 고산족들로 시장다운 활기를 띠고 있었다. 모자나 옷의 색깔로 고산족이 구별되어 진다고 한다. 하지만 도통 그게 그것 같아서 식별은 불가한 상태.

저마다 등에 커다란 광주리를 메고 있는 것이 특징이었다. 일종의 등에 메는 카트인 셈이었다. 물건을 사는 족족 사람들은 보지도 않고 뒤의 광주리에 집어넣기 바빴다.

점심때가 다 돼서 게스트하우스에 체크인을 할 수 있었다. 짐을 풀고 배고픈 한 마리 하이에나는 사파를 어슬렁어슬렁 거렸다. 마을도 익힐 겸 느낌 오는 식당이 있으면 점심을 해결하기 위해. 호수가 근처를 지나는데 어디선가 연기가 피어오르고 있었다. 본능적인 느낌으로 다가가보니, 역시 새끼 돼지가 바비큐화 되고 있었다. 이거다 싶었지만, 종업원은 저녁이나 돼야 먹을 수 있다는 눈빛을 보냈다. 저녁 시간만 기다리다 다시 그곳으로 달려갔다.

가격은 생각보다 안 착했다. 하지만 새끼 돼지 바비큐가 선사할 환상적(?)이 맛을 기대하며 자리를 차지했다. 쌈을 싸먹을 수 있는 야채가 나오고, 젓갈 같은 양념이 상에 차려졌다. '역시 고기는 쌈을 싸서 먹어야지.' 가격에 비해 생각보다 작은 접시에 담겨 등장한 새끼 돼지 바비큐, 정확히는 수육이라고 해야 맞을 듯싶다.

고소할 것이란 바비큐 맛은 어디에도 찾을 수 없었다. 안 익은 보쌈 정도 식감이 느껴지는 순간, 밀려오는 후회란……. 돼지고기를 이정도로만 익혀 먹어도 탈이 안 날까라고 생각이 들 정도로 비릿했다. 어떤 음식 앞에서도 후퇴하지 않았던 나의 여행에, 최대의 오점이 남는 순간이었다. 알 수 없는 흐뭇한 미소를 짓는 종업원을 뒤로 해야만 했다. 비워진 지갑과 비릿한 돼지고기 냄새가 가득한 입안, 배고픔, 후회, 또다시 찾아온 추위. 참 불쌍한 여행자가 아닐 수 없었다.

밤이 조금씩 깊어지자 호수에서 운무가 피어올랐다. 운무는 삽시간에 사파를 휘감았다. 낮에는 볼 수 없었던 이색적인 분위기였다. 운무 때문이었을까? 마을은 더 없이 깊어지고 있었고, 불이 켜진 카페나 식당에서조차 시끄러운 소리보다는 감미로운 말들이 오갔다.

높이 세워진 가로등 밑으로 사람들이 그림자처럼 홀연히 나타났다, 사라졌다.

〈tip〉

사파는 마을 끝에서 끝까지 도보로 20분가량 걸릴 정도로 작고 조용한 마을이
다. 이 작은 마을에 호텔이 70개나 몰려 있을 정도로 베트남 여행자들에게 얼
마나 사랑받는지 상상이 되는 곳이다. 사파는 하노이에서 북서쪽으로 380km
떨어진 해발 1650m이 위치한 고산 마을이다.

여름에 신선한 기후 때문에 더위에 지친 여행자들은 사파를 떠나기를 주저한
다. 그러나 겨울에는 간혹 눈까지 내리는 마을이라 여느 동남아 마을과는 큰
차이가 있다. 겨울에 여행할 경우 단단히 마음먹고 가야 한다.

사파시장은 숙소가 몰려 있는 까우머이 거리 중앙에 위치한 사파 전통 재래시
장이다. 인근의 고산족들이 내려와 생필품을 팔고 산다. 전에는 주말에만 장
이 열렸지만 언제부터인가 매일 장이 서서 사파의 생명을 불어 넣는다.

잊어버렸던 추억, 하나 – 박하

사파와 박하를 여행하는 이들은 대부분 사파에 거점을 두고 여행을
한다. 일요일 박하 시장을 보고 사파로 되돌아오지 않는 여행자는 라
오까이에서 밤기차를 타고 하노이로 떠나게 된다.

박하는 사파보다 작은 마을이긴 하지만, 지형상 일요시장에는 더 많
은 고산족들이 사방에서 박하로 내려온다. 때문에 험난한 여정에도
불구하고 세계 여러 나라의 여행자들도 박하를 향한다. 5일장에 나가
본 추억이 있는 이들이라면 꼭 한 번 박하에 가보자.
박하는 사파와는 비교도 되지 않는 험한 산속에 위치에 있다. 깎아지
른 듯한 산을 몇 개나 넘어가서야 나타난 박하는 이미 장터의 분주함
으로 가득했다. 알아들을 수 없는 저마다의 언어로 그들은 마냥 신나
있었다. 나만 뚝 떨어진 독립된 공간에 와 있는 기분이 들었다.

차가 세워졌던 대로를 벗어나 안으로 들어가자 시간은 어느덧 7살 때
할아버지 손을 잡고 따라갔던 문경의 어느 작은 5일장이 나타났다. 조
금 다른 게 있다면 형형색색의 옷차림만 다를 뿐.
타임머신을 타고 뚝 떨어진 느낌이 이런 것일까. 양지 바른 곳에서 머
리를 깎는 사람이며, 순댓국에 베트남 소주로 거나하게 취한 아저씨
들이며 추억되어지던 것들이 고스란히 나타났다. 아침 일찍 산에서
내려와 끼니를 챙기지 못한 사람들로 국수집은 가득했다.

잊고 있었던 기억. 굳이 추억하지 않으면 떠오르지 않았을 할아버지
와의 추억들이 스멀스멀 떠올랐던 것은 어쩌면 당연했다. 아침 일찍
손자의 손을 잡고 버스에 오르셨던 당신은 버스가 덜컹거릴 때마다
안아주셨다.

옆 동네 친구를 만나셨을 때는 가족들에게는 보여주지 않으셨던 큰 웃음으로, 친구의 거친 손을 잡으셨던 기억. 순댓국을 먹을 때는 비계는 당신이 다 드시고, 살코기만 챙겨주셨던 숟가락. 5일장을 다녀온 뒤 밥상에 올랐던 고등어자반. 그 추억이 마치 어제같이 생생했다.

돌아가신 할아버지와의 어린 추억을 가득 안고 박하 시장을 걸었다. 고산에 사는 모든 소수민족은 이곳에 다 모여 있는 착각이 들었다. 고산족들은 자신들을 구별하기 위해 특유의 문장이나 형상, 색상 등을 이용해 옷을 만들어 입었다. 박하나 사파의 장터에 유난히 형형색색의 실을 파는 가게들이 많은 이유다.

실을 파는 한 가게에 초등학교 2학년 쯤 보이는 여자아이가 엄마를 도와 실을 팔고 있었다. 마치 유럽 어느 유명한 선데이마켓에서 물건을 파는 아이처럼, 호기심과 당찬 눈빛을 띠었다. 엄마와 딸을 함께 카메라에 담고 싶었다. 아이에게 사진을 찍자는 눈인사를 건네자 방긋 웃으면 좋다는 표현을 했다.

하지만 순간 당황. 소녀의 눈에는 자신의 엄마가 가장 예쁜 여자였나 보다. 사진은 예쁜 여자가 찍혀야 한다고 생각했는지, 엄마를 잡아끌어 카메라 앵글 속으로 집어넣었다. 원하는 사진은 실패했지만, 사진을 찍고 보니 엄마를 앵글 속으로 밀어 넣었던 소녀의 손이 명화를 만들어 내고 있었다. 글을 쓰고 있는 순간, 미안하게도 소녀의 얼굴이 떠오르지 않는다. 세상에서 가장 아름다운 여자는, 엄마라고 생각하는 소녀는 내가 되어 있었다.

가이드 책 중 설명에는 고산족들이 사진 찍히는 것은 영혼을 빼앗기는 것으로 생각하기 때문에 조심하라는 조언이 있다. 이런 현실감 없는 내용을 볼 때마다, 글쓴이가 진짜 여행을 해보고 이런 글을 썼는가라는 의심을 안 할 수가 없다.

잠시 시장 풍경을 보고 있자면, 자연스럽게 카메라 셔터를 누르는 자신을 보게 될 것이다. 이유인즉, 시장에 나온 고산족들은 여행자의 시선이나 사진 찍는 것 따위는 안중에 없다. 대도시 사람들보다 더 무심하게 여행자를 스쳐갔다. 이상하리만치 박하시장에서 오롯이 혼자가 되어 있었다. 시장에 나온 사람들은 자신들이 가지고 온 물건을 팔고, 필요한 물건을 사는 데 정신이 없다. 여느 관광지처럼 여행자라고 특별한 시선을 주는 이는 없다. 고맙게도.

새벽부터 이 산 저 산에서 박하시장을 향했을 사람들. 그들은 짧게는 일주일, 길게는 한 달 동안의 필요한 물건을 사기 위해 몇 시간 산을 내려 왔으리라. 그들은 해가 떨어지기 전에 산으로 다시 돌아가야 했다. 허기진 배도 채워야 하고, 친구와 만나 소주도 한 잔해야 했다. 그 누구보다도 오늘이 소중한 하루였다. 이방인을 신경 쓸 만큼 한가하지 않다. 나 역시 해가 지기 전에 떠나야 하지 않는가.
무심하게 나를 지나치던 고산족 일상이, 다시 일상으로 돌아와 보니 그립다.

〈tip〉
박하는 사파에서 110km 떨어진 고산 마을이다. 매주 일요일마다 열리는 장을 보기 위해 여행자들은 사파를 버리고 박하로 향한다. 물론 사파보다 다양한 볼거리가 있으며, 수를 헤아릴 수 없을 만큼의 고산족들을 만나게 된다. 우리나라의 5일장을 연상하면 그대로다. 베트남 북부의 최대 볼거리라고 단언할 수 있다. 사파를 짧게 다녀올 계획의 여행자라면 금. 토. 일 프로그램에 참여하면 박하 일요시장까지 볼 수 있다. 물론 숙박을 하면서 박하를 즐기는 것도 좋다.

눈부신 삶

다르다고 틀린 것은 아니다
살아가다, 삶, 사람
그 모습이 눈부시다
찬란하다

삶의 전부를 담고 있는 작은 대나무배 위의 처녀 사공
출렁이는 너울에 흔들리고 있던 작은 배였지만
그의 삶은 당당했다

형형색색의 과일 바구니가 향기로 가득했다
배를 멈추기 위해 간간이 젓는 노 사이사이로
과일 향기가 퍼져 나왔다

덜하지도 과하지도 않은 미소 때문이었을까
멋스럽기까지 했다

인도차이나가 아름다운 이유였다

라오까이의 기억

하노이를 다시 들어가기 위해서는 라오까이 기차역을 거쳐야 했다. 물론 라오까이를 통해 중국의 윈난성을 가도 좋다. 리장이나 샹그릴라 등은 중국 속의 또 다른 중국을 느낄 수 있다. 사파에서 박하 투어를 신청하면 사파로 되돌아오는 길에 기차역에서 떨어뜨려준다. 단순히 기차를 타기 위해 도착한 국경 도시 라오까이에는 땅거미가 내려질 즈음 도착했다.

국경 도시답게 활발한 풍경은 또 다른 라오의 모습을 보여줬다. 물건을 나르는 사람, 기차를 기다리는 사람, 퇴근을 하는 사람들이 얽혀 기차역 일대는 사람들로 넘쳐났다. 아쉽게도 베트남 여행자가 라오까이

에 숙소를 정하고 여행할 경우는 거의 없었다. 짧은 시간이 미안했는지, 아니면 국경 도시의 넉넉했던 저녁 시간이 멋스러웠는지 다시 가보고 싶은 곳이 되었다.

우리가 베트남을 여행하는 데 아무런 지장이 없다고 해서 간혹 사회주의 국가라는 것을 잊을 때가 있다. 하지만 여전히 베트남은 감시 체제하의 사회이고 여행자가 들어갈 수 없이 통제된 지역도 있다. 그렇다고 너무 겁은 먹지 마시길, 여행하는 데는 전혀 그런 느낌을 가질 수 없으니 말이다.

이 이야기를 하는 데는 베트남과 중국 간 정치적 이면을 살펴보기 위함이다. 베트남은 '도이모이' 정책을 펴고 있지만, 여전히 전시 체제였다. 정확히 말하면 중국과의 관계다. 지금의 베트남 지도를 완성한 남하 정책은 중국 한족을 피하기 위한 어쩔 수 없는 선택이었다.

근대사에 넘어와서도 베트남과 중국은 국지전 양상의 전쟁을 치렀다. 그 대표적인 전쟁이 1978년 베트남-중국 전쟁이다. 제3차 인도차이나 전쟁이라고 불리는 베트남과 중국의 전쟁. 미국과의 전쟁에서 승리한 베트남은 크메르 루주가 캄보디아에서 학살을 벌이고 있던 캄보디아를 점령해 버린다. 캄보디아 내 베트남인들을 보호한다는 명목도 있었지만, 극단적으로 민족주의자였던 크메르 루주는 베트남으로서는 여간 불편한 게 아니었다.

이에 중국이 베트남 응징을 구실로 전쟁을 선포했다. 하지만 21세기 미국을 이긴 유일한 국가가 베트남이 아닌가. 최신예 소련군 장비와 전쟁 중 노획한 미군의 전쟁 물품은 베트남군에게 사용되었다. 실전 경험이 없던 중공군은 게임도 되지 않았다. 중국과의 전쟁이 확전되기를 원하지 않았던 베트남군은 방어 자세를 취하면서 시간을 끌었고, 중공군은 아무 소득 없이 물러나야 했다. 2만 명의 사살자만을 남긴 채.

베트남 사람들이 하는 말 중에 "남자는 엉덩이가 붙을 정도로 살고, 여자들은 연골이 닳도록 일한다."는 말이 있다. 정말로 지방을 여행하다 보면 활기차게 일하는 베트남 여성들과는 다르게 놀고 있는 남자들을 보게 된다. 바로 '전시 체제'가 가져다 준 생활 양상이다.

남자들은 전쟁이 발발하면 바로 전쟁터로 달려가야 하기 때문에 지금 잠시 쉬고 있다는 개념인 셈이다. 물론 이런 생활이 자본주의화 된 사회의 베트남에서 절대적인 모습은 아니다.

베트남-중국 전쟁의 흔적은 어디에서도 찾아보기 힘든 라오까이의 저녁. 기차를 기다리기엔 이른 시간, 저녁을 해결하기 위해 역에서 조금 떨어진 곳까지 걸었다. 저녁을 준비하는 집마다 연기가 피어오르고, 사람들의 걸음은 그 어느 때부터 차분했다. 그냥 스쳐 지나온 도시였지만, 국경 도시의 저녁은 기억 파편의 일부분으로 남았다.

추운 계절이라 그래서였는지, 사람이 사는 일상의 온기가 느껴졌기 때문이었을지도 모르겠다. 일상에서 벗어나고 싶어 여행을 떠나왔지만, 때론 온기 넘쳐나는 일상과 마주했을 때는 그 일상이 그리울 때가 있다.

세상에서 가장 행복한 얼굴

깊은 안개가 마치 어둠이 내린 것처럼
마을을 휘감고 있는 시간
숨조차 거친 안개에 거칠어지는 시간
가로등만이 마을임을 증명해주고 있었다

유령처럼 거대한 무엇이 가로등 저 멀리부터 걸어왔다
아이를 목마 태운 아비였다
까르륵 웃고 있는 아이의 웃음은 세상의 전부를 가지고 있었다

보이지 않았던 아비의 얼굴은
세상에서
가장 행복한 얼굴이었으리라

forgive but not forget – 훼

각자의 게스트하우스에 모인 10명의 여행자들은 작은 버스에 몸을 맡겼다. 아직 잠이 덜 깬 것은 나뿐만이 아닌 듯, 앉자마자 잠을 청하는 이들이 대부분이었다. 가이드로 보이는 선생도 간단한 인사만 하고 앞자리를 지켰다.

DMZ(Demilitarized Zone)를 향하는 몇 시간의 버스 안. 역사의 유물이 아닌 아직도 생생히 DMZ가 존재하는 민족의 후손에겐 이날의 일정은 특별했다. 누군가에 의해 강제로 그어지고 지금도 그대로 유지되고 있는 현실. 필요악이라고는 하지만 누군가에게는 힘든 경계임은 분명할 것이다.

우리에게 38선이 있다면 베트남에는 17선이란 DMZ 공간이 있다. 지금의 통일 베트남에겐 그저 관광객들의 호기심을 유발시키는 전쟁 유적지에 불과하지만, 베트남 역사를 관통하고 있는 역사의 현장인 것은 분명했다. 북쪽의 호치민 군대와 남쪽의 미군 괴뢰 정부가 한 치의 양보도 없이 맞붙은 살육의 현장.

위치적인 지명은 동하라고 해야 정확하다. 하지만 여행자를 위한 편의 시설이나 위치가 동떨어져 있어, 베트남 중부에 위치한 훼를 기점으로 여행하는 것이 일반적이다.

동하를 놓고 벌인 전투는 여타의 다른 전투와 같은 지정학적 이유 때문이었다. 지금도 동하에는 라오스로 가는 보더가 위치해 있다. 하노이에서 군수 물자를 수송해 온 호치민군은 메콩강 유역에서 게릴라 활동을 하고 있는 베트콩에게 필히 전달해야 했다. 그러나 남쪽은 괴뢰 정부가 차지하고 있는 상황. 호치민은 베트남과 맞닿아 있는 라오스를 군수 물자의 통로로 사용했다. 일명 호치민 루트라고 일컬어지는 이 루트가 차단되면 전쟁의 양상은 불보듯 빤한 결과로 이어지게 될 것이었다.

동하에서 라오스로 이어지는 호치민 루트는 끝까지 지켜졌고 덕분에 베트남은 통일 국가로 20세기를 시작할 수 있었다. 지금이야 늦은 시작으로 조금 뒤쳐져 있지만 베트남인 특유의 인내와 끈기로 얼마 지나지 않아 통일 국가가 어떻게 성장할 수 있는지 보여 주게 될 것이다. 물론 통일을 반대하고 있는 일부 꼴통들이 부러운 눈으로 쳐다볼 것이다. 장담한다.

투어를 하는 중간 한 무리의 한국 중년 여행자들이 스쳐 지나갔다. 숙연히 가이드의 설명을 듣고 있던 서양 여행자들의 미간이 금세 찌그러졌다. 마치 승리자처럼 떠벌리는 큰 소리가 사방에서 정신없이 흩어지고 있었다. 아마도 이곳에서 전투를 치렀던 파병 용사의 연령쯤 보였다.

순간 화끈거리는 얼굴을 감출 수가 없었나보다. 설명을 끝내고 다들 사진을 찍고 있는 사이 가이드 선생(가이드로 나온 선생은 대학에서 학생을 가르치는 역사학자였다)이 조용히 내 곁으로 왔다. 그는 그들이 분명 한국군으로 참가했던 군인들이었을 것이라고 말했다. 한국뿐만 아니라 다른 나라의 파병 용사들도 이곳에서는 마치 승리자처럼 행동들을 한다고 말했다.

자존심 강한 베트남 사람들에게 자신들의 형제를 향해 총을 겨눴던 이들을 보는 것은 그리 유쾌한 일이 아닐 터, 하지만 그는 덤덤했다. 당황하고 미안해하고 있는 나의 마음을 느끼기라도 한 듯, 그는 이내 "당신이 미안할 것은 없다, 당신들 나라가 어쩔 수 없이 참전했다는 것도 안다, 우리는 용서했다, 하지만 잊지는 않는다."

지금까지 살아오면서 그 역사학자가 말한 것처럼 이렇게 대담한 말을 들어 본 적은 없었다. 미국을 이긴 나라의 역사학자는 멋있었다. forgive but not forget.

또한 무서웠다. 이것이 베트남의 저력이 아닐까라는 생각이 들기도 했다. 승자가 취할 수 있는 태도, 용서한다. 그리고 아픈 상처는 잊지 않겠다는 독기 그리고 작은 웃음, 그와의 거리가 좁혀졌다.

나중에 알았지만 그가 용서한다는 표현을 한 것은 호치민이 죽으면서 남긴 유지에 따른 것이었다. 호치민은 많은 침략군들 중에 한국을 비롯한 몇 나라에 대해서는 용서하라는 유지를 남겼다. 이유는 한국은 주체적인 힘이 없어 미국에 의해 어쩔 수 없이 참전했기 때문이란 것이었다. 그런 이유에서 베트남이 개방되고 한국 기업들이 생각보다 쉽게 베트남에 진출하게 된 이유도 거기에 있었다.

우리에게는 잘 알려지지 않았지만 베트남에 파병된 군인 중에 한국군의 잔인성은 가장 으뜸이었다. 한국군이 지나갔던 지역에 살던 주민들은 지금도 학살 광경을 회상할 때면 전율한다고 한다. 그런 한국인에게 용서한다는 말을 덤덤하게 말하는 이들이 베트남인들이다. 베트남 사람은 적개심보다는 화합을 좋아한다. 역사학자의 말처럼 아무리 한국군에게 한이 있더라도, 한국군에게 복수할 방법을 찾는 사람은 없을 것이다.

인도차이나 전쟁은 20세기 가장 위험한 전쟁이었다. 단순히 베트남과 미국과의 전쟁이 아니라 미국과 베트남, 라오스, 캄보디아의 전쟁이기도 했으며(전쟁의 의미를 축소 은폐하기 위해 미국은 베트남 전쟁으로 국한하고 있다) 투하한 폭탄 양만 보더라도 안다. 베트남 땅에 투하된 750만 톤은 제2차 세계대전에서 미국이 사용한 양의 3배, 일본에 투하한 양의 47배, 한국 전쟁에 사용한 양의 10배가 넘으니 말이다.

고엽제의 피해는 이미 잘 알려진 사실, 열대 우림의 베트남 땅에 아직도 나무가 자라지 않는 곳은 고엽제가 직접 투하된 곳이다. 인도차이나를 여행하다보면 쉽게 맞닥뜨려지는 고엽제의 흔적. 한 인간이 또 다른 인간에게 얼마큼 잔인할 수 있는가를 그대로 보여주는 상처였다.

forgive but not forget.

죽음과 삶이 나눠졌던 전쟁터를 투어 프로그램으로 참여한다는 게 왠지 미안한 마음이 들었지만, 훼에 도착한 여행자라면 꼭 참여하라고 권하는 프로그램이 DMZ 투어 프로그램이다.

비무장지대는 북으로 59km 떨어져 있다. 아침 일찍 출발하기 때문에 대부분 여행사에서 운영하는 투어 프로그램을 참여하게 된다. 구찌터널을 가보지 못한 여행자라면 이곳의 빈목터널로도 충분히 눈요기가 될 것이다.

첫 우정을 나누다

슬리핑 버스는 생각보다 편하지 않았다. 5도 쯤 경사진 시트가 장시간 누워 있으면 얼마나 힘든 지 그때 처음 경험했다. 그리 유쾌하지 않았던 하노이의 첫 여행을 끝내고 훼로 이동했다. 날이 밝아지자 슬리핑 버스는 훼 어딘가 정차했다. 분명한 것은 터미널은 아니었다.

사람들이 다들 내리기 시작했기에 따라 내렸다. 운전자 보조는 짐을 내리고 있었다. 담배를 한 대 피며 내 짐이 내려지기 기다렸다. 니코틴이 한 모금, 두 모금 빨려 들어가자 정신이 돌아오기 시작했다. 베트남 청년 하나가 서양인 이름이 적힌 A4용지를 들고 누군가를 기다리고 있었다. 당시만 해도 숙소 예약은 홈페이지에서 예약하는 정도라 미리 예약해서 지원이 나와 있는 모습은 흔치 않았다. 주위를 살펴보니 호텔이나 게스트하우스는 보이지 않았다. 훼에 대한 정보(도시 맵 한 장 없었나)가 선혀 없었기에 잘 됐다 싶어, 그 청년 옆으로 다가갔다. 내가 다가가면 무슨 말이라고 할 듯 싶었다. 그런데 그 녀석은 나의 존재는 전혀 관심 밖이었다.

짐을 찾은 서양 커플이 자신들의 이름이 적힌 피켓을 향해 다가왔다. 그들은 몇 마디 나누더니, 쿨한 베트남 직원이 앞장 서 걸었다. 끝내 나에게는 말 한 마디 없었다. 호텔 찾고 있냐는 말을 그렇게 애타게 기다린 적은 단연코 없었다. 그들이 몇 미터를 갔을까. 불편하지 않을 만큼의 거리를 유지한 채 뒤따르기 시작했다. 10분 쯤 걸었을까 그들의 호텔이 나타났다. 주위를 보니 그제야 게스트하우스가 여기저기 보였다. 딱 여행자거리 냄새가 났다. 여기까지 따라왔는데 따라 들어갔다. 작고 아담한 호텔이었다. 체크인 하려고 차례를 기다려 드디어 그 녀석과 마주쳤다. 그제야 이놈이 씩 웃는 게 아닌가. 올 줄 알았다면서 환영한다는 말까지 덧붙이면서 세상 친절한 미소를 던졌다. 이런 개 XXXX!

짐을 풀고 커피나 한 잔 할 겸 안내카운트의 동태도 살필 겸 내려갔다. 그 놈과 여직원, 매니저 같은 중년의 남자가 수다를 떨고 있었다. 나를 보자 그 녀석은 친구라도 만난 듯 손짓을 하며 동석을 권했다. 매니저와 여직원에게도 나를 소개했다. 그러자 그들은 웃음을 참지 못했다. 이미 나와 그놈의 신경전을 들었던 까닭이었다. 매니저가 다시 한 번 잘 왔다면서 커피 한 잔을 내어 왔다. 씁쓸하면서도 왠지 모를 유쾌한 아침이었다.

작은 호텔이었지만 매니저나 직원들은 영어도 제법하고, 서비스업이 익숙한 듯 매너를 지녔다. 친절했지만 과하지 않았다. 자기들끼리 무엇인가 먹고 있을 때면 꼭 같이 먹자 부르기도 했다. 한날은 저녁을 해결하고 숙소를 들어가려는데, 숙소 앞에 술자리가 펼쳐져 있었다. 매니저와 동네 아저씨들이었다. 서로 앉으라고 권했다. 거하게 취기가 오르자 민증 확인 시간에 들어갔고, 확인이 끝난 후 우린 형, 동생의 서열이 정해졌다.

사적인 질문이 실례인 나라가 대부분이지만, 베트남도 우리와 많이 비슷했다. 처음 만났을 때부터 상대의 이력에 관심이 많다. 나이부터 고향, 사회적 지위 심지어 학력까지 궁금한 게 베트남 사람이었다. 때문에 자연스럽게 우린 형, 동생이 되었다.

매니저는 나보다 한참 동생이었다. 그때부터 매니저는 좀 더 친근하게 다가왔다. 다음날 아침을 먹는 데 그가 다가와 동생이 된 기념으로 자기가 저녁을 사고 싶다고 했다. 형이 사야지 무슨 소리냐면 저녁 약속을 했다. 그날 저녁 그가 데려간 곳은 허름한(?) 로컬 식당이었다. 뭐 대단한 식당을 기대한 것은 아니었지만, 생각보다는 현지의 모습을 지닌 곳이었다. 등장한 메뉴에 깜짝 놀랐다. 껍데기가 얇게 덥혀진 수육 그대로의 영롱한 모습이었다. 한국을 떠나온 지 몇 달이 지난 상태라 제대로 된 한국 음식에 갈증을 느끼고 있을 때였다. 솔직히 인도차이나 여행을 하면서 유럽 여행할 때보다는 한국 음식이 생각나지 않는다. 쌀국수의 뜨거운 국물이 있어서 그렇기도 하고, 웬만한 도시에는 비싸지만 한국 식당이 있기 때문이다.

하지만 수육 같은 특별한 음식은 찾아보기 힘들었기에 반가웠다. 그런데 상차림에 또 한 번 놀랐다.

사진에서 보는 것처럼 야채며 고추, 마늘, 심지어 우리네 갈치속젓과 비슷한 젓갈이 등장하는 것이 아닌가! 상차림이 이 정도니 맛이야 어떻겠나. 우리네 수육보다는 촉촉함이 덜했지만, 씹는 식감은 훨씬 좋았다.

한국도 이런 음식이 있다고 하자 매니저와 그 녀석도 만족한 듯 많이 먹으라고 권했다. 우리네 수육이 밥이라고 하기보다 술안주인 것처럼 베트남에서도 술안주에 가까웠다. 술꾼들과 몇 시간을 떠들었을까? 그의 집은 호치민시티에 있다는 것과 딸아이가 두 명 있다는 것, 먹기 살기 힘들다는 이야기부터 호치민과 하노이 사람들의 이야기 등으로 우리의 거리는 부쩍 줄었다.

그 후, 훼를 갈 때마다 동생들을 만났다. 저녁 한 두 끼 정도 먹는 사이시만, 그들로 인해 조금은 내가 애정을 갖고 베트남을 여행하게 됐다.

〈tip〉

베트남 사람들이 상대의 개인적인 것에 관심 갖는 것은 회사에서도 비슷하다. 서로의 집을 방문하는 것을 좋아한다. 오래된 관습으로 사장은 직원들을 집으로 초대해 교류를 나눈다.

사장 집에 초대 받았다는 것은 직원 입장에서 큰 예우를 받은 것이고, 사적으로 친근해졌다는 의미가 있기 때문이다. 직원 집에 방문하는 것 역시 같은 맥락이다. 작은 선물을 준비해가는 것은 기본.

아직까지 베트남에서는 법보다는 풍속을, 공적인 관계보다는 정감을 우선시한다. 때문에 명절 때만 되면 선물을 주고받고 정감을 표현한다. 우리네가 추석이나 설 때 과일이나 고기를 선물했듯이 말이다.

베트남 속담 중에 '일 원의 품삯도 일 전의 상금만 못하다'는 이야기가 있다. 이 속담은 베트남에 진출한 한국 기업들이 꼭 참고하면 좋을 내용이다. 베트남 사람들에게는 월급은 당연히 받는 것이지만, 상여금은 사장이 특별히 자신을 생각하고 있다는 의미로 받아들여지기 때문이다. 지혜로운 사장들은 처음엔 기본급만 제시한 후 상여금으로 직원들의 사기를 높인다.

빈목터널의 공포와 삶

베트남을 이야기 할 때 빠지는 않는 소재가 있다면 땅굴일 것이다. 어느 사람은 게릴라 활동을 하려고 땅굴을 만들었다고 하지만, 어쩌면 그것은 잘못된 설명일 것이다. 베트남 전역이 원시 밀림인데 굳이 게릴라 활동을 하려고 땅굴을 만들 필요가 있었겠는가. 미군의 대규모 공중 폭격을 피하기 위해 베트남 사람들은 땅굴을 파서 땅 속으로 숨을 수밖에 없었다. 살기 위해서였다.

한 번의 공중 폭격에도 마을 몇을 한꺼번에 사라지게 했던 폭탄이 밤낮으로 떨어지고, 나무의 싹조차 말라버리게 하는 고엽제부터 대량의 살상 무기가 베트남 전역에 폭우처럼 쏟아졌다. 특히 훼를 기점으로 17도선(우리는 38선이었다)이 그어지자 미군은 아이와 부녀자 상관없이 그냥 베트남인들을 죽이기 위해 폭격을 가했다.

빈목 사람들은 폭격을 피하기 위해 1965년부터 땅굴을 파기 시작했다. 18개월 동안 순전히 사람의 손으로 총 길이 2.8km 달하는 석회암 지대의 땅굴을 완성했다. 땅굴이라고 하기보다는 거대한 터널이라고 부를 만한 크기였다.

터널은 3층 구조로 맨 아래는 주민들이 거주했으며, 2층은 군수물자와 식량 등을 보관했다. 지표면에서 가장 가까운 맨 위 층은 폭격의 충격을 흡수할 수 있는 완충 역할을 했다.

빈목터널은 각 가구의 독립된 공간을 포함해 회의실, 우물, 빨래터, 병원, 창고, 탄약고, 부엌 등을 갖췄다.

빈목 마을 말고도 베트남 많은 마을이 미군의 폭격을 피해 땅굴을 만들었다. 하지만 폭발을 이기지 못했던 땅굴은 허물어졌고, 그 속에 있던 아이들 포함 모든 마을 사람들이 생매장 되는 경우도 많았다.

빈목터널의 600여명 사람들은 이 어둡고 좁은 터널에서 6년 정도를 살았다고 한다. 호치민시티 인근에 있는 구찌터널이 많은 이들에게 알려져 있지만, 베트남 사람은 규모 면이나 정교함에 있어 빈목터널을 최고로 인정하고 있다.

구찌터널의 공포를 잠시 잊고 있던 나는 빈목터널을 보지도 않고 규모가 크다는 설명만 듣고서, 이번엔 꼭 터널 안으로 들어가겠다고 결심했다. 폐소공포증이 있어 엘리베이터에 갇혀 있는 꿈이 최고의 악몽이 나에게 구찌터널은 그야말로, 악몽이었다. 그걸 잊어버리다니 인간의 망각이란.

10명이 조금 넘었던 투어 일행이 현지 가이드를 따라 터널 입구에 도착했다. 다행히 입구부터 구찌터널보다는 규모가 컸다. 가이드의 설명이 끝나기가 무섭게, 호기도 당당하게 첫 번째로 터널로 들어갔다. 빛한 점 없는 그냥 암흑뿐이었다. 거기다 무릎을 쪼그리고 머리를 숙여야 이동이 가능했다. 다섯 발 자국이나 걸었을까? 심장이 터질 듯 요동쳤고, 온몸에는 땀이 비 오듯 쏟아졌다. 이러다 죽겠다 싶어 소리쳤다. "wait, wait, back! back" 나의 절박한 절규에 놀란 듯이 일행들이

뒷걸음 쳐서 터널을 빠져나갔다. 공포였다. 글을 쓰는 지금도 그 공포
는 지워지지 않는다. 가이드가 이해했다는 얼굴로, 터널이 끝나는 반
대편에서 기다리라고 말을 했다. 나의 공포에 겁을 먹은 두 명의 서양
인들도 포기를 선언했다. 반대편 통로 입구는 대나무 숲 사이에 있었
다. 그때처럼 대나무 바람 소리가 상쾌한 적은 없었다. 일행들이 하나
둘씩 나왔다. 그들의 눈은 공포와 안도감이 교차하고 있었다. 옷은 이
미 붉은 흙으로 범벅이 되어 있었다.

누가 감히 이 터널 속에 산 사람들이 전쟁을 위해 땅굴을 팠다고 말할
수 있을까. 그들은 단지 살기 위해 이 지옥 같은 곳에 숨을 수밖에 없
었던 것이다. 이 암흑 속에서 17명의 아이가 태어나서 지금도 베트남
민으로 살고 있다고 한다. 그들이 과연 미국을 용서할 수 있을까?

⟨tip⟩

-화이트스카이프

미국은 전쟁을 단 한 번도 자기들의 힘만으로 한 적이 없다. 전쟁지가 있다. 그 안에 소외되고 독립을 원하는 집단이 있다. 협조만 한다면 전쟁 후 독립국을 만들어 준다고 약속한다. 그리고 그들을 무장시키고 훈련시켜 총알받이로 사용한다. 전쟁이 끝나면 뒤도 돌아보지 않고 자기들만 철수해 버린다. 추후 비밀부대 존재 자체를 인정하지 않는다. 미국의 군사력은 여기서 나온다.

미국과 베트남이 한창 치고 받을 때, 미군은 역시나 총알받이를 찾았다. 라오스에 몽족이 있었다면, 베트남에는 크메르인들이 있었다. 메콩 델타 유역에 살던 크메르인들을 무장시켜 베트콩을 견제하는 데 사용했다. 이 크메르인 부대를 '화이트스카이프'라고 불렀다.

미국이 베트남에게 패하자, 화이트스카이프 대원들은 캄보디아로 도망갔다. 그런데 아뿔싸. 극단적인 민족주의자 폴포트가 정권을 잡고 있었다. 미군에 협조한 이들을 잠시 억류했다가 처형해 버렸다. 미군은 여전히 화이트스카이프 부대를 인정하지 않고 있다.

걸어서 훼의 하루 – 왕궁, 깃발탑, 동바시장, 마트

여행을 장기간 하다 보니 나도 모르는 사이 루틴이 생겼다. 하루의 루틴도 있고, 도시에 도착했을 때부터 떠나올 때까지의 루틴도 생겼다. 하루의 루틴이라야 자는 시간과 상관관계가 있었다. 특별히 술을 좋아하거나 클럽에서 노는 것을 좋아하는 것도 아닌데, 여행을 왔어도 늘 잠드는 시간은 늦다. 그러다보니 브런치를 하기에 딱 좋은 시간에 일어나 하루를 시작했다.

여행지에서의 루틴은 게스트하우스부터 시작됐다. 어차피 최소 2주 정도는 한 도시에 머물기 때문에 서두를 필요는 없었다. 하루 이틀은 숙소와 인근 편의점을 익히고, 걸어서 다녀올 곳을 한 군데씩 정해 여행을 하는 식이다. 도시 외곽이나 투어에 참여해야 하는 여행지는 최대한 미루는 버릇이 생겼다. 숙소나 카페에서 마음 맞는 여행자를 만나면 동행하는 편이 좀 더 여행을 풍요롭게 하는 것을 깨달았기 때문이다.

어느 날 아침부터 독일 친구가 숙소 식당에 보이기 시작했다. 독일인 특유의 선 굵은 매너가 눈에 띄었고, 대화가 몇 번 이뤄졌다. 하루 종일 구름이 예고된 날, 그녀가 시내 구경을 하자고 제안했다. 그간 말한 시내 구경이라야 왕궁, 깃발탑, 동바시장, 빅씨마켓이 전부였다. 이미 두 번 갔다 온 터라(게스트하우스에 오래 있다 보면 종종 한국 친구들을 만나게 되고, 가이드를 해주는 경우가 생긴다) 딱히 감흥은 없었지만, 할 것도 없었으니 좋다며 따라 나섰다.

훼의 여행자거리는 오늘 둘러볼 왕궁과 다리 하나를 두고 마주보는 위치에 있다. 왕궁을 중심으로 구도시라고 한다면 다리 건너편이 신도시라고 보면 된다. 다리를 건너려니 며칠 내린 비로 수량이 상당히 많아졌다. 진갈색의 흙탕물이 사납게 흐르고 있었다.

해가 뜨지 않은 늦가을 훼는 걸어서 다닐 만큼 산뜻했다. 동행자가 낮

선 이방인이라는 점도 왠지 날씨와 잘 어울렸다. 이미 두꺼운 점퍼를 껴입고 오토바이를 타는 사람도 눈에 들어왔다. 살짝 갈증을 느낄 즈음 왕궁에 도착했다. 매번 느끼는 것이지만 서양 여행자들은 자신들의 거대한 성의 규모에 비해서는 작은 동양의 궁에 감탄하는 것이 놀랍다. 요란하지 않게 호기심을 보였던 그녀가 론니플래닛을 꺼내 본격적으로 역사학자가 될 자세를 취했다. 서양인이 그것도 독일인이 이런 눈빛과 자세를 취할 때는 절대적으로 피하는 것이 오랜 경험에서 취득한 여행의 지혜였다.

두 시간 자유 시간을 갖자고 제안했다. 무슨 얘기인지 바로 이해한 그녀는 나를 향해 살짝 손을 흔들고선 바로 론니플래닛에 시선이 꽂혔다. 응우옌 왕조 역사의 대부분을 같이 한 왕궁은 훼의 대표적인 볼거리다. 중국 베이징의 자금성을 본 따서 만들었다는 왕궁은 길이만도 10km나 되는 상당한 규모의 성이다. 1804년 착공해 1833년에 완공될 만큼 시간과 노력이 많이 들어간 왕궁이다. 설계자는 프랑스인이었다고 한다. 성을 지키기 위한 해자가 성 밖에 세워지는 것이 일반적이지만, 훼 왕궁의 해자는 성 밖과 안에도 있어 이중삼중의 방어 태세를 갖춘 점도 건축학적으로 특이한 점이다.

왕궁의 정문은 조금 있다 둘러 볼 깃발 탑을 마주보고 있는 위치에 있다. 정문 응오몬 문을 바라보면 지붕 모양이 다섯 마리 봉황을 연상시킨다고 이름 붙여진 응우풍이란 정자가 있다. 왕이 그 정자에서 과거 급제자를 발표해, 권위의 상징적인 곳이다.

하지만 1945년 8월 30일 바오 다이 왕은 응우풍에서 호치민 임시정부에게 권력을 이양하고 퇴위했다. 응우풍은 140년 왕조가 영광과 퇴락을 동시에 목격할 수밖에 없었다.

딱히 볼거리라고 말하기도 뭣한 것이 깃발 탑이다. 하지만 베트남 현대사에서 이 깃발과 깃발 탑이 서 있는 곳은 사회주의 베트남의 시작을 의미했다. 37m다. 1986년, 북부 베트남 공산당이 훼를 점령했다. 그리고 당시 만들었던 붉은색의 금성홍기가 현재 베트남의 국기가 되었

다. 때문에 훼 사람들에겐 훼의 상징처럼 여겨졌다. 왕조를 무너뜨리고 처음 사회주의 이념을 표방한 금성홍기를 꽂은 역사의 현장이었던 것이다. 37미터의 깃발 탑은 베트남에서 가장 높은 깃발이라고 한다. 그만큼 상징적인 의미가 있다.

세계 어느 도시든 오랜 된 성이나 왕궁이 있다면 오래 된 재래시장이 있다. 성에 사는 사람들이 먹고 살아야 했기에 시장이 발달했다. 왕궁 근처엔 지금도 훼에서 가장 큰 동바 재래시장이 있다. 인도차이나 여느 재래시장과 같은 동바시장은 여행자 발걸음이 끊이지 않는 곳이다. 그렇다고 꼭 뭔가 사고 싶은 것이 가득 있다는 의미는 아니다. 재래시장 그 이상 그 이하의 의미는 없다. 몇 년 전부터는 야시장이 본격적으로 펼쳐져 여행자들이 야시장 불빛을 향해 다리를 건넜다.

사진 한 장으로 훼 인근 사람에게 동바 시장의 지위를 설명하고 싶다. 인도차이나를 여행하다보면(물론 다른 여행지도 약간의 차이는 있지만) 자신도 느끼지 못하는 특별한 대우를 받게 된다. 로컬 식당에 가면 좀 더 친절한 대접을 받는다거나, 조용한 카페에 가면 호기심의 눈빛이 스스로를 특별하다고 착각하게 만드는 경우가 종종 생긴다.

동바 시장을 대충 보고 각자 오토바이를 타고 대형 마트로 이동했다. 시원한 에어컨도 생각났고, 떨어진 생필품을 구매할 목적도 있었다.

당시 생긴 지 얼마 안 된 대형마트는 젊은이들에게 인기가 많았다. 시골 촌놈이라도 된 듯 이것저것 구경하고 있는데, 어디선가 빵 굽는 냄새가 났다. 살펴보니 한 빵집(?)에 10미터 정도의 줄을 서서 빵을 기다리고 있는 모습이 보였다. 가까이 가보니 바게트 빵을 찍어내듯 대량으로 만들어 내는 빵집이었다. 빵 값이 싸서 그랬는지 소매업자 같은 사람들은 20-30개 씩 비닐봉지에 담아 가기도 했다.

맛.집이구나! 결론이 나자 달려가 줄을 섰다. 빵을 기다리는 젊은이들은 친구들과의 수다에 여념이 없었다. 대형 마켓과 젊음이 내뿜는 열기, 침샘을 자극하는 빵 냄새가 식욕을 증폭시켰다. 하지만 줄은 줄어들 기미가 보이지 않았다.

고만고만한 키의 베트남들 사이에서 내가 눈에 띄었나보다. 붉은 완장을 차고 매장의 질서를 관리하던 직원이 다가왔다. '헉 외국인한테는 안 파는 걸까?'라는 생각이 스쳐갔다. 영어가 안 됐던 그는 손짓으로 앞을 가리키며 무엇인가 말했다. '뭔 말이지, 내가 줄을 잘못 서고 있나.' 그와 대화의 오류가 본격적으로 시작되고 있을 즈음 줄을 서 있던 사람들과 지나가던 이들이 우리의 이상한 모습을 구경하기 시작했다. 그때, 어디선가 구세주가 등장했다. 영어를 할 줄 아는 베트남 청년은 완장 찬 직원 말을 듣더니, "네가 빵을 사려면 오랜 시간을 기다려야 하니 맨 앞줄에 가서 기다리라"는 의미였다고 통역을 해줬다. 앞줄의 사람들도 앞을 가리켰다. 외국인을 위한 특별한 배려였던 셈이었다.

순간, 내 얼굴은 붉게 화끈거리며 고민에 빠졌다. 의도치 않은 특별히 배려한 말이다. 직원 말대로 하면 바로 빵을 사서 다른 일을 볼 수 있다. 줄을 서서 기다리자니 배려를 해준 직원에게 미안했다. 결국 줄을 서서 기다리기로 결정했다.

직원에게, 앞줄 사람에게 감사하다는 말을 전했다. 그러자 다시 평화가 찾아왔다. 재미난 에피소드 하나가 생겼다고 생각하며 다시 기다리는데, 노부부와 눈길이 마주쳤다. 마치 나와 눈을 마주치기를 기다렸다는 듯이 그들은 엄지손가락을 펼쳐 보였다. 그리고 가벼운 목례까지 하는 게 아닌가.

현지인보다 특별한 여행자는 없다.

〈tip〉

-훼의 음식 이야기

베트남 통일 왕조의 수도인 훼는 음식 문화가 발달되어 있다. 왕실 정통 코스 요리는 몇 십만 원이 호가한다고 한다. 주머니가 가볍다고 실망하지는 말자. 훼는 여행자의 구미를 당기는 음식들로 넘쳐난다.

그 중에 으뜸은 아무래도 '분 보 후에'라는 쌀국수다. 쌀국수에 훼란 도시 명까지 들어가는 것만 봐도 후에의 대표적인 음식이 아닐 수 없다. '퍼'보다는 면발이 가는 '분'을 사용하기 때문에 소면에 익숙한 한국 사람들에게는 좀 더 친숙하다. 거기에 향신료와 매운맛을 내는 소스를 첨가해 맛과 멋을 갖춘 쌀국수다. 훼 사람들에 아침 식사로 사랑받는다.

훼의 곳곳에는 '분 보 훼'를 파는 식당이 많지만, 우체국 앞에 있는 식당을 추천한다. 현지인의 소개로 물어물어 찾아간 곳인데 국물 맛도 진하고 친절하기까지 했다. 베트남도 경제가 성장하면서 지방 도시에서만 먹을 수 있었던 음식들이 호치민, 하노이, 다낭 등 대도시에서도 먹을 수 있게 됐다.

여행자 거리 여럿 있는 식당 중에는 바나나 잎에 새우나 야채를 넣어 떡처럼 찐 음식 반 난(Banh Nan)도 강추. 반 록(Banh Loc), 반 베오(Banh Beo)도 한번쯤 경험해 보자. 양이 적기 때문에 한 사람이 두 가지 정도 시켜 먹어도 된다.

지역 음식의 자신감은 여러 식당이 쿠킹 스쿨을 운영하고 있는 것만 봐도 알 수 있다. 시간이 여유로운 여행자라면 하루 정도 쿠킹 스쿨에 참여해 베트남 음식을 배우는 재미를 느껴 보자.

왕들의 능을 거닐며

훼까지 찾아온 여행자라면 이미 호치민이나 하노이, 다낭을 경험해 봤을 것이다. 베트남은 국토가 길게 형성되어 각 도시는 저마다 특별한 문화를 소유하고 있다. 그 중에 훼는 베트남 최초의 통일 국가의 수도로 고풍스러운 여행지라 할 수 있겠다.

1802년 응우웬 왕조는 남북을 통일 시키고 훼를 수도로 삼아 1945년까지 140여 년 동안 국가를 운영했다. 훼는 베트남 전쟁 당시 친미 정부인 남부 베트남에 속해 있어 호치민이 이끄는 군대에 공격을 받았다. 호치민이 점령하고부터는 미국의 폭격에 시달렸다. 거기에 전쟁이 끝나고 유적들은 봉건시대 잔재라고 여겨져 폐허 속에 방치되었다. 유네스코는 베트남이 개방 정책을 펴자, 제일 먼저 훼의 왕궁이 있는 구시가지 일대를 1993년 유네스코 세계문화유산으로 지정했고, 지속적으로 복원 작업을 진행하고 있다.

덕분에 140년을 이어온 근대 국가의 수도는 훼를 아름다운 왕릉의 도시로 만들었다. 도시 곳곳마다 숨어 있는 왕들의 능은 훼의 볼거리 중에 당연 으뜸이다. 사회주의 이념에 숨죽이고 있던 왕들의 능은 시간이 지나 여행자들의 발자국으로 가득했다.

훼의 왕릉 투어는 다른 대도시 시티투어보다 그 역사가 길다. 왕릉이 도심 외곽에 있고, 대중교통이 발달되어 있지 않다보니, 자연스럽게 여행자들을 모집해 왕릉을 둘러보는 투어가 발달하게 됐다.

예전엔 로컬의 작은 여행사 위주로 진행됐던 것이, 최근엔 대형 여행사까지 일일 투어를 진행했다. 좀 더 자유롭게 낭만적으로 왕릉을 거닐고, 원한다면 오토바이 투어를 적극 추천한다.

오토바이 투어라고 여행사 상품에 따로 있는 것은 아니다. 각자의 호텔이나 게스트하우스 앞에는 오토바이 한 대로 생계를 이어가는 사람

들이 있을 것이다. 여행자가 숙소를 오고 갈 때 그들은 먼저 말을 걸어온다. 순발력 있는 운전자는 여행사에서나 보여줄 법한 왕릉의 사진을 보여주면서 자연스럽게 탑승을 유도한다. 여행자가 가고 싶은 몇 곳을 선택하면 그 자리에서 가격이 결정된다. 바가지 쓸 게 걱정이 되면 미리 여행사에서 진행하는 일일 투어 가격을 체크해 놓으면 된다. 물론 웬만한 숙소에서도 왕릉 투어 상품을 팔고 있으니, 평균적인 일일 투어 가격을 알기는 쉽다. 물론 오토바이를 개인적으로 빌려서 왕릉을 찾아가는 것도 좋겠지만, 안전사고의 위험이 가장 높기 때문에 비추!

오토바이를 타고 거리를 달리는 맛은, 택시를 타고 거리를 달렸을 때나, 버스를 타고 봤던 도시와는 확연히 달랐다. 작은 볼거리라도 나타나면 운전자는 손가락으로 뭔가를 가리켰다. 신호등에 걸려 있을 때는 덥지 않느냐고 묻기도 했다.

단체로 움직이지 않으니 왕릉에 내려서는 오롯이 혼자인 경우가 많았다. 최초의 통일 왕조 왕들은 자신의 능을 통해 자신만의 세계를 여행자에게 보여줬다.

처음 들렸던 왕릉은 민망 왕릉. 왕릉에 들어서면 이유 없이 친숙하고 편안한 느낌을 줬다. 응우옌 왕조 2대 민망왕은 프랑스를 배척하고 중국의 유교 문화를 선호했던 왕이었다. 때문에 왕릉 역시 풍수지리설에 입각해서 지어졌다니, 우리 왕릉에 익숙한 나에게는 편안하게 다가왔던 것이다. 1820년부터 20년 간 통치하면서 본격적으로 왕조의 틀을 잡은 왕이었다.

민망 왕은 우리와 얽힌 재미난 이야기가 있다. 그는 아들 78명, 딸 64명, 도합 142명의 자녀를 둔 인물이다. 그의 후사를 잇는 능력은 오랫동안 복용했다는 '민 망 탕'에 비밀이 숨어 있다. '민 망 탕'은 각종 약재를 넣은 술인데 훼 사람들은 가정집마다 이 '민 망 탕'을 제조해서 마셨다 한다.

이 '민 망 탕'의 주재료가 '고려인삼'이다. 질 좋은 민 망 탕을 만들기 위해선 좋은 인삼이 필요한데, 베트남 사람들은 고려인삼을 최상품으로 꼽았다고 한다. 지금도 훼 특산품을 파는 곳에 '민 망 탕'을 만날 볼 수 있다. 민망 왕은 공이 큰 신하에게 내리는 상급으로나, 연로해 아픈 신하에게 고려인삼을 몇 뿌리씩 하사했다고 한다.

응우옌 왕조 중 뚜득 왕은 빼놓을 수 없는 인물이다. 시에 조예가 깊어 4000천 편의 시를 지을 정도로 문학적 소양이 충만했던 왕이었다. 뚜득 왕은 응우옌 왕조의 왕 중에서 가장 재임 기간이 길었던 왕이기도 하다. 1848-1883년. 4대 왕, 하지만 프랑스의 식민지가 되어가는 기간에 왕좌에 앉아 있었던 비운의 왕이기도 했다. 그래서일까. 뚜득 왕은 자신이 죽기 16년 전에 이미 지금의 뚜득 왕릉을 완성했다. 자신이 직접 설계까지 했다. 왕릉은 울창한 소나무 숲에 둘러싸여 가득했고, 작은 섬을 지닌 인공 연못 르우끼엠은 왕릉의 깊이감을 더했다.

뚜득 왕은 자주 왕궁을 떠나 배를 타고 자신이 죽으면 묻히게 될 능으로 와 낚시를 하고 시를 썼다고 한다. 104명의 왕비를 두고 수많은 궁녀를 두었지만 후사는 없었다. 50명의 요리사가 50가지 요리를 만들면 50명의 궁녀의 시중을 들었는가 하면, 연꽃잎에 밤새 맺힌 이슬을 모아 차를 끓여 마셨다고 한다.

그런데 여기서 웃긴 것은 무슨 이유에서인지 모르지만, 뚜득 왕은 죽어서 이곳에 안장되지 않았다. 시신은 다른 곳에 안장됐고, 도굴을 방지하기 위해 공사에 참여했던 200여 명의 인부 모두를 죽였다.

뚜득 왕은 기독교인들에게는 불명예스러운 사건의 주인으로 거론되는 인물이기도 하다. 민망 왕 때부터 시작된 기독교 탄압은 뚜득 왕에 접어들어서 그 정점에 이르렀다. 프랑스와 스페인 연합군이 베트남을 공격한 이유 중 하나가 되기도 했던 선교사 탄압은 베트남 근대사의 아픈 과거로 남아 있다. 뚜득 왕이 즉위한 1848부터 20여 년간 처형당한 사람이 서양인 선교사 25명, 베트남 사제가 300명, 평신도가 2만 명에 달했다. 그 이후 한동안 기독교인은 베트남의 주류 사회에서 멀어져 있을 수밖에 없었다.

응우옌 왕조의 마지막 왕 카이딘의 능은 호불호가 매우 확실했다. 일반적인 왕릉과는 확연히 다른 외관이 여행자들 시선을 끌고 있었다.

무슨 일인가 싶어, 빠른 걸음으로 계단을 올라와 왕궁의 설명을 읽어 보고서야 이유를 알 수 있었다.

카이딘 왕은 응우옌 12번째 왕 1916년부터 1925년까지 재임한 20세기 왕이다. 그는 프랑스에 적극 협력한 왕으로 유명하다. 그래서인지 왕릉은 베트남식과 유럽식이 혼재되어 있으며 콘크리트를 소재로 한 건축 양식을 띤다. 거기에 신화적인 점을 강화하기 위해서 힌두 양식까지 가져왔다. 건축 자재는 프랑스와 일본에서 가져 와서 지었다. 왕의 시신이 안치되어 있는 건물인 꿍티엔딘은 더 가관이다. 현란한 색상의 도자기와 유리 조각들로 장식되어 건물을 보면 나라가 망하고 있는데, 이런 사치를 부리고 싶었을까 라는 생각이 저절로 들었다.

기분이 더 엎잖아 지기 전에 왕릉을 나왔다. 외벽이 검게 변해 있는 모습이 괴기스럽게까지 보였다. 베트남 사람들은 왕릉 투어를 할 경우 카이딘 왕릉은 거의 찾지 않는다고 한다. 자존감이 강한 베트남 사람들에게 나라를 팔아 호의호식한 왕릉은 볼 필요가 없다고 생각해서 일 듯 싶었다. 카이딘 왕릉은 웬만하면 처음 보는 것을 추천한다. 마지막으로 본다면 여행의 낭만이 그만큼 줄어들 게 된다.

〈tip〉

-화산 이씨를 아시나요?

주위에 화산 이씨를 만난 사람은 그리 많지 않다. 화산 이씨를 처음 듣는 사람도 많을 것이다. 베트남 이야기에 웬 화산 이씨냐고? 그 화산 이씨가 베트남 왕족의 피를 이어받고 있기 때문이다.

13세기 초 고려 고종 때 베트남 Li 왕조가 군사 쿠데타로 정권을 잃는다. 마지막 왕자인 리롱뜨엉(이용상)은 바다로 탈출해 지금의 황해도 옹진군 화산에 상륙했다. 이용상은 다행히 한자에 능숙했기 때문에 필담으로 자신이 안남국의 왕자임을 설명했다. 고종은 비록 정권을 빼앗긴 나라의 왕자였지만 예우를 갖춰 이용상을 화산군으로 봉하고 화산 이씨라는 성씨를 하사했다고 한다. 원나라 침입 때 지역 주민들과 함께, 몽고군과 싸워 전과를 올렸다는 기록도 남아 있다. 현재 남한에는 수 천 명의 화산 이씨가 살고 있다고 한다.

인도차이나에서 가장 아름다운 마을 – 호이안

호이안이란 마을에 대해 처음 듣게 된 곳은 치앙마이에서였다. 대학가 작은 카페의 주인은 나름 예술을 하는 친구였다. 정치 이야기부터 여자 친구 이야기까지 작은 카페 주인은 어느 날인가부터 여행자의 친구가 되어 있었다.

그러던 중 그 친구 입에서 호이안이란 마을이 등장했다. 자기가 언젠가는 꼭 호이안에 갈 것이라며. 태국의 젊은 예술가들에게 호이안은 꼭 여행가야 하는 버킷리스트의 한 곳이라 했다. 카페를 운영하지만 그다지 넉넉하지 못했던 그는 해외여행이 큰 맘 먹어야 되는 일이다. 여행지를 선택할 때 누군가의 추천을 받지 않지만, 태국 젊은 친구의 버킷리스트에 들어 있는 여행지가 궁금했다. 그 후 얼마 지나지 않아 호이안을 찾았다.

차에 내려 게스트하우스를 찾아가는 시간부터 호이안은 호이안이었다. 분명 차에서 내리기 전까지는 베트남을 여행하고 있었는데, 호이안은 꼭 다른 나라에 온 느낌까지 들 정도였다. 집이며 카페, 걸어 다니는 사람들의 표정, 게하의 직원들까지 다른 색을 띠고 있었다.

지금이야 다낭에 직항이 다니고 다낭 패키지 상품에 호이안이 꼭 들어 있어 누구나 쉽게 구경할 수 있는 곳이지만, 몇 년 전 만 해도 하노이나 호치민을 통해 육로로 밖에 오갈 수 없는 마을이었다.

마을은 고요했고 고풍스러웠다. 지나가는 소녀의 걸음걸이는 산뜻했으며, 노점에서 쌀국수를 만드는 할머니는 기품이 있었다. 어찌 배낭여행자가 이 마을을 사랑하지 않을 수 있을까. 첫인상이 이처럼 강인한데 말이다.

여성들이 호이안을 더 좋아하는 경향이 있다. 이유인즉 제대로 된 인테리어와 맛을 낸 유럽식 카페와 레스토랑들이 많기 때문이다. 이렇게 서양식 카페가 많이 생긴 이유는 바로 호이안이란 이유다. 호이안의 매력에 빠져 헤어 나오지 못한 서양인들이 정착하며 하나둘씩 카

페와 레스토랑을 열었다.

그들이 운영하는 베이커리나 식당은 어느새 유명한 맛집으로 유명해지기까지 했다. 호이안의 빵이나 커피 맛은 어느 나라, 어느 도시에도 뒤떨어지지 않는다는 게 개인적인 생각이다.

호이안에 정착하는 외지인이 많은 이유는 마을이 주는 멋스러움도 있겠지만, 베트남 내 호이안 사람들이 가지는 개방성도 한몫을 했다.

훼에서 남쪽으로 140여 km 떨어져 있는 작은 도시 호이안은 15세기부터 19세기까지 인도차이나에서 가장 번성한 항구 도시 중에 하나였다. 유럽과 중국을 잇는 해상 실크로드의 거점 도시였던 호이안은 중국, 일본 상인은 물론 서구 상인들까지 드나들었다고 한다. 때문에 호이안 곳곳은 각국의 문화가 뒤섞인 독특한 분위기를 형성하고 있다. 기본적인 베트남 양식에 중국 및 일본풍이 가미된 건물들이 여전히 곳곳에 남아 있다.

무역 도시였던 호이안은 단순히 건축 양식만 변화시키지 않았다. 삶을 나누는 방식, 민족을 떠나 인간이 서로 나눌 수 있는 가치에 대해 서로 이해하고 성장했던 도시였던 것이다. 때문에 지금에 와서도 피부색이 다른 외지인이 와서 정착을 해도 자연스럽게 받아들이는 정서가 생겼으리라.

호이안이 여행자들에게 본격적으로 알려진 것은 베트남이 개방되고, 옛 거리가 1999년 유네스코 문화유산 지정되고부터였다. 마치 시간을 거슬러 올라 간 듯 한 느낌을 지울 수 없는 거리는 여행자들로 늘 활기찼다.

화교들의 전통과 영향력을 상징하는 향우회관과 건축물이 상당하다. 몇몇 건물은 박물관식으로 입장료를 받으며 운영 될 만큼 가치를 인정받고 있다.

호이안 여행 중에 꼭 가보게 되는 곳이 있다면 '일본 다리'다. 호이안 옛 거리 중심에 자리 잡고 있는 일본 다리는 도시를 대표하는 건축물로 보면 된다. 일본 다리는 1593년 일본인들은 자신들이 사는 곳과 중국인들이 사는 곳을 잇기 위해 세운, 지붕이 있는 다리다. 16세기 지붕이 있는 다리가 과연 몇 개나 있었을까라는 궁금증이 생기기도 했다. 기단은 돌로 이뤄져 있지만, 나머지는 일본 건축 양식을 띤 목조로 만들어졌다. 작은 다리 중앙에 사원이 있는 것도 재미있다.

호이안 옛 거리를 여유롭게 거닐다 보면 화랑들이 모인 아름다운 거리를 발견할 수 있다. 하노이나 사이공에서 본 키치 미술품이 아닌, 수준 높은 미술품을 만나는 행운도 얻는다. 주머니 사정이 여유로운 여행자라면 의미 있는 기념품을 장만해 보자.

연인과 함께 한 여행이라면 호이안 시내에서 가까운 끄어다이 해변에서 여유는 어떨까. 넓은 백사장과 냐짱이나 무이네 보다 훨씬 조용한 해변이 추억을 더한다.

화이트로즈라고 부르는 반 바오 박(Banh Bao vac)은 호이안에서만 먹을 수 있는 음식이니 참고하시길. 얇은 반죽 속에 다진 새우를 넣고 찐 음식. 양이 적은 게 흠이지만, 강력 추천한다!

잠시, 휴식

한 왕조가 조용히 숨쉬고 있는 베트남 중부의 작은 도시
후에, 훼

하노이의 거친 눈빛이 익숙해 질 즈음
훼에서의 여행은 휴식이었다

작은 유적을 지키는 이들조차 여백이 느껴지는
내 걸음도 어느덧 숨 쉬고 있었다

가을이 찾아와 나뭇잎들이 떨어졌지만
아직도 한낮의 더위는 이곳이 인도차이나라는
것을 말해 주고 있었다

때론 많은 사진이 말해 주지 못 하는 말을
단 한 장의 사진이 말해줄 때가 있다

훼의 어느 곳에서 내 발걸음이 다시 떠오르게
만든 사진 한 장

난 이 곳에서 잠시 쉬었다

죽음을 맞이하는 다른 방식

삶의 양식이나 종교에 따라 죽음을 맞이하는 방식이 다르다. 같은 종교라지만 나라마다 다르고, 죽음을 인식하는 것 또한 다르다. 죽음에 대한 공포를 가지는 것은 유한한 인간에게 어쩌면 당연한 것처럼 보인다. 때문에 망자를 대하는 방식 역시 각자의 문화에 따라 달라진다. 유럽의 경우 묘지가 마을 안에 있기도 하지만, 불교 문화권은 마을과는 조금은 떨어져 있기도 하다. 어느 나라의 경우 공포의 공간이 되기도 한다.

라오스와 태국 등이 불교문화가 삶의 방식을 결정한다면 베트남은 우리와 비슷하게 유교 문화가 삶의 방식을 결정한다. 여행을 하면서는 죽음을 맞는 장면을 만나기가 쉽지 않다. 호이안에서 우연하게 장례를 치루는 모습을 보게 됐다.

상을 당한 가족들에게 차마 카메라를 들이댈 수 없었기에, 그냥 지나치려다가 어쩔 수 없이 멀리서 두 컷을 찍었다. 낯선 여행자를 조금이라도 이해해주길 바라는 마음으로.

인도차이나를 여행하면서 처음 만난 죽음. 이들은 죽음을 어떤 방식으로 맞이할까. 슬픔을 뒤로 하고 망자를 어떤 방식으로 보낼까. 걸음을 멈추고 먼발치에서 그들을 지켜봤다.

상주 같은 이들은 우리네 소복과 비슷하게 생긴 하얀 옷을 입고 조문객을 맞는 모습은 별반 차이가 없었다. 조화가 한쪽 벽면에 세워진 모습이나, 도란도란 앉아 죽은 이에 대한 이야기를 나누는 것도 비슷했다. 그런데 갑자기 놀라운 장면이 목격됐다. 곡하는 소리가 아닌, 노래 소

리가 들리기 시작했다

노래방 기계를 가져다 놓고 조문객 누군가 노래를 부르는 듯. 이건 무슨 상황인지 궁금할 수밖에 없었다.

우리네야 상주들의 곡하는 소리가 들리지 않으면 쌍놈의 집안이라고 동네 어른들이 꾸짖던 생각이 떠올랐다. 한국에서 곡을 하는 이유야, 곡을 해야만 죽은 자가 자신이 죽었다는 것을 알고 저승으로 간다는 이유가 있다. 심지어 엽전을 입에 물려주기도 하지 않던가.

그럼 베트남인들이 죽음 앞에서 왜 울지 않을까. 우리네처럼 엽전을 입에 물려주는 풍습도 비슷했다. 이들 역시 죽은 자를 저승으로 보내야 된다는 생각이었다. 베트남 사람들은 상주들이 울거나, 조문객들이 울면 그 눈물이 죽은 자의 옷을 적신다고 생각한다. 눈물에 젖은 무거운 옷 때문에 죽은 자는 저승으로 가지 못한다고 믿는 것이다. 그래서 베트남 사람들은 웬만하면 죽은 자 앞에서 눈물을 보이지 않는다.

더 나아가서 노래를 부르는 것은 애써 죽은 자를 축하하는 것은 아니지만, 당신이 없어도 남은 자들은 이렇게 술 마시고 노래 부르고 잘 살 수 있다고. 그러니 아무런 걱정 말고 저승으로 가라고 편히 올라가라고. 참 모질지만 가슴 아린 의미가 숨어 있었다.
여행자의 눈은 이런 다름 때문에 빛나는 모양이다.

⟨tip⟩

-죽은 어미에 대한 예우

베트남 사람들에게 죽음을 맞이하는 방식은 우리네와 비슷한 유교적인 모습을 취한다. 몸을 씻겨 염을 하는 방식이나, 관을 안치하는 방식, 3일장, 49재 등도 똑같다. 심지어 죽은 사람의 입을 열어 쌀과 얼마간의 노잣돈을 집어넣는 것도 비슷하다. 저승에 가려면 강을 건너야 하고, 그때 돈이 들어가기 때문에 노잣돈이 필요했다.

상여가 나갈 때는 우리와 조금 다르다. 아버지가 사망했을 경우 우리와 비슷하게 뒤따라가지만, 어머니가 사망했을 때는 상여의 앞에 서서 뒷걸음질 하면서 운구를 한다. 이는 아버지는 전송하지만 어머니는 영접한다는 의미가 깔려있다. 어머니에 대한 최상의 예우인 셈이다.

선머슴이 사고 쳐서 길을 잃다

형과의 베트남 여행은 뜻밖에 동행이었다. 죽을 고비를 넘겼던 그에
게는 인생의 전환점이 필요했다. 그래서 한국을 떠나 다른 나라에 살
기로 결심하고, 베트남으로 결정했다. 하지만 그는 베트남을 한 번도
경험해 보지 못한 상태였다.

살기로 결심한 이상, 몇 달 여행은 해봐야 한다는 내 조언에 그는 흔쾌
히 좋다며 여행을 따라 나섰다. 혼자에 익숙한 여행자에게 장시간 동
행자가 따라 붙는 게 여간 힘겨운 게 아니었지만, 앞으로 살아야 할 나
라를 보여주고 싶었다.

장기 배낭여행이 처음인 형은 일정을 잘 따라 왔다. 모든 일정을 나에
게 맡긴 탓도 있었다. 은근 부담도 됐지만 재미있는 여행이 되고 있었
다. 형이 베트남이란 나라에 적응했을 그 즈음 호이안에 도착했다.

작게만 느껴졌던 호이안은 생각보다 컸다. 늦은 아침을 해결하고 나
온 뒤 형과 정처 없이 걸었다. 뚜렷한 목적지가 없으니 그럴수도 있지
만, 호이안 여행은 그냥 걷는 것이 일품인 동네였다.

간간히 만나게 되는 분위기 좋은 카페며, 길거리 간식거리, 예쁜 선물
이 가득한 선물가게, 모나리자를 그리는 화방까지, 걷는 재미가 있는
동네였다.

그렇게 몇 시간을 걸었을 때, 숙소로 돌아가기로 결정했다. 잔뜩 흘린
땀도 씻을 겸 쉬다가 저녁을 먹기로 했다. 그런데 문제는 그 때부터 발
생했다. 정처 없이 걷다보니 방향 감각이 전혀 없었다. 그때! 한 번도
주장을 내세우지 않던 형이 단호하게 숙소 방향을 가리켰다. 아차, 싶
었지만 그가 처음 주장한 말에 토를 달기도 그랬다. 알았다며 무작정
뒤를 따라 갔다.

몇 시간을 걸었을까. 해는 떨어졌고, 이미 어둠은 깊어졌다. 배는 고프
고 발걸음은 무거웠다. 지도를 이리저리 돌려가며 길을 찾고 있는 형

의 모습은 이미 패닉 상태였다. 어차피 찾아갈 수 있는 숙소지만, 자신 때문에 이리 헤매고 있다는 미안함 때문이었다.

터져 나올 것 같은 웃음을 참으며 묵묵히 옆을 지켰다. 우여곡절 끝에 숙소에 도착하니 9시가 훌쩍 넘어 있었다. 어쩔 줄 모르고 있던 그는 얼른 씻고 나오란다. 저녁은 자기가 비싼 것으로 쏘겠다면서. 그날 저녁은 여행 중에 가장 비싸고 맛있는 저녁밥을 먹은 날로 기억됐다.

그날 오후는 평화로운 시간이었다. 무작정 걸으며 시내를 벗어나자 울창한 대나무 숲이 나타났다. 땀도 식힐 겸 여행자의 오후를 지내기 딱 좋은 숲이었다. 강변에서 불어오던 바람은 대나무 잎을 만나 시원 소리를 만들어 내고 있었다.

플라스틱 알록달록한 의자에 앉아, 베트남 특유의 진한 커피를 마시 니 세상 부러울 게 없는 시간이었다. 그렇게 바람을 느끼고 있을 즈음 형이 한 마디 했다.

"이 동네 별로야, 뭐 특별한 것이 없네."

특별한 단어에 어떤 이상한 감정이 꽂혔다

"음… 특별한…특별한…"

그래, 살기로 결심해 베트남의 특별한 것을 찾기 위해 여행하는 사람 이라면 나의 걸음은 지루하고 의미 없이 보여지겠구나라는 생각이 들 었다.

대나무 잎에 부서지는 바람을 맞으며 한 시간을 훌쩍 넘겼다. 간간히 현지인들이 오토바이를 끌고 와 그네들의 방식으로 회식을 했다. 토 요일이었다.

큰 싸움 없이 무사히 여행을 끝내고 한국에서 형을 만났다.

여행 중 이야기를 하던 중 그가 한 마디 했다.

돌아와 여행을 생각해보니까, 그날, 그 대나무 카페에 앉아서

커피를 마셨던 날이 생각이 난다고 했다

왠지 모르지만 그날이 긴 여정 속에서 또렷이 생각난다.

노트북 켜고 여행 사진을 넘기며 짧지 않았던 여행을 추억했다. 특별한 말이 없이 묵묵히 사진을 보던 형은 노트북을 덮자, 한 가지 제안을 했다.

"나중에 기회가 되면 2-3년에 한 번씩은 자신을 위해 여행을 가자"고.

"왜?" 내가 물어보자, 그는 "그냥 너와 함께 한다면 그냥 특별히 무엇인가 하지 않아도 편할 것" 같단다.

그는 "이 동네 별로야, 특별한 게 없네"라는 말은 취소했다. 무심코 던진 말에 내가 상처를 입지 않았을까라는 노파심 때문이었다. "지루한 풍경에 특별한 경험을 선물해 줘서 고맙다"고 덧붙였다.

일상의 지루함을 도망쳐 여행을 떠났지만, 오랫동안 여행을 하다보면 그 여행조차 일상이 되고 지루하게 느껴질 때가 있다. 삶의 어느 곳이 지루하지 않으랴. 그 뜨거웠던 사랑조차 지루한데.

그러나 잠시, 따뜻한 눈으로 삶을 보면 세상은 온통 특별한 것 투성이였다.

건강한 노동의 향기 - 키치미술

처음 베트남 땅을 밟은 곳이 하노이였다. 강압적인 출입국 관리소 직원들의 강렬하고 차가운 눈빛이 지금도 생생하다. 또 다른 인도차이나를 만나 당황하고 있던 시간, 나를 피식 웃게 한 작은 화방이 있었다. 그 작은 화방은 사뭇 런던의 내셔널갤러리가 하노이 항박의 작은 화방으로 고스란히 옮겨진 듯 한 착각을 불러 일으켰다. 고호의 해바라기들이 습한 인도차이나 열기 속에 춤을 추고 있었고, 르누아르의 '두 자매'들이 하노이 골목을 걷고 있었다.

출입국관리소가 준 첫 인상 때문인지 베트남 세상은 아름답지 않았다. 아니 무엇 하나 맘에 드는 구석이 없었다. 거기에 런던의 내셔널갤러리가 항박 골목에 고스란히 모셔져 있으니 코웃음이 절로 나왔다. 맘껏 비웃어 주려고 화랑에 들어가자 두어 명의 화가들이 명색이 화가랍시고 그림 그리기에 몰두하고 있었다. 물론 유명한 화가의 사진을 보고 그대로 베끼고 있었다. 어이 상실. 도대체 이 사람들은 그림붓을 쥐고 있으면서도 자존심이 없는 것일까라는 생각이 들었다.

20세기 유일하게 미국을 이긴 명예로운 나라의 사람들이 작은 화방에 쪼그려 앉아 제국주의 산물을 그대로 따라 그리고 있다니. 상상했던 베트남하고는 거리가 멀었다. 겉으로는 진지하게 그림들을 살펴봤지만 속으로는 비웃어줬다. 출입국 관리소에서 당한 불쾌감을 마음껏 복수라도 하듯.

그러면서 남으로 남으로 남하해 사이공(호치민)까지 내려왔다. 거쳐 온 도시마다 유럽의 유명 미술관이 골목마다 하나씩 있었다. 사이공 여행자 거리에 이르자 그 수가 더 많아졌다. 물론 지금이야 비싸진 가게 세를 부담하지 못해 화방들이 외곽으로 밀려갔지만, 7년 전만 해도 여행자 거리 뒤편에는 화랑들이 거리를 좀 더 낭만적으로 만들어 놓고 있었다.

그 후 몇 년이 지나 움베르토 에코 책을 읽다가 '키치'에 대한 그의 생각을 읽게 됐다. 쉽게 말해 에코는 키치에 대해 미학적 체험이라는 외투를 걸친 채 예술이라도 되는 양 속임수를 치면서 이질적인 체험을 슬쩍 끼워 넣은 행위라고 정의했다.
맞는 말이었다. 집에 돌아와 베트남 사진 폴더를 열었다. 여행하면서 찍었던 키치 미술의 현장을 다시 확인하고 싶은 생각과 에코의 말을 통해 확인하고 싶은 마음이 강렬했다.
그리고 공부했던 키치, 키치를 보는 시각이 학자마다 다양하다는 것도 그때 즈음 알게 됐다.

키치에 대한 정보가 입력된 채 다시 찾아간 베트남. 그 사이 북부 베트남은 좀 더 유연한 모습을 띠었다. 웃음기 찾아보기 힘든 얼굴들이 이제는 남쪽 사람들처럼 여유로운 웃음을 간간히 보여주고 있었다. 자본의 힘이란 이런 것이란 생각이 들 정도로.
그리고 다시 지나치기 시작한 키치 화랑. 그 화랑 안에는 여전히 화가들이 집중하며 키치 미술이나 베트남을 상징하는 그림들을 그리고 있었다. 여전히 클림트, 고호, 르누아르가 있었다. 그런데 에코의 말이 떠올랐다. "예술이라도 되는 양 속임수를 치면서 이질적인 체험을 슬쩍 끼워 넣는 행위."
과연 그의 말처럼 단순하게 키치가 정리될 수 있을까라는 의문이 들었다. 구멍 가게만한 화랑에서 작은 의자에 쪼그려 앉아 정직한 노동을 하고 있는 화가들을 보면서 부터 애정을 갖고 그림을 보기 시작했다. 출입국 관리소에서 당한 불쾌한 감정을 지운지 꽤 오랜 시간이 지난 시점이었다.

애정을 갖고 보면 세상은 달리 보이는 법. 베트남의 르누아르는 보다 밝은 원색을 입고 있었고, 고호는 좀 덜 아프게 해바라기를 그렸다. 클림트는 좀 더 회화적으로 표현되고 있었다. 그들이 비단 하노이뿐만 아니라 훼, 호이안을 거치면서 사이공까지 다른 향기를 만들어 놓고 있었다.

단순히 속임수라고 치부하기에는 너무도 정직한 노동의 산물로 그려 놓은 베트남의 키치 미술. 내가 좀 더 넓게 세상을 볼 수 있게 만들어 줬다.

나트랑이 아닌 '냐짱', 불교가 아닌 힌두교

여행을 좋아하는 이들이라면 '냐짱'이라는 도시의 이름을 한 번쯤 들어봤을 것이다. 7km에 달하는 모래 해변에 근사한 레스토랑, 다양한 조건의 호텔, 여러 즐길 거리, 싼 물가 등 여행가 좋아할 모든 것을 갖춘 여행지가 냐짱이었다.

거리상으로는 호치민시티에서 가깝지만, 단기간 여행자는 교통 편의상 다낭을 통해 냐짱에 오는 경우가 많다. 다낭도 해변이 있지만, 베트남 내에서 해변을 끼고 있는 여행지는 냐짱이 당연 으뜸이었다.

태국의 여느 해변 관광지보다 왠지 좀 더 정돈된 느낌이랄까? 물빛이야 태국이 한 수위라고 치면, 그 외는 냐짱의 손을 들어주고 싶다. 밤이 돼도 겉으로 보기에는 특별히 아이들에게 해가 될 만한 밤 문화는 없다. 딱 가족과 함께 오면 좋은 여행지였다. 여행지에서 숙소는 제일 우선시 되는 문제일 것이다. 냐짱은 해변 도로를 따라 호텔이며 게스트하우스가 즐비했다. 각자의 주머니 사정에 맞춰 찾으면 된다. 참고로 베트남 게스트하우스는 침대 상태나(5불짜리 방에 라텍스가 웬말) 방의 조건이 가성비 최고다. 태국 포함 인도차이나 내에서.

우선 '냐짱'이란 도시의 이름부터 확실히 하고 넘어가자. 아마 일부 무식한 홈쇼핑 방송부터가 아닐까 생각이 들긴 하다. 홈쇼핑으로 냐짱 상품을 팔기 전까지는 냐짱이 그리 핫한 여행지가 아니었으니 말이다. 현대 베트남어로의 정확한 발음은 냐짱이다. 베트남 누구도 냐짱을 나트랑이라고 하지 않는다. 1940년대 침략자 일본군이 주둔하면서 일본식 발음(일본식 발음이 따로 있는 것은 아니다. 언어 구조상 못하는 발음이 많을 뿐이다)으로 나트랑(일본어: ナトラン)이라고 불렸다. 냐짱이랑 이름을 놔두고 어디서 나트랑이란 이름을 가져다 쓰는지 요즘은 허접한 가이드 책에도 나트랑이라 쓰인다. 베트남 사람이 부르는 냐짱이란 이름이 있는데, 왜 굳이 나트랑이라고 부르는지. 토착 왜구

가 아닐까라는 의구심까지 들게 한다.

지리적으로 왕래가 쉽고 아름다운 해변을 가진 도시는 때론 양날의 검처럼 아픈 역사를 지니는 경우가 많다. 냐짱 역시 역사의 소용돌이를 피해갈 수는 없었다. 점령군 프랑스인들에게도 냐짱은 꽤 매력적인 도시였는지, 군인들을 위한 휴양지로 개발했다. 이미 개발된 휴양지를 그대로 일본군이 군사적 용도로 사용했다. 여기에 끝나지 않고 미군은 냐짱을 군항으로 사용했다. 한국군은 한술 더 떠 야전사령부를 냐짱에 주둔시켰다. 다낭 항에 도착한 한국군은 야전사령부가 있는 냐짱으로 이동해서 각자의 부대로 배치됐다. 중년의 단체 여행팀에게 냐짱이 필수 지역인 이유다. 부디 침략군의 모습으로 여행하지 마시길…….

전쟁이 끝난 후 휴게 시설은 고스란히 베트남 고위 관료들이 사용할 수 있는 리조트로 변신했다. 도이머이 경제 개혁을 통해 외자 기업의 투자 유치를 적극적으로 받은 곳이 냐짱이기도 하다. 침략자와 전쟁으로 개발된 냐짱이 지금은 낭만과 평화의 상징처럼 된 여행지로 탈바꿈 된 것을 보면 역사의 아이러니가 아닐 수 없다.

냐짱의 근대사가 프랑스 식민지 시대부터 시작됐다면, 고대 도시의 시작은 참파 왕국에서부터였다. 192년부터 1832년 비엣족의 베트남에게 점령되기까지 참파 왕국은 중남부 지역의 패권자였다. 중개 무역으로 세를 넓혀가던 참파 왕국은 8세기 전후 냐짱을 왕조의 수도로 삼았다. 참파 왕국 유물이 안남 산맥을 넘어 라오스나 캄보디아 일부 지역에서 출토되는 것으로 보아, 참파 왕국의 지배 권역이 어디까지였는지 짐작케 한다. 실제로 메콩 강을 따라 똔레삽 호수까지 진격해 자야바르만 7세가 있던 앙코르 제국에 심대한 타격을 주었다. 1117년 참파는 앙코르를 공격해 4년 동안 앙코르를 지배하기도 했다.

참파 왕국이 번성할 시기 세워진 사원이 냐짱의 상징인 '뽀나가 참 사원(Po Nagar Cham)'이다. 냐짱 시내에서 다리를 건너가면 만나게 되는 뽀나가 참 사원은 7-12세기 힌두교 사원이다. 단체 여행객들이라면 일정에 나와 있지 않아 힘들겠지만, 개인 여행자라면 꼭 다리 건너기 전에 사원을 감상해 보시길! 베트남에 현존하는 참파 유적 중 가장 오래되고 잘 보존된 건축물이다. 붉은 벽돌에 피라미드형 지붕과 아치형 내부를 하고 있는 뽀나가 탑은 전형적인 참파 왕국의 건축 양식이다. 뽀나가란 팔이 10개인 참족의 여신 이름. 때문에 사원 안에는 남성이 아닌 '뽀나가'란 여신상이 모셔져 있다. 약탈과 파괴로 4개 탑만 남아 있으나, 북쪽 탑에는 4개의 팔을 가진 시바신의 춤추는 모습을 새긴 부조가 온전한 형태로 남아 있다. 힌두교를 기반 했던 왕조가 무너지고 그 힌두 사원만 남았지만, 사원만이 자신의 정체성을 지키기 힘들었나 보다. 지금은 불교 사원으로 이용되고 있다.

〈tip〉

–롱선사

불심이 깊은 신자라면 1889년에 지어진 고찰 롱선사를 찾아 가자. 불교를 신앙으로 가지고 있는 현지인들이 많이 찾는 곳이다. 152개의 돌계단을 오르고 만나게 되는 높이 14m의 거대한 부처상이 평화를 선물해 준다.

현지인처럼 하루 살아보기 – 탑바 온천, 당구장, 락깐 식당

혼자 여행을 하다보면 뻘쭘해서 은근 하지 못하는 것들이 있다. 해변 도시 여행이나 고기를 굽는 메뉴 선정, 당구장 가기, 온천욕 즐기기가 대표적이다. 수영복 입고 중년의 남자가 혼자 물놀이를 하는 게 상상 되는가? 당구를 혼자 치는 사람은 없다. 온천욕은 또 어떤가?

다행히 한 번은 동행이 있었다. 전에 해보지 못한 것들을 다 해보기로 맘을 먹었다. 딱히 뭘 같이 하자고 제안하는 편이 아니었지만, 현지인 처럼 하루 살아보자는 제안에 동행자도 흔쾌히 좋다고 했다.

브런치를 먹고 탑바 온천을 향했다. 치앙마이에서였다. 이 더운 나라 에서 온천이 있다는 정보를 처음 들었던, 그 의문은 과연 이런 더운 날 씨에 현지인들이 온천을 즐길까라는 것이었다. 관광객들을 위한 온천 이겠지 싶었다.

냐짱에도 꽤 유명한 머드 온천이 있었다. 게스트하우스 사장이 몇 번 이고 탑바, 탑바, 핫스프링, 핫스핑이라며 몇 번을 추천했던 곳, 탑바 온천이었다. 치앙마이 싼캄팽 온천에 대한 좋은 기억이 있었기에 들 뜬 마음으로 출발했다. 시내에서 멀지 않아 택시를 타니 금방이었다.

여행자들만 있는 것은 아닌가라는 걱정은 기우였다. 피부 미용에 민 감한 베트남 여성들이 머드팩을 하고 머드탕에 들어가 한가롭게 시간 을 보내고 있었다. 잘생긴(?) 이방인 두 명이 어슬렁거리자, 중년의 여 성들은 손까지 흔들면서 반가움을 표시했다. 난 언제쯤 타인에 대해 저렇게 티끌 하나 없이 손을 흔들며 웃어 줄 수 있을까라는 생각이 스 쳐갔다. 숲 속 안에 꾸며진 온천은 아담한 정원부터 아기자기하게 꾸 며져 있었다. 시스템이나 시설 어디 하나 부족함이 없었다.

생각보다 강렬한 유황의 냄새는 없었지만, 머드와 뜨거운 물이 충분 히 머드 온천임을 증명했다. 머드가 묻은 몸을 씻기 위해 설치된 샤워 장치를 통과하는 재미도 쏠쏠했다. 작은 수영장에서 몸의 열기를 식히고 점심을 먹었다.

한국의 경우 이런 시설 내부의 식당은 비싼 게 일반적일 것이다. 하지만 인도차이나에서는 특정 시설에 있는 식당이 비싸다는 선입견을 갖지 않아도 된다. 피부에 확 느낄 만큼의 큰 차이는 아니었다. 거하게 먹을 저녁을 고려해서, 실패할 확률이 거의 없는 볶음밥을 주문했다. 역시나 탁월한 선택이었다. 김밥을 시키면 어묵 국물을 주듯이, 인도차이나에서는 허름한 식당에서도 볶음밥을 시키면 국물이 따라 나온다. 사람의 입맛이란 어느 나라든 크게 다르지 않은 것 같다. 혹, 볶음밥에 국물이 나오지 않으면, 아무리 비싼 식당이라도 맛집은 아니라고 보면 된다.

맛있는 볶음밥도 먹었겠다, 썬베드에 누워 낮잠을 취했다. 나른한 몸에 바람이 불어오자 깜빡 깊은 잠이 들었다. 베트남 냉커피로 잠을 깨우고 당구장으로 향했다. 대한민국 남자라면 PC방과 당구장에 끌리지 않을 사람이 있겠는가. 특히 베트남은 인도차이나에서 당구장 상태가 제일 좋다. 여타의 나라는 유럽식 규칙을 따르는 스누커 테이블이 대부분이었지만, 베트남은 한국식 3구 4구의 테이블이었다.

베트남 당구장은 나름 재미있는 문화가 하나 있다. 각 테이블마다 카운트를 올려주는 여직원(?)이 있다는 점이다. 처음엔 당구장에서 고용한 여직원인 줄 알았지만, 나중에 알고 보니 직원이 아니었다. 이 여성은 자신이 차지한 테이블에서 기본 서비스를 해주고 팁을 받아 수입을 올리는 나름 자영업자였다. 주인 입장에서는 직원을 고용하지 않아서 좋고, 여성의 입장에서는 일자리가 생겨서 좋은 것이었다. 손님 입장에서는 한 명의 관중이라도 있으니 치는 맛도 있었다. 베트남 당구장에서는 자장면은 없지만, 대신 쌀국수나 볶음밥, 스프링롤 같은 것도 바로 시켜 먹을 수 있다.

택시 기사에게 '락깐'이라고 한마디만 하면 여행자는 냐짱에서 제일(?) 맛있는 식당으로 순간 이동이 가능했다. 최근에야 한국 여행자가 늘어 비슷한 식당들이 여럿 생겼지만, 원조는 역시 원조의 자격을 갖추고 있다.

베트남 음식 중에 팃 느엉(Thit nuong)이란 게 있다. 우리네 숯불 석쇠구이라고 보면 딱이다. '락깐'은 현지인들에게 먼저 사랑받은 숯불구이 고기집이다. 더운 나라에서 무슨 숯불구이냐고 할 사람도 있겠지만, 속단은 금물. 한국에 비하면 놀라울 정도로 싼 가격에 소고기, 돼지고기, 해물을 맘껏 먹을 수 있다.

특히 양념이 돼서 나오는 데 우리네 입맛에 잘 어울린다. 냐짱에 가면 꼭 빼놓지 않고 들리게 되는 곳이 락깐이란 식당이다. 저녁에는 현지인들과 여행자들이 섞여 인산인해를 이룬다. 에어컨과 큰 선풍기가 연신 돌아가지만 실내의 더운 기운은 어쩔 수 없었다. 그러나 락깐의 양념구이 맛을 포기할 수는 없는 노릇이었다. 여행자는 볶음밥을 시키지만, 현지인들은 바게트 빵을 구워 먹는다. 처음엔 그냥 무시하고 지나쳤는데, 먹어보면 이유를 알 수 있다. 여행지에서 현지 음식을 가장 맛있게 먹는 방법은, 어색해도 현지인들이 먹는 방식을 그대로 따라하는 게 정답이다.

⟨tip⟩

-냐짱 보트 투어

냐짱을 대표하는 여행 상품이라면 인근의 섬들을 둘러보며 하루를 즐기는 '보트 투어'다. 숙소에서나 현지 여행사에서 대부분 팔고 있는 상품이니 쉽게 예약 가능하다. 프로그램에 나와 있는 각 섬들을 돌며 스노클링, 줄낚시, 스킨스쿠버 등 다양한 물놀이가 가능하다. 그것도 다 귀찮으면 바다 한 가운데에서 수영을 즐기게 된다. 투어비가 아깝지 않은 점심도 냐짱 보트 투어를 유명하게 만드는 이유가 된다.

바구니 배처럼 흔들리는 삶 - 무이네

이름이 예뻐서 찾아간 도시, 무이네. 베트남 여행을 하는 이라면 한번 쯤 일정에 포함시킬 법한 도시지만, 나에게는 단지 이름이 예쁘다는 이유가 만남의 단초가 되었다.

여행자들은 해변의 무이네와 고산 도시 달랏을 놓고 고민하는 경우가 왕왕 있다. 무이네와 달랏은 호치민과 냐짱(베트남 북부를 올라가기 위해 꼭 거치는 도시) 사이에 일직선상에 있지 않다. 때문에 호치민을 통해 냐짱을 가려면 무이네를 거치던지, 달랏을 통하던지 해야 한다.

이름만큼은 아니지만 무이네라는 도시는 해변을 끼고 있는 휴양지처럼 조용하고 깨끗했다. 특별히 여행자 거리라고 불릴 곳도 없었고, 그래서인지 덩달아 사람들이 북적거리며 떠들썩한 곳을 찾아보기 힘들

었다. 베트남 여행을 하면서 이리 조용한 곳을 찾기는 쉽지 않다.

호텔과 호텔 사이를 오가려면 세옴을 타고 왔다 갔다 할 정도로 해변을 낀 호텔들은 저마다 경박하지 않게 여행자를 맞았다.

해변이 있다고 해서 은빛 모래사장을 상상하지는 말자. 무이네의 해변은 10km가 넘는다고는 하나 정작 모래사장이 있는 곳은 극히 일부. 그것도 바람이 많이 불고 바다 물빛도 선뜻 수영하기에는 내키지 않는다. 그러나 바람이 많은 바다가 그렇듯 윈드서핑이나 파라쉘링을 하기에는 최적의 장소임에는 틀림없었다. 실제로 윈드서핑이나 파라쉘링을 전문으로 하는 한국인 여행사도 있을 정도니 말이다.

무이네는 베트남 여행에 지친(인도차이나 반도에서 제일 지치는 곳이기 때문에)여행자에게 긴장과 피곤함을 달래기 적합한 장소였다. 특히 하노이에서부터 내려온 여행자라면 더더욱. 이 말이 무슨 말인가 싶은 이들도 있겠지만, 그것은 직접 경험해보면 안다. 이미 무이네를 찾았던 그 어느 여행자처럼 나 역시도 호텔의 작은 수영장에서 몸을 적시고, 불어오는 바람을 맞으면 책을 읽어 내려갔다.

무이네의 저녁은 운치 있는 밤을 맞게 해줬다. 노을 지는 시간을 지나 어둠이 내리면 저마다 식당들은 해산물 요리를 진열해 놓고 여행자를 맞았다. 혼자 여행한다고 걱정할 것은 없었다. 서빙을 하는 웨이터들은 심심찮게 친절한 얼굴로 어디서 왔는가라는 질문부터 시작해서 식사하는 내내 즐거움을 갖게 했다.

혼자 여행하면서 불편한 점 중에 하나는 아마 식당에 들어갈 때가 아닌가 싶다. 특히 배가 고플 때는 더욱이. 그렇다고 몇 가지 음식을 시킬 수도 없는 노릇이고, 혼자 먹는 것도 그리 유쾌하지 않을 때가 있으니 말이다.

가난한 여행자의 영혼

무이네 역시 베트남의 다른 여행지처럼 몇 가지 일일 투어 상품을 팔고 있었다. 여럿이 다니는 게 불편했기에, 숙소 앞에서 손님을 기다리던 세옴을 선택했다.

처음 선택한 곳은 '피싱 빌리지.' 말 그래도 어촌 마을이었다. 해변가에 어촌 마을이 있는 것은 당연한 것이었지만, 그걸 여행 상품으로 내놓았으니 자못 궁금했다. 피싱빌리지를 향하는 시간은 마침 초등학교 수업이 끝나 삼삼오오 집으로 향하고 있는 시간이었다.

여자 아이들은 저마다 햇빛을 가리기 위해 모자를 썼다. 남자 녀석들은 크로스백이나 알록달록한 책가방으로 한껏 멋을 냈다. 베트남 여행을 하면서 매번 느끼는 것이지만, 인도차이나 지역에서 베트남 사람들이 제일 패션 감각에 앞서 있는 것을 느낀다. 햇볕을 과도하게 싫어하는 것이나 옷 입는 것, 머리 스타일 등을 보면 알 수 있다.

인도차이나 반도를 살아가는 이들은 유난히 하얀 피부를 선호한다. 그중에서도 북쪽에서 넘어온 비엣 족의 후손 베트남 사람들은 유별나다. 그래서 상대적으로 검은 피부를 가지고 있는 크메르 민족을 무시하는 경향까지 생겼다. 그래서 베트남 사람들은 서로 욕할 때 '캄푸치(캄보디아인들을 속되게 부르는 말)'라는 말을 쓸 정도라고 하니, 하얀 피부를 어느 정도 선호하는지 짐작이 가고도 남음이다.

피싱빌리지를 도착하기 전에는 단순히 우리네 서해 포구 정도 생각했다. 그러나 막상 그곳에 도착하자, 내 생각 자체가 졸렬했다고 감히 말할 정도였다. 컴퓨터 그래픽을 동원해 만든 영화의 한 장면처럼 수 천 척의 배가 바다 위에 닻을 내리고 있었다. 어촌의 그 특유의 비린내조차 수 천 척의 배 앞에 서니 신선함으로까지 느껴졌다.

이 배들은 밤이 되면 먼 바다로 나가 아침이 돼서야 돌아온다고 같이 온 세옴 기사가 설명을 해줬다. 그 설명을 듣고 보니 실제로 무이네의 밤바다를 보고 있으면 수평선 근처에 수많은 배들의 흔적을 발견할수 있었다.

그러나 배의 규모가 작아 동해에 떠있는 촉 밝은 오징어 배를 생각하면 오산이다. 말 그대로 흔적이었다. 깜빡거리는 먼 불빛, 그것도 신경을 집중해야만 찾을 수 있는 빛의 흔적들을 이 작은 배들이 만들어 내고 있었던 것이다.

그렇게 작은 불빛을 안고 먼 바다까지 나가 위태로운 항해를 끝낸 배들은 동이 떠오르면, 만선의 기쁨을 안고 비린내 물씬 풍기는 이곳 피싱빌리지에서 안식을 찾게 되는 것이다.

선착장을 찾아 볼 수 없는 피싱빌리지에서 뭍으로 올라오는 방법은 바나나 잎으로 만든 바구니 배가 유일한 수단이었다. 바구니 배조차 위태롭기는 매한가지였다. 베트남에서만 볼 수 있는 바구니 배는 3-4명이 들어갈 수 있는 그야말로 큰 바구니였다. 파도가 치면치는 대로, 흔들리고 흔들리면서 뭍으로 어부들을 실어내리고 있었다.

바구니 배보다 큰 배에 탈 수 없는 어부의 아이들은 바구니 배의 선장이었다. 노를 하나 바구니에 걸쳐 놓고 파도에 흔들리면서 베트남의 그 질긴 삶을 시작하는 아이들이었다. 카메라를 들고 있는 나에게 한 녀석이 손을 흔들었다. 와서 타라고 손을 흔든다.

내가 그 배를 탈 이유가 어디 있겠냐마는 얼마냐고 물었다. 그랬더니 그 녀석, 자기 주머니에서 꼬깃꼬깃한 돈을 보여주면서 자기는 돈이 많다는 시늉을 내보였다. 녀석은 낯선 여행자가 자신의 바구니 배를 신기하게 구경하고 있으니까, 인도차이나의 인심을 내보였던 것이었다. 그것도 모르고 얼마냐고 물어봤으니, 얼마나 인간미 없는 여행자인가. 미안한 마음에 고맙다는 말 한마디 하고 쏜살같이 피싱빌리지를 빠져나왔다. 세움 뒤에 앉아 있으면서도 얼마나 낯이 뜨거웠던지……

또 다른 베트남 - 달랏

베트남 연인들은 신혼여행을 어디로 갈까? 신혼부부들은 경제적인 여유가 풍족하지 않기 때문에 대부분 국내로 신혼여행을 떠난다. 그 중에서 가장 사랑받는 신혼여행지라면 당연 '랏 부족의 강'이란 뜻을 가진 달랏(Da Lat)이다.

냐짱이나 무이네 등 바닷가가 있는 휴양지로 신혼여행을 가기도 하지만, 베트남 사람들에게 달랏은 한번쯤 가고 싶은 장소다. 굳이 따지자면 터키 사람들이 생각하는 '반' 정도.

달랏은 해발 1,475m에 위치해 서늘한 날씨를 간직한 아담하고 조용한 고산 도시다. 수영할 곳도 편의시설도 그렇게 뛰어난 도시는 아니다. 그럼에도 불구하고 베트남 사람들에게 신혼 여행지로, 꼭 한 번 여행하고 싶은 도시가 달랏이다.

이유는 날씨에 있다. 베트남 역시 인도차이나 특유의 습하고 더운 나라이기에 달랏의 습기 적은 신선한 날씨가 새로운 경험을 하게 만들기 때문이다. 고산지대가 주는 시원한 바람은 그들에게 어느 여행지보다 생경한 경험을 만들어 준다.

달랏은 랏 부족이 오래 전부터 살고 있었지만, 지금의 모습을 띤 것은 프랑스 식민 정부가 향수병에 걸린 프랑스 사람들을 위해 개발하고부터다. 최근엔 인근 호치민 사람들의 과일, 채소, 화훼가 달랏에서 대부분 생산되는 만큼 먹을거리와 삶의 질이 윤택하다. 또한 달랏하면 커피를 빼놓을 수 없다. 커피투어도 있으니 커피 애호가라면 경험해 보시길 바란다.

우리나라의 초가을 날씨가 연중 이어지는 달랏은 습한 인도차이나 바람만을 맞았던 여행자에게도 기분 좋은 바람을 선사했다. 달랏을 향하는 여행자 버스를 탈 때부터 다른 분위기였다. 의례히 여행자 버스

에는 대부분 외지 여행자들로 넘쳐나기 마련인데, 달랏행 버스만은 베트남 사람들이 절반 이상을 차지했다.

젊은 베트남 친구들도 삼삼오오 눈에 띄었다. 비싼 옷을 입거나 명품 가방을 멘 특권층 자식들이 갖지 못한 맑고 소박한 웃음을 띤 청년들이었다. 엠티라도 가는 듯, 녀석들의 웃음소리는 달랏의 바람처럼 더없이 경쾌했다.

버스 의자에 어깨를 묻고 잠을 청할 즈음, 요란하고 반복적으로 신경을 거슬리게 하는 소리가 연신 이어졌다. 창가 쪽에 앉은 베트남 여성들의 커튼 여닫는 소리였다. 달랏을 가기 위한 버스가 산길에 본격적으로 접어들었던 시점이었다.

버스는 구불구불한 산을 넘어가고 있었는데, 여성들은 햇빛이 들어올 때마다 커튼치기를 수없이 반복하는 것이 아닌가. 물론 이 장면은 옆의 여성만의 행동이 아니었다. 그 버스에 타고 있던 베트남 여성은 누구 하나 예외 없이 커튼을 그렇게 여닫고 있었다. 생각해보라. 차가 한 고개를 돌 때마다 이쪽저쪽에서 커튼 여닫는 소리가 쫙 쫙 들리는 장면을. 지금 생각해도 재미있는 광경이었다. 물론 신경을 거슬리게 하는 이 반복적인 소리로 달콤한 잠은 날아가 버렸다. 덕분에 차창 너무 펼쳐지는 또 다른 베트남이 보이기 시작했다. 잠을 잤다면 볼 수 없었던 고산지대의 초록 세상.

버스 안에는 베트남 젊은이들의 들뜬 표정과 몸짓, 웃음소리가 버스 안 가득 펼쳐진다. 예상치 못한 상황에서 주어진 특별한 선물이 감사할 뿐이었다. 그 후 몇 번 달랏을 갔을 때도 이 상황은 특별히 변하지 않았다.

산을 어느 정도 올랐을까 누군가 에어컨이 켜진 버스의 유리창을 조심스럽게 열었다. 에어컨의 퀴퀴한 냄새 대신 초록이 선물한 바람이 작게 열린 창틈 사이로 몰려 들어왔다. 그러자 여기저기 창문이 열리면서 본격적으로 달랏의 기운이 들어왔다. 에어컨을 무용지물로 만든 행동에 운전사가 불쾌감을 표시할 법도 한데, 뒷거울로 흘깃 보더니 작은 웃음을 지으며 운전을 계속했다.

달랏 시내가 다가오면서 본 모습은 수경 벼 문화의 인도차이나에서는 찾아보기 힘든, 이질적인 장면이 펼쳐졌다. 이곳저곳에서 화초에 물을 뿌리는 손길은 분명 논을 매는 농부의 몸짓과는 구별됐다. 조금은 여유로운, 조금은 덜 고단한 모습으로 세상과 어우러져 있었다.

여행자 버스가 자신들과 계약이 된 숙소에 도착했다. 서양 여행자들은 저마다 지도를 꺼내 배낭을 메고 거리로 나섰지만 난 그런 수고를 포기했다. 아니 포기라기보다는 지혜가 생겼다고 봐야 맞다. 사람의 심리가, 특히 장기 여행자의 심리는 타인에 의해 자신의 선택이 침범을 당하면 여간 불쾌한 것이 아니다. 터미널도 아닌 곳에 버스 회사와 이미 계약된, 숙소 버스가 섰다는 것 자체가 기분 나쁜 상황일 수도 있다. 눈에 보이는 상술이다.

그러나 여기에 베트남 여행을 하는 이들을 위한 팁이 한 가지 숨어 있다. 보이는 상술에 기분이 언짢아, 숙소를 확인도 안 하고 나간 사람들이라면 알지 못 하는. 물론 나도 처음엔 그 상술에 기분 나빠 뒤도 돌아보지 않고 배낭을 메고 나왔던 사람이다.

하지만 한 달 가량 시간이 흘러 베트남이 몸이 익숙할 즈음 그들의 여행 시스템이 눈에 들어왔다. 경험으로 미뤄볼 때 가격 대비 시설 면에서 그 지역의 최고가 아닐 수 있지만(최고 일 때도 있다), 적어도 착한 가격에 평균 이상의 시설은 보장된다. 그 이유인즉 베트남은 여행자 버스(오픈 버스)가 현지 사람들에게도 많이 이용된다. 때문에 버스의 서비스뿐만 아니라 버스 회사와 연결된 숙소나 식당 등의 수준도 버스 회사의 수준과 같이 평가된다. 그렇기 때문에 좋은 버스 회사라고 평가 받기 위해 숙소 역시 괜찮은 곳과 협력해 운영되고 있는 상황이다. 버스가 데려간 숙소의 장점은 가격 대비 시설적인 면이 뛰어나다는 점 이외에 가장 매력적인 것은, 그 지역을 떠날 때 바로 자신의 숙소 앞마당에서 그 버스를 타고 이동하면 된다는 점이다.

무거운 배낭을 메고 다시 이곳으로 올 필요도 없다. 혹 아침 일찍 떠나는 버스였는데, 늦잠을 잤다면 직원들이 급하게 깨워주기도 하는 서비스(?)까지 받을 수 있다. 물론 이런 경우는 없는 게 좋지만.

역시나 예상은 빗나가지 않았다. 달랏 시장과 쑤언 흐엉도 걸어서 갈 만한 거리에 있었다. 더욱 좋았던 것은 한글이 지원되는 컴퓨터가 두 대나 로비에 설치되어 있다는 것. 나중에 알았지만 한국 여행자는 인터넷이 지원되지 않는 호텔은 거의 묵지 않는다는 것을 알았던 사장의 조치였다고 한다.

쑤언 흐엉 호수를 거닐며

숙소를 정하고 배낭을 내려놨다면 그 여행지에서의 여행이 반은 끝난 셈이다.

홀가분한 마음으로 샤워를 하고 슬리퍼를 신고 밖으로 나왔다.

이상하다. 배낭을 메고 운동화를 신고 종종 걸음으로 거리를 걸을 때는 보이지 않던 모습들이, 슬리퍼를 신고 거리에 나서면 그제야 그곳이 온전히 보이기 때문이다.

짧은 시간 동안의 작은 변화지만 사람의 몸이 이렇게 다르게 반응한다는 것이 때론 놀랍기까지 할 때가 있다.

달랏을 대표하는 곳이라면 1500미터의 고산 도시에 넓게 펼쳐진 쑤언 흐엉 호수다. 쑤언 흐엉은 한자어로 춘향이란 뜻으로 17세기 활동했던 유명 여류 시인의 이름이다. 처음 달랏을 도착한 때는 5월 즈음이었다. 5월이면 인도차이나 전역이 건기에서 우기로 넘어가려는 단계여서 무더위가 극성을 부릴 때였다.

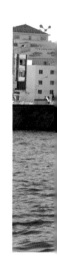

생각해 보라. 8월 한 여름에 있다가 바로 가을, 찬바람을 맞는 기분을. 달랏은 딱 그런 맛을 선사했다. 아 이곳이 정말 파라다이스구나! 라는 생각이 저절로 드는 가을바람이었다. 오죽하면 프랑스인들이 향수병을 이기기 위해 사이공(호치민)을 벗어나 이곳 달랏에 휴양지를 건설했을까.

여러 가이드 책에서는 달랏을 프랑스의 파리라든지 그럴듯한 애칭을 갖다 붙이고 있다. 그런 애칭을 가지고 달랏을 찾는다면 분명, 실망하고 말 것이다. 솔직히 그런 유럽식의 분위기는 눈 씻고 찾아봐도 찾을 수 없다.

하지만 분명 베트남의 여타 다른 도시와는 다른 무엇인가가 있었다. 오토바이의 물결은 달랏도 빼놓을 수 없지만, 어딘지 모르게 조금은 여유롭고 덜 전투적이었다. 사람들의 말소리나 몸짓 역시 덜 거칠었다.

달랏 사람들이 여유로운 이유 중에는 마을 중앙에 넉넉히 자리 잡고 있는 쑤언 흐엉 호수가 한몫을 하고 있는 게 아닐까 생각이 들었다. 상쾌한 바람으로 이미 넉넉해진 마음은, 조금도 급한 마음 없이 발길 닿는 데로 걸었다. 자연스럽게 달랏의 심장 쑤언 흐엉 호수와 만났다.

신혼여행을 온 듯 한 커플부터 손자의 손을 잡고 나온 할머니, 내공이 충만한 서양 여행자.

어딜 가나 빠지지 않고 등장하는 집단의 청소년들. 저마다 호수가 만들어 내는 여유로운 시간을 즐기고 있었다.

호수를 조금 걷다보니 젊은 청년 네다섯이 원을 그리고 앉아 술을 마시고 있었다. 조금은 조용한 호수와 어울리지 않았지만 주위의 평화를 깰만한 정도는 아니었다. 그러나 겁이 많은 나로서는 저런 분위기의 청년들과는 피하는 것이 일반적.

살짝 돌아가려는 순간, 한 젊은 녀석이 나와 눈이 마주쳤다. 아뿔싸! 나를 보는 눈에 호기심과 친절한 웃음이 가득했다. 눈웃음을 주고받는 순간 일제히 나를 보더니 오라는 손짓을 하는 게 아닌가. '이게 아닌데'라는 생각이 들었지만 발걸음은 그쪽으로 향하고 있었다.

달랏의 바람 때문에 경계심이 무장 해제되었던 것 같았다.

그들은 베트남 소주를 마시고 있었다. 우리 소주처럼 투명한 빛깔이 었는데 투명한 비닐봉지에 구멍을 뚫어 조금씩 나눠 마셨다. 우리 소주가 약간 화학약품 냄새가 나는 데 반해 베트남 소주는 조금 더 순수한 술맛에 가까웠다. 술을 잘하지 못하는 나였지만 그들의 분위기에 취해 두 잔을 마신 듯.

녀석들과 나는 몸짓과 손짓으로 충분한 대화가 오갔다. 한 녀석이 나의 나이를 듣자 놀라면서도 팔짱을 끼고 형이라고 애교까지 부리자, 다른 녀석들은 우리를 게이라고 놀리기까지 했다. 한바탕 크게 웃었다. 모두 랏족이었던 청년들은 과하게 술을 마시지는 않았다. 그들이 보여준 경박하지 않은 모습은 달랏의 추억을 더 애틋하게 만들기에 충분했다.

때문에 누군가 나에게 베트남에서 좋았던 곳이 어디냐고 물으면 달랏이라고 주저하지 않고 말하는 이유가 되기도 했다. 그들의 젊은 기운과 설익은 몸짓, 순수한 웃음, 이방인을 향한 호기심 등은 베트남 여행 내내 그림자처럼 따라 다녔다.

졸지에 게이 커플이 된 우리는 사진도 찍으면서 친하게 돼 버렸다. 그의 직업은 오토바이(세옴) 운전사. 오토바이로 사람을 태워가면서 돈을 벌었다. 그는 내일 다시 만날 것을 제안했고 자신이 가이드를 해주겠다고 나섰다.

친구 녀석들도 그게 좋겠다며 부추겼다. 순간적인 호의에 어쩌지 못하고 주저하고 있을 때, 그들은 하나같이 주저하는 이유를 모르겠다는 듯 한 표정을 지었다.

거참. 이런 경우가 어쩌면 제일 난처하다. 내 발로 여행 에이전트 사무실을 찾아가 프로그램을 고르고 비용을 지불하면 제일 편하다. 하지만 이런 경우 고맙다고 말은 했지만 비용이 얼마냐고 물어보기도 그렇고 호의를 뿌리치고 됐다고 하기에도 이만저만 어려운 게 아니기 때문이다.

그래도 이건 아니다 싶어 조심스럽게 반나절 비용을 물어봤다. 눈치 빠른 녀석이 무슨 소리냐는 식으로 베트남 말로 뭐라고 그러자 너나 나나 할 것 없이 손사래를 쳐댔다. 이럴 줄 알았지만 내심 속은 불편했다. 다음날 그는 게스트하우스에 나타났고 우리는 오후 시간을 같이 지냈다. 현지인들만 알 수 있는 구석구석을 구경하면서 장난도 쳐가며, 오가는 베트남 처자를 보면서 이유 없이 웃기도 했다.

짧은 여행을 끝내고 다시 호숫가. 조금 걷고 싶어 호숫가에 내렸다. 물론 내 주머니에는 미리 준비해 놓은 돈이 적당한 기회를 노리고 있었다. 하지만 기회는 오지 않았다. 낌새를 눈치 챘는지 그는 나를 내려놓자 저만치 멀리 가서 손을 흔들더니 가버렸다.

눈치 빠른 것이야 한국 사람이 최고겠지만 베트남 사람도 이에 못지 않다는 생각이 드는 순간이었다. 그렇게 그와 마지막 인사를 나눴지만, 떠나는 날 아침 게스트하우스에 나를 위해 남겨진 비닐봉지 안에 바나나 몇 개와 사과 한 개는 누가 놓고 갔는지 어렵지 않게 느낄 수 있었다.

〈tip〉

베트남 공식적인 소수 민족은 54개다. 프랑스 식민지 시대 전까지 지금의 베트남 영토에 있던 소수 민족은 저마다의 자주권을 가지고 독립적이었다. 그런 역사를 아는 프랑스는 달랏을 개발하면서 서부 고원 지대 일부에 대해 베트남 영유권을 인정하지 않았다.

그러나 베트남이 어떤 민족인가 미국을 이긴 나라가 아닌가. 베트남 마지막 왕 바오 다이는 1950년 달랏을 베트남 영토임 공식 선포했다. 그 후 미국의 지원을 받는 남베트남 정권은 하노이에서 내려온 비엣족 망명자들을 이주시키며 소수 민족 영토에 대해 베트남화 작업에 착수했다. 그들은 소수 민족의 토지 소유권을 인정하지 않았으며, 고유의 언어 교육을 금지시켰다. 이에 반발한 소수 민족들은 '바자라카', '풀로' 등을 조직해 독립 투쟁 벌였다. 그러나 1982년에 마지막 남은 독립 단체가 무장 해제 된다. 현재는 하나의 베트남으로, 54개 소수 민족이 형제로 사는 다민족 국가가 베트남이다.

알차게 달랏에서 하루 즐기기
- 죽림 사원, 투옌 럼 호수, 달랏 시장-달랏

쓰디쓴 베트남 커피를 한 잔하면서 막 잠에서 깨고 있었다. 밖에서 세차를 하고 있던 게스트하우스 사장이 물 묻은 손을 흔들며 아침 인사를 건넸다. 엄지손가락을 치켜세우며 인사를 대신했다.

세차를 끝내고 땀을 흘리며 실내로 들어온 사장은 다짜고짜 오늘 피크닉을 가자고 했다. 무슨 피크닉이냐니까, 오늘은 자신의 차가 쉬는 날이란다. 어디를 갈 건데 묻자, 생소한 이름을 댔다. 투옌 럼 호수와 죽림 사원(티엔빈 쭉람). 딱히 할 것도 없는데 잘 됐다 싶었다. 돌아오는 길에 달랏 시장에 내려달라고 했다.

점심을 먹고 그의 차에 올라탔다. 이미 하나 뿐인 그의 아들이 뒷자리에 앉아 있었다. 진짜 부자는 피닉스였다. 달랏 가까운 곳에 있을 줄 알았는데 제법 달렸다. 달랏 특유의 푸름이 시내를 조금 벗어나자 본격적으로 펼쳐졌다.

작은 산들을 넘을 때마다 작은 호수(?, 저수지?)가 보이다 사라졌다. 때문인지 호수라는 말에 큰 기대를 걸지 않았다. 마침내 투옌 럼 호수

가 눈에 들어왔다. 그런데 웬걸. 진짜 호수가 나타났다.

산 속에 거대한 호수가 정말 있었다. 사방의 나무들은 저마다 흔들리고, 햇살은 호수의 잔잔한 물결에 사정없이 찬란히 부서지고 있었다. 사장은 봤지? 멋지지? 라는 웃음으로 나를 쳐다봤다. 인정!

그는 아들과 진짜 피닉스를 떠난다고 했다. 호수를 구경하고 걸어서 죽림사원까지 구경하라며 대충 길을 설명해줬다. 사원 주차장에서 만나자는 약속과 함께 아들을 태운 채 어디론가 떠났다.

본격적으로 호수를 걷자 먼발치에 하얀 웨딩드레스 입고 웨딩사진을 찍는 커플이 보였다. 좋은 구경거리를 놓칠 수 없었다. 추억의 웨딩 사진을 만들기 위해 바쁘게 포즈를 취하던 커플이 나를 발견했다. 가벼운 눈인사를 교환하고 각자의 일을 했다. 여행자는 관객이 되어, 커플은 모델이 되어.

잠시 휴식 시간, 그들이 나에게 생수를 권했다. 결혼을 축하한다며 권하는 생수를 받았다. 사실 그 커플은 지금 웨딩 사진이 처음이 아니었다. 이미 결혼을 한 상태였고, 신혼여행을 달랏으로 온 기념으로 사진을 찍는다고 했다. 달랏은 신혼여행을 온 커플을 위해 이렇게 웨딩 사진을 찍어주는 사진관이 있다는 설명도 곁들였다. 딸 많이 나으라는 덕담을 던지고 죽림 사원으로 발걸음을 옮겼다.

사원 이름처럼 호수를 거쳐 죽림 사원으로 가는 길에는 대나무가 무성했다. 대나무가 들려주는 특유의 바람 가르는 소리가 더없이 평화스러웠다.

베트남은 인도차이나에서 유일하게 한국 불교와 같은 대승불교가 주류를 이루고 있다.

때문에 사원에 들어서면 구조가 어딘지 모르게 익숙하다. 정면으로 대웅전이 있고, 좌우에 고루, 종루, 선방 등이 자리를 차지하고 있다. 죽림사원은 베트남 사람들이 대부분이었다. 여행자라고는 한두 명……

죽림사원을 떠올리면 첫 번째로 떠오르는 인상이 꽃이었다. 사원에 꽃? 그랬다. 이상하리만치 죽림사원은 오색 꽃들이 만발했다. 마치 꽃

정원이 죽림사원의 주인인 양 형형색색의 꽃들이 당당하게 주인 행세를 했다. 전에도, 후에도 죽림 사원처럼 꽃들이 만발한 사원은 보질 못했다.

신기한 경험을 하고 주차장으로 나오자 사장이 아이와 놀고 있었다. 아이스크림을 사주자 아이는 세상을 다 가진 행복한 미소를 보였다. 덩달아 우리는 행복했다. 약속대로 그는 달랏 시장에 나를 내려주었다. 달랏 시장은 사파나 박하의 시장과는 달리 시골의 작은 시장이라고 생각하면 적당하다. 달랏 특산물인 와인이나 커피를 파는 상점부터 현지인들의 생필품, 먹을거리가 있는 시장이다. 건물로 지어진 시장이라 큰 감흥은 없다.

그러나 해가 넘어가면서 하나둘씩 나타나는 노점들이 달랏 여행을 넉넉하게 해줬다. 지역 특색이 강한 베트남이기에, 시장 노점에서 파는 음식들은 빼놓지 말고 먹어야 했다. 시장이 주는 즐거움을 놓치지 말자.

주인이 있는 여행자 거리 – 호치민 데탐과 팜 응우 라우

배낭여행자의 성지 태국의 카오산 로드는 여행에 조금이라도 관심을 가진 이라면 들어봤을 법한 이름이다. 카오산 로드는 전 세계 배낭여행자들이 매일 모였다 흩어지고, 다시 만난다. 카오산 로드는 태국에 있지만, 각 국의 여행자에게 점령당한 거리라고 설명해야 적당할 것 같다. 차도를 막아버린 밤이 되면 자유에 굶주린 세계 각국의 여행자들이 거리로 쏟아져 나온다. 값싸고 맛있는 음식, 술, 음악이 네온사인 빛 속에서 여행자를 맞았다.

유명한 여행자 거리는 공통점이 몇 가지 있다. 국제공항과 그다지 멀리 떨어져 있지 않은, 그러면서 물가는 싸고, 둘러볼 곳이 많으며, 교통이 용이한 곳에 위치한다는 점이다. 호치민 여행자 거리는 이런 몇 가지 요소를 그대로 가지고 있었다.

시내 중심에 인접한 데탐 거리와 팜 응우 라우 거리를 일반적으로 호치민 여행자 거리라 불렀다. 싼 게스트하우스부터, 한투어 등 다양한 여행사, 클럽, 맛집은 물론 통일궁, 벤탄시장 등 볼거리가 인근에 위치해 있다.

카오산 로드에 익숙한 채 호치민 여행자거리에 도착했다. 카오산 로드를 떠올려서 그런지 첫 인상은 그리 강렬하지도 편하지도 않았다. 베트남 특유의 강한 인상과 태국이나 라오스보다 덜 상냥스러움이 뭔가 부족함을 느끼게 해줬다.

베트남부터 인도차이나 여행을 시작했다면 느끼질 못한 기운이란 게 있다. 베트남 사람만이 가지는 특유의 기운. 라오스나 태국에서 베트남으로 온 여행자라면 단박에 그 느낌이 무엇인지 알 것이다. 인도차이나 장기 여행을 계획하고 있다면 꼭 베트남부터 여행하시길.

데탐 거리에는 호텔부터 다양한 게스트하우스가 있지만, 장기 여행자들은 대부분 4-5층 되는 일반 주택을 개조한 게스트하우스에 짐을 푸

는 경우가 많다. 가성비가 좋은 이유도 있지만, 가장 많이 눈에 띄는 숙소이기도 하다.

일반적으로 이런 게스트하우스 1층은 사무실과 식당, 2-4층은 게스트하우스, 5층은 주인이 사는 경우가 대부분이다. 일부터 주거까지 한 곳에서 모두 이뤄지고 있는 것이다.

체크인을 하는 동안 작은 응접실 안에는 직원도, 손님도 아닌 두어 명의 사람들이 각자의 일을 보고 있었다. 그들의 정체가 자못 궁금했지만 알 길이 없었으니 조용히 방으로 올라갔다. 외관상으로 조금 작다 싶은 건물이었지만, 방의 편의 시설은 만족스러웠다.

짐을 풀고 가벼운 차림으로 데탐 거리를 탐색하기 위해 나섰다. 뜨거

운 날씨야 호치민도 예외는 아니었다. 한낮에 거리를 걷는 것은 사람이 할 짓이 아니라는 듯, 대부분 사람들은 카페나 사무실 등 그늘진 곳에 숨어 있었다.

생각보다 작은 여행자거리를 한 바퀴 돌고 미리 점 찍어둔 카페를 찾았다. 카페인 가득한 쓰디쓴 베트남 커피가 몸 안에 퍼지자, 그제야 호치민 시티가 실감나기 시작했다. 더우면 더운 데로, 비가 오면 비가 오는 데로 데탐의 거리는 자신만의 방식으로 여행자를 맞고 있었다. 그후로도 호치민을 여행할 때면 늘 데탐은 덤덤하게 나를 반겼다.

언제였을까. 게스트하우스 작은 응접실에서 한국인 여행자와 대화 할 기회가 있었다. 몇 번의 여행 경험과 한 번의 카오산 로드의 경험을 가지고 있던 그는 여행자 특유의 불평을 쏟아 놓기 시작했다. 그냥 일어날까 생각도 있었지만, 안타까운 마음에 불평을 들어줬다. 그의 여러 불평 중에 귀에 꽂히는 말 하나. "카오산 로드랑 비교하니 여긴 너무 재미가 없다"였다.

'나도 처음 이곳에 왔을 때 들었던 생각이었는데, 왜 지금은 그 느낌은 없고 데탐을 좋아하게 됐지'라는 의문이 순간 스쳐갔다.

카오산 로드를 자세히 살펴보면 그곳은 주인이 없었다. 게스트하우스에서 일하는 직원도 카오산에 살지 않는다. 물론 주인은 더욱 그 곳에 없다. 여행자들은 잠시 묵었다 가고 또 다시 새로운 여행자가 찾아올 뿐이다.

그래서인지 카오산 로드는 자유로운 느낌이 가득하지만, 나쁜 의미의 가벼움만 있을 뿐이었다. 주인이 없는 거리, 객이 주인 행세를 하지만 그들조차 어느 순간 떠나버리는 거리.

그러면 호치민 데탐 거리는 어떠한가. 하루 일과를 마치고 저녁 식사를 해결한 데탐에 사는 베트남 사람들은 파자마 차림으로 하나둘씩 거리에 나온다. 여행자들이 클럽이나 여흥거리를 찾고 있을 때 그들은 작은 플라스틱 의자에 앉아 부채질을 하며 여행자들을 구경한다. 조금 어둠이 더해지면 어느 게스트하우스 앞에서 주인장이 지인들과 술판을 시작한다. 제2막의 삶이 시작되는 것이다. 여행자는 여행자대로, 일상을 보내는 베트남인들은 그들 방식대로 시간을 보낸다. 여행자와 현지인들의 삶이 분리되지 않고 공존한다.

간혹 손님이 방으로 들어갈라치면 술 한 잔 하자고 부르는 것은 다반사다. 사이공 맥주의 자랑은 빠지지 않는다. 물론 하노이 사람에게는 하노이 맥주가 최고다! 베트남 말을 하지 못해도 좋다. 영어가 충분하지 않아도 좋다. 술을 잘 하지 못해도 좋다. 하루를 마감하는 그들의 일상에 잠시 머물며, 그들의 하루에 동참하는 것만으로도 여행자의 낭만은 충분하다.

카오산 로드와 많이 달라 생경했던 거리가 마음속으로 들어왔다. 파자마 차림으로 혹은 러닝셔츠 차림으로, 맘씨 좋은 동네 아저씨가 건네주는 맥주 한 잔과 잔잔한 미소가 데탐의 거리를 충만하게 만들고 있다.

사이공에는 있지만, 서울에 없는 것은?

사이공(호치민시)에는 있는데 서울에 없는 것은? 여행 이야기를 할 때 가끔 주위의 지인들에게 던지는 질문이다. 처음, 대부분 의아해 하는 눈빛을 띤다. 그 눈빛이 재미있어 모르는 이들에게는 늘 똑같은 질문을 던진다.

내가 이 질문을 받아도 쉽게 답을 내기 어려웠을 싶다. 서울이 좀 더 발달한 도시인데 사이공에 있는 것이 과연 서울에 없을까라는 선입견이 사고 확장을 방해하기 때문이다. 방대한 정보를 담고 있는 가이드 책에서도 설명되어 있지 않으니 사이공을 여행한 이들이라도 이 질문을 받으면 당황하기 일쑤다.

정답은 '통일궁'이다. 근대사에 들어와 단 한 번의 통일을 이뤄내지 못한 대한민국. 어쩌면 통일이란 단어가 종북적인 단어로까지 인식되는 현실 속에 사이공 시의 통일궁은 비현실적으로 느껴질 지도 모르겠다. 통일을 이루지 못한 민족이 가질 수 없는 단 하나의 장소. 통일궁이 있다는 단 하나의 이유만으로 사이공은 경외의 도시다. 사이공 1군 지역에 떡하니 자리 잡고 오토바이 물결을 지켜보고 있는 통일궁은 베트남인들에게는 자부심, 그 자체였다.

처음 사이공에 도착했을 때는 이미 지칠 대로 지친 상태였다. 하노이부터 남하했으니 더위에 지친 몸은 그렇다고 쳐도, 무엇인가 느낄 만한 감정은 바닥을 보이고 있었다. 들었던 풍월이 있으니 대도시 사이공은 잠시 쉬면서 캄보디아로 넘어가기 위해 몸을 만들기로 했다.

짐을 풀고 쌀국수로 간단한 점심을 해결하니 폭염은 그야말로 뜨악할 정도로 내리쬐고 있었다. 오토바이의 엔진 소음과 아스팔트의 열기까지 합쳐 사이공 시내는 사우나를 연상하기에 부족함이 없었다.

그래도, 얼마나 통일궁과의 만남을 기다렸던가. 베트남 여행 내내 갈증처럼 찾아온 통일궁. 여행자 거리에서 시작해 벤탄 시장을 지나 조금 걷다보니 환상 속의 통일궁이 현실로 눈앞에 나타났다.

그 설렘이란. 프랑스로부터 독립해 남북의 통일이 이뤄질 때까지 근대사를 관통했던 증인. 1975년 4월 30일, 사이공에 진격한 북베트남군 탱크가 철문을 부수고 건물 4층에 금성홍기를 꽂았다. 그 순간 베트남전쟁은 마침표를 찍었다. 20세기 최대 전쟁이라고 불리는 베트남-미국 간의 전쟁은 그렇게 막을 내렸다. 통일궁이 지켜보는 가운데.
통일궁은 생각보다 그리 오래된 건물은 아니다. 프랑스 식민 정부가 1869년 총독 관저로 사용하기 위해 베트남 건축 구조와는 달리 그들의 양식대로 통일궁을 처음 지었다. 때문에 프랑스로부터 독립했을 때는 독립궁으로 불리다가, 통일을 이룬 베트남인들은 자랑스럽게 통일궁으로 이름을 바꿨다. 자신들을 지배했던(프랑스), 자신을 지배하기 위해 내세운 꼭두각시(친미 정권)를 내쫓은 순간 더 이상 프랑스 총독 관저도, 친미 대통령의 관저도 아닌 통일궁이란 이름으로 베트남 사람들 품속으로 들어왔다.

넓은 정원과 고목이 우거진 공원에서 불어오는 바람이 통일궁 구석구석으로 달콤함을 선사했다. 건축물이 다 그렇듯 크게 호기심을 끌지는 않았지만, 불어를 쓰는 여행자에게는 시선이 꽂혔다. 베트남 여행 내내 프랑스 여행자들이 가질 법한 제국주의 향수가 적어도 이곳, 통일궁에서는 씁쓸한 미소로 흩어지는 것만 같았다.

미국에 승리하고 금성홍기가 처음 꽂혔던 통일궁 옥상은 사진 찍기에 안성맞춤이었다. 자긍심 찬 베트남 젊은이들은 삼삼오오 고목이 우거진 거리를 배경으로 사진 찍기에 여념이 없었다. 다른 층에서는 경건하기까지 했던 그들의 얼굴은 온데간데없이 승리를 만끽하는 승리자의 모습이었다.

베트남의 혈관, 오토바이 물결

베트남 하면 떠오르는 상징적인 이미지는 무엇일까? 베트남 경제가 발전하면서 하얀 아오자이를 밀어 내고 오토바이 물결이 베트남을 상징하는 이미지가 되어 버렸다.

호치민시티나 하노이 등 베트남 대도시에서 오토바이 물결은 도시의 풍경을 만드는 중요한 하나의 소품이 된 지 오래다. 오토바이 특유의 엔진 소음에 정신없이 울리는 경적 소리, 그 틈에 끼어 있는 몇 대의 차량, 그렇게 도시의 풍경을 만들고 있었다. 낯설면서도 이질적인 집단의 오토바이들.

무식했던 여행자는 그 오토바이들을 보며 "왜 이리 오토바이를 타고 다니는 거야", "자동차보다 연소율도 현저히 떨어져 매연도 심한데 대중교통을 이용할 것이지"라고 혼잣말을 하곤 했다. 진짜 무식했었다.

여행자가 가장 하기 쉬운 오류이자 실수는 자신이 살고 있던 세계를 여행지로 끌고 오는 것이다. 자신의 익숙한 일상에서 벗어나려 떠나온 여행이지만 낯선 상황이나 이질적인 장면을 보면 본능적으로 자신의 세계를 가져오게 되어 있다. 불편하기 때문이다.

나도 예외는 아니었다. 수많은 시간을 떠돌며 여행을 했건만, 정신없이 울리는 오토바이 경적 소리에 아연 실색하며 초보 여행자의 마음으로 돌아가 버렸다. 내 세상과 달라 마냥 다르게 보였던 오토바이 물결. 특히, 출퇴근 시간의 도심 거리가 상상이 되는가? 여행자의 눈에는 그냥 아수라장이었다. 거기다 비까지 내리는 날은 상상조차 불가였다. 애정을 갖고 보려 해도 도저히 불가능했던 베트남 오토바이 물결이다.

베트남 오토바이 물결은 그 수를 떠나 요란한 경적 소리와 끼어들기 때문에 더 강렬한 인상으로 남는다. 여타 다른 인도차이나의 나라보다 유독 베트남 운전 습관은 끼어들기가 심하다.

이는 베트남 사람 특유의 성향 때문이다. 베트남 어떤 학자는 자신의

책을 통해, 베트남 사람은 유교적인 사회 구조 안에서 공동체의 안정을 무엇보다 우선시 한다고 설명하고 있다. 그들에겐 공동체 내에서 앞서거나 튀는 행동은 모두의 안정을 위협하는 행위로 여겨졌다. 어떤 사람이 앞서가면 다른 사람은 추월해서 그 앞으로 나옴으로써 그 앞지르기를 억제한다. 이게 바로 베트남 오토바이가 끼어들기를 하는 본능적인 이유다.

끼어들기가 본능적인 이유라면 요란한 경적은 현실적인 이유다. 신호

등이 턱없이 부족한 도로 여건상 그들이 방향을 바꾸려면 특별한 방법이 없다. 깜빡이등이 고장 난 오래된 오토바이가 수없이 거리를 달렸다. 이들은 경적을 울려 자신이 어떤 행동을 할 테니 조심하라는 의미를 전달했다. 경적을 울려 누군가에게 불편한 감정을 표출한 게 아니라, 서로 간 소통을 위해 경적을 사용하고 있었던 것이다.

오토바이 수가 터무니없이 많은 이유는 단순한 몇 가지 이유가 있다. 하나의 대중교통 시설이 빈약하다는 이유다. 언제부터 베트남은 우리에게 친숙한 나라가 되었다. 때문에 현재 베트남이 처해 있는 경제 상황도 우리와 비슷하리라는 착각을 하게 된다. 사실 베트남은 노동자 평균 월급이 300불이 안 되는 개발도상국 위치에 있다. 국가의 재정은 충분치 않고, 사회 간접 자본은 외국의 원조로 이뤄지고 있는 상황이다. 이러기에 지하철(지하철 공사가 이뤄지고 있지만 언제 완공될 지는 베트남 사람들도 모른다)은 물론 대중 버스까지 도시의 인구가 충족하기에는 턱없이 부족하다. 더욱이 도시 저임금 노동자는 집세가 싼 곳을 찾아 도심에서 한참 벗어난 외곽 지역에 터를 잡고 있다. 대중교통이 부족한 상황에서 노동자들은 오토바이란 교통수단을 선택할 수밖에 없었던 것이다. 오토바이조차 없는 절감한 노동자는 오토바이 택시를 타고 출퇴근을 하기도 했다.

저임금 노동자가 어쩔 수 없이 오토바이를 선택했다면 중산층 중에는 실리적으로 오토바이를 선택하기도 한다. 최근에 지어진 신도시야 도로 사정이 좋다지만, 구도시가 어우러져 있는 호치민시티에서는 오토바이만한 빠른 교통수단이 없다. 차로 1시간 가야 할 거리가 오토바이로는 20분이면 충분하기 때문이다.

아는 만큼 보인다는 명언이 있다. 이 명언이 꼭 유럽의 유명한 건축물이나 위대한 명화에만 국한된 것이 아니다. 베트남 오토바이의 무질서에 혀를 찼던 내가 그들이 현실적으로 선택한 오토바이에 대해 이해하는 순간, 그제야 베트남 사람들이 조금 더 가까이 보이기 시작했다. 이른 아침 게스트하우스 창문을 열면 들려오던 오토바이 엔진 소리가 더 이상 소음으로 들리지 않았다. 경적소리가 위협으로 다가오지 않앉다. 어둠이 내려앉은 거리에 오토바이 전조등이 쉼 없이 달려가는 모습이 마치 혈관의 피가 요동치고 있다는 착각에 빠지게 했다.

사이공의 밤은 낮보다 뜨겁다

제목이 좀 수상하다고 해서 이상한 내용을 기대하지 마시길. 한국의 천박한 자본이 들어가는 곳마다 속된 성문화가 발달된 것은 사실이지만, 추호도 궁금하지 않기 때문이다.

한낮 인도차이나는 태양은 더없이 뜨겁고, 바람은 습할 데로 습하며,
도시의 소음은 산소가 가득한 풍선처럼 금세 터질 만큼 위태롭다. 내
딛는 걸음마다 한 방울씩 땀이 맺히는 듯 한 착각이 일정도로 고행의
걸음이다.

얇은 옷은 옷의 기능을 상실한 지 오래, 그렇다고 숙소로 되돌아가기
에도 늦어버릴 즈음. 초록의 공원이 눈에 들어오면 그보다 행복한 순
간이 없다. 남국의 공원, 생각만 해도 달콤하다.

낯선 도시를 걷다보면 은연중에 만나게 되는 곳이 공원이다. 공원은

게으른 여행자에게 쉼을 주기도 하고 그 도시의 여유로운 일상을 보여주기도 한다. 특히 인도차이나에서 공원은 땀을 식히는 데 제격이기 때문에, 공원은 여행자에게 꼭 필요한 공간이 아닐 수 없다.

그런데 베트남에서는 여행자 말고도 공원이 꼭 필요한 사람들이 있다. 베트남을 여행하다보면 연인들이 공원 그늘에 오토바이를 세워놓고 그걸 의자 삼아 딱 붙어 있는 모습을 쉽게 볼 수 있다. 순간, 유쾌한 짜증도 났다. 아니 이 더운데 왜 저렇게 붙어 있어! 그러나 부러운 것은 사실이다.

서로 손을 잡고 얼음이 든 차가운 음료를 마시는 연인이 있는가 하면, 수줍은 듯 미소를 띠며 남자의 어깨에 머리를 다소곳 올려놓은 연인들도 있다. 심지어 남자의 무릎에 앉아 목이나 허리를 감싸 안은 연인도 있다. 물론 지나가는 사람들을 아랑곳 하지 않는다. 처음 베트남을 여행하면서 이 광경을 봤을 땐, 나란 인간이 얼마나 선입견에 빠져 있던 인간이었나 라는 생각을 떨칠 수가 없었다.

그럴 때면 '아! 이곳이 사회주의 국가가 맞아. 유교의 영향을 받은 나라가 맞아?'라는 어리석은 의문이 들 때가 있었다. 물론 나의 편협한 고정관념의 자의식이 한몫을 차지한 것은 사실이다.

GNP가 한 국가를 평가하는 잣대가 되어버린 세상, 때문에 그들의 삶이나 문화조차 GNP로 평가 받는 시대. 그 속에서 나의 자의식도 자유로울 수 없었나보다. 누군가를 사랑하는 만큼 소중한 시간이 어디 있는가. 사랑이란 인도차이나의 습하고 더운 날씨와는 비교도 되지 않을 만큼 뜨거운 에너지가 아닌가. 젊음과 사랑, 에너지가 한데 모여 열국의 판타지를 만들어 냈다.

베트남은 터키와 비슷하게 가족이 아니면 숙박업소에 같이 들어갈 수 없다. 낮 시간대에 공원에 앉아 연인끼리 키스까지 서슴지 않은 나라에서 무슨 말인가 하는 사람도 있겠지만, 사실이다. 웬만한 호텔은 우리네 주민등록증 같은 신분증을 확인하는 경우가 대부분이다. 물론 러브호텔이 없는 것은 아니지만, 극히 일부여서 수요를 따라가지 못한다. 돈도 젊은 연인들에게는 부담이 된다.

그래서 베트남 공원은 밤이 되면 낮보다 더 뜨거운 열기로 충만하다. 여행자 거리에서 가까운 공원만 나가봐도 오토바이 위에서 사랑을 나누는 연인들을 심심찮게 볼 수 있다. 베트남 친구에게 들은 이야기는 신선한 충격이기도 했다. 단순히 스킨십 정도가 아니라 좀 으쓱한 공원이나 외진 곳에서는 좀 더 은밀한 행동까지 한다고 한다. 심지어 지나가는 사람들에게 불쾌감을 표시하거나 성질을 내는 경우도 있다고 하니 참 재미있는 나라가 아닐 수 없다.

사랑이란 갈증이다. 특히 젊음에 있어 사랑은 타오르는 갈증이다. 차가운 물을 마셔야 해결되는 갈증처럼 사랑하는 연인은 사랑으로만 해결되는 갈증이다. 사랑은 사회주의 제도나 유교적인 관습도 무시된다. 사랑은 그 어떤 사상 위에 군림해야 하고, 사랑 자체만으로 순결하고 순수하고 지켜져야 할 가치다. 베트남 밤이 낮보다 뜨거운 이유다.

호치민 시티 1군 거리를 걷다

호치민시티를 찾아온 여행자라면 빼놓지 않고 구경하는 몇 곳이 있다. 호치민 시티 1군 지역에 있는 벤탄시장, 호치민시 인민위원회 청사, 사이공중앙우체국, 노트르담 성당, 통일궁은 호치민 여행의 핵심이다. 데탐 여행자 거리에서 짐을 푼 여행자든 아니든, 저마다 호치민 여행의 의미를 부여하기 위해 찾는다. 최근에는 시티투어가 생겨서 로컬 여행사를 통해 구경해도 되지만, 이 다섯 곳은 도보로 이동 가능하니 도시 탐험도 할 겸 직접 찾아다니길 권한다.

데탐 여행자 거리에서 출발하면 제일 먼저 만날 수 있는 곳이 벤탄 시장이었다. 사이공(호치민의 옛 이름, 남부 사람들은 지금도 사이공이라 부른다)이 조금이라도 스쳐간 영화에는 벤탄 시장이 꼭 등장한다. 여행자들이 쉽게 접근 할 수 있다는 접근성 때문에 벤탄 시장은 인증샷에서 빠지지 않았다.
아이러니하게도 사이공 시민들에게는 그렇게 사랑을 받지 못한다는 점. 사이공에 사는 현지인은 화까지 내면서 벤탄 시장을 욕했다. 여행자를 상대하다보니 다른 로컬 시장보다 상대적으로 비싸다. 하지만 여행자에게는 충분히 착한 가격에 기념품을 구매할 수 있다.
더운 날씨도 크게 걱정 하지 않아도 된다. 우리네 광장시장 같은 구조로 지붕이 있는 시장이다. 에어컨이 작동되는지 모를 만큼 시원하진 않았지만, 해를 피하면서 쇼핑을 즐길 수 있다. 흥정은 필수!

벤탄 시장을 지나 계속 걷다보니 유럽풍의 건물이 나타났다. 그곳은 호치민시 인민위원회 청사다. 1908년에 지어졌으며 프랑스의 전형적인 건축 양식을 하고 있다. 최근에는 여행자들의 호기심 때문인지, 베트남 정부의 유연함 때문인지 청사를 구경할 수 있게 개방을 시작했다.

청사 앞에는 베트남 국민 영웅 호치민 동상이 자리 잡고 있다. 기념사진으로 인기가 가장 높은 곳이다. 현지인들이 동상 앞에서 묵념을 하고 지나가는 모습도 왕왕 눈에 띄기도 했다.

베트남이 경제적으로 성장하면서 지식인과 젊은이들 사이에 프랑스 식민지 시대 건물들에 대한 철거 논의가 조금씩 일어나고 있는 것도 사실이다. 대한민국 역시 일제의 건물을 어쩔 수 없이 사용했다가 경제 성장과 민족성 확립 차원에서 철거하지 않았나. 베트남에서도 식민지 잔재 건물이 사라질 날이 점점 다가오고 있다.

호치민 동상 앞에서 기념사진을 찍고 바로 옆에 있는 사이공중앙우체국으로 이동했다. 우체국은 유럽 여행자나 장기 배낭 여행자, 패키지 여행팀, 심지어 베트남 사람들에게조차 사랑 받는 건물이다.

실제로 중앙우체국으로 기능을 하면서도 여행자에게 낭만을 주기에 충분했다. 엽서를 구매해 생각나는 누군가에게 바로 보낼 수도 있다. 간혹 신혼 사진을 찍는 커플이 눈에 들어오기도, 지방에서 왔을법한 베트남 노부부가 손잡고 인증 샷을 담기도 했다. 문득 이 낭만적인 건물이 식민지 잔재란 이유로 철거될 수 있다는 상상을 해보니 아쉽기도 했다.

사이공중앙우체국을 돌아 조금 올라가니 침략자 프랑스인들이 미사를 지내기 위해 지었던 노트르담 성당이 눈에 들어왔다. 청사 건물이 1908년, 우체국 건물이 1886년에 지어졌으니 1883년에 완공된 노트르담 성당은 인근 프랑스풍 건물 중에 가장 오래된 건물인 셈이다. 종교의 힘이란……

호치민 시를 이국적인 도시로 만드는 건축물 중에 하나로 평가받고 있는 성당은 전형적인 신 로마네스크 양식이다. 성당에 사용된 벽돌은 프랑스에서 직접 가져와 지었다고 한다. 지금도 주일엔 미사를 드렸다. 성당 안을 화려하고 성스럽게 느껴지게 하는 스테인드글라스가 전쟁 당시 파괴돼 성당 내부는 조금 어두운 기운이 감돌았다.

성당 주위를 돌며 아이스크림 하나 사먹다 보니 울창한 나무 사이로 작은 궁전 같은 건물이 보였다. 서울에는 없고, 호치민시에만 있는 바로 그 '통일궁'이었다. 통일을 이뤄야만 존재할 수 있는 통일궁. 통일궁에 대한 구체적인 이야기는 통일궁 챕터에서 확인하시길.

벤탄시장, 호치민시 인민청사, 사이공 중앙우체국, 노트르담 성당을 자유롭게 여행하다보면 작은 카페들이 눈에 많이 들어올 것이다. 더위도 시킬 겸 가이드북이나 블로그 등 누구도 말해주지 않은 카페에 들어가 보자. 자신만의 특별한 카페가 특별한 경험을 만들어 줄 것이다.

어미의 강, 메콩을 가다

동남아의 젖줄 메콩 강. 여행을 좋아하는 사람들이라면 막연하게 메콩이란 단어가 주는 몽환적 분위기를 한번쯤 생각해 봤으리라. 특히 대한민국 사람에게는 월남 전쟁에 대한 영향으로 메콩 강에 대한 호기심이 다른 나라 사람에 비해 많은 편이다.

메콩 강을 여행하기에는 호치민시티를 기반으로 여행하는 것이 가장 좋다. 태국, 라오스, 캄보디아에도 메콩 강이 흐르지만 호치민시티에서 진행하는 프로그램에 비해 턱없이 열악했다. 또한 메콩 강은 캄보디아의 남쪽, 베트남의 남서쪽인 메콩 델타에 이르러 그 풍요로움이 극대화되기 때문에, 메콩 델타(메콩 삼각주)의 여행은 만족도도 높았다. 호치민 현지 여행사(신투어, 한투어 등등)는 대부분 메콩 델타 관련 패키지 프로그램을 팔고 있다. 요즘엔 인터넷이 발달해 한국에서도 메콩 델타 일일 프로그램을 구매할 수 있지만, 굳이 그럴 필요 없다. 비용도 더 비쌀 뿐만 아니라 어차피 현지 여행사 상품을 조인하는 것이니 차이가 없기 때문이다.

현지 여행사 이야기가 나왔으니 말이지만, 굳이 패키지여행을 통하지 않아도 될 만큼 현지 여행사 프로그램이 다양했다. 가격도 착했다. 일단 메콩 델타 일일 투어를 신청하기로 결정했다면 신투어 등 대형 여행사에 조인하길 추천한다. 상품도 다양할 뿐만 아니라 역사도 오래돼서 운영의 노하우나 차량 상태 등 모든 면이 우수했다.

내가 제일 많이 추천하는 여행 루트도 이 안에 있다. 호치민에서 캄보디아로 이동할 때, 저자는 호치민 여행사에서 파는 3박4일 혹은 4박5일 캄보디아 패키지에 조인했다. 여행사에서 제시하는 교통이나 호텔, 식사, 여행지 등을 살펴보면, 혼자 모든 것을 해결하며 캄보디아를 넘어갈 때 지출해야 하는 비용과 크게 차이가 나지 않았기 때문이다. 특히 배를 타고 메콩 강을 역류하며 보더를 통과해 캄보디아로 들어가

는 낭만은 경험해 본 이들만 알 수 있다.

메콩 델타를 즐기기 위한 현지 프로그램은 반나절 투어부터 일일, 1박
2일 다양하다. 개인의 일정에 맞춰 조인하면 된다. 물론 대부분 일일
투어를 신청하지만. 일일 투어는 쉽게 말해 교통편부터 점심 식사까
지 포함된 패키지 프로그램이다. 간간히 기념품 가게를 들리기도 했
다. 그러나 물건을 사라는 강매는 없으니 걱정할 것은 없다. 한국인 가
이드가 아니라 영어를 하는 베트남 가이드이기 때문이다. 물론 다양
한 국적의 여행자들이 함께 일일투어에 참여했다. 하다못해 다른 지
방에서 호치민시티에 여행 온 베트남 여행자까지 일일 투어에 조인했다.
아침 일찍 여행사 앞에 세워진 차량에 탑승하고 메콩 델타를 향해 1시
간가량을 달렸다. 메콩 델타에서 제일 큰 섬 두서넛 곳을 들리며 다양

한 체험을 했다. 작은 배를 타고 메콩 밀림을 헤쳐가기도 하고, 수상 가옥이나 열대 과수원도 구경했다. 하루 동안 미토, 깐토, 빈트랑 등 메콩 삼각주에서 대표되는 섬들을 알차게 여행했다. 일일 투어 도중에 갑자기 일행이 나눠질 수도 있다. 참여했던 일부 여행자는 나처럼 3박4일 프로그램을 신청해 캄보디아를 넘어가는 여행자이기도 하고, 어떤 이는 1박2일을 신청해 다른 행선지로 떠나는 것이다. 놀라지 마시길! 메콩 델타 투어를 했다가 돌아오지 못했다는 사람은 듣지 못했으니!

메콩은 엄마의 강이라는 의미를 지니고 있다. 중국이 자기네 땅이라 우기면서 여전히 살인을 저지르고 있는 티베트에서 시작된다. 그 후 미얀마, 라오스, 태국, 캄보디아를 거쳐서 베트남 남서부를 통해 바다로 들어간다.

티베트에서 라오스 비엔티엔까지는 상류, 캄보디아 프롬펜까지는 중류, 베트남 남부 일대를 하류로 분류한다. 사실 깐또, 미토 등의 메콩강 하류 섬 도시들은 이전에 캄보디아의 도시였다. 18세기 베트남으로 병합되었지만 지금도 다수의 크메르 민족이 산다는 것도 이 지역만의 특징이다. 캄보디아인들은 아직도 메콩 델타 지역을 '저지 캄보디아'라고 부르며 애착을 보이고 있는 장소이기도 했다.

하류의 광대한 삼각주는 인도차이나에서 가장 풍요로운 지역이며 최대의 곡창지역이다. 메콩 델타의 쌀 생산량이 베트남 쌀 생산의 60%를 차지하고 있으니, 이곳의 쌀 생산만으로도 베트남의 자급자족이 가능하다고 한다.

이런 풍요로움은 때론 양날의 검으로 작용하기도 했다. 메콩을 말하면서 쌀 이야기를 빼놓을 수 없다. 그 중에 정점은 우리도 겪었던 일본에 의한 쌀 수탈이다. 전쟁에 미친 일본은 마침내 베트남에 들어온다. 인도차이나를 통해 연합군이 중국을 지원하는 것을 차단하고, 동남아시아의 교두보로 삼기 위해서였다.

거기에 상상하지도 못 했던 풍요로운 땅 메콩이 있었다. 주식이 쌀인 일본인들에게 메콩의 곡창 지대는 그야말로 오아시스를 만난 기분이 었으리라. 일본이 5년 동안 이곳에서 쌀 수탈을 하는 동안 동남아시아에서는 한 번도 겪어 보지 못한 대규모 아사자들이 발생했다. 얼마나 잔인하게 쌀을 수탈해 갔는지 알 수 있는 대목이다.

이러한 쌀 수탈은 국부 호치민을 중심으로 1941년에 창설된 베트민을 농민들이 적극 지지하는 계기가 됐다. 베트민은 일본군으로부터 습격해 쌀을 되찾아 농민들에게 나눠졌고, 복수의 환희를 맛보게 해줬다.

〈tip〉

-베트민과 베트콩의 차이

우리가 베트남에 대해 잘못 알고 있는 상식 중에 하나가 베트콩에 대한 것이다. 호치민이 미국을 몰아내기까지는 하노이를 기반으로 한 베트민(Vietminh, 한자로 월맹)을 결성한다. 정확히는 베트남독립동맹회의 줄임말이다. 베트민은 인도차이나 공산당과 다수의 베트남 민족주의 계열 정당이 동맹 형태로 조직됐다. 처음엔 프랑스로부터의 베트남 독립을 쟁취하기 위해 투쟁했으며 일본 제국을 저항했으며, 미국과의 전쟁에서 승리하게 된다.

우리가 흔히 알고 있는 베트콩(Vietname Communist, 약자 Vietcong)은 남베트남해방민족전선이다. 이들의 근거지는 사이공(지금의 호치민) 인근 메콩 델타 지역에서 활동했다. 구찌터널로 유명한 인근이 베트콩들이 활동한 지역이다. 쉽게 생각하자면 우리나라 경우처럼 지리산 인근에서 게릴라를 펼쳤던 빨치산과 동일하다고 보면 된다.

베트남 전쟁을 남(미군)북(호치민 공산당)간의 전쟁으로 보기 쉬운데, 실상은 북의 베트민 세력과 메콩 유역의 베트콩이 협공해 미군을 포위한 형태의 전쟁이라고 보는 게 정확하다.

Laos 라오스

라오를 지켜온 힘

라오는 인도차이나에서 유일하게 내륙 국가다. 사방이 세계사적으로 유명한 민족들로 둘러싸였다. 중국, 베트남, 버마, 수코타이(태국 최초의 통일 국가), 크메르 왕조 등 이름만 들어도 쟁쟁한 나라들이 늘 라오를 위협했다.

그 사이에 식민 시대를 지나 인도차이나 전쟁(미군이 그토록 축소하려는 베트남전쟁은 알고 보면 인도차이나 전쟁에 가깝다)까지 겪었으니 이 평화로운 나라는 한시도 조용할 때가 없었다.

사면이 강대국에 둘러싸여 있고, 인구는 이웃 나라에 비해 턱없이 부족해, 적들로부터 방어하기도 여의치 않은 나라가 라오였다. 그러나 그 틈 사이에서 라오인들은 지금도 한 나라를 유지한 채 라오인으로 살아오고 있었다.

인도차이나를 여행해 본 사람이라면 라오 사람들이 그 여타 나라 사람보다 순박하고 착한 느낌을 받았을 것이다. 마치 단 한 번도 전쟁을 경험하지 않았던 사람들처럼.

그 순간 드는 의문 하나, 어떻게 라오라는 나라가 그토록 호전적인 국가들 사이에서 살아남을 수 있었을까? 다섯 나라 중 하나도 만만한 나라가 없는 상황에서 말이다. 인도차이나 역사 자료를 스크랩하고 작가의 상상을 동원해 몇 가지 이유를 찾을 수 있었다.

먼저는 역설적이게도 지정학적 위치에서 이유를 찾을 수 있었다. 미얀마나 태국, 베트남, 캄보디아, 중국은 완충 지대로서 라오를 선택했을 것이란 점이다.

생각해 보자. 내 집 옆에 바로 사나운 맹수가 사는 것보다는 나름의 안

photo by 선충옥

전지대가 있음으로써 적당한 긴장 관계를 유지하는 게 더 나을 수 있다. 거기에 라오는 평화로운 사람들이 사는 곳이니 자신들을 침략할 위험이 없다는 것도 안정감을 주기에 충분했다.

또 하나 이유로는 70%나 차지하고 있는 산악지대를 꼽을 수 있다. 지하자원도 별 볼일 없는 산악 지대 라오는 인구도 적어 생산성이라곤 기대하기 어려웠다. 그뿐인가. 그 산악 지대에 뿔뿔이 흩어져 있던 68개 민족이나 되는 다민족 국가는 이웃 나라에도, 유럽 식민 열강들에게도 관심 밖의 대상이 되었다.

마지막 중요한 하나는 '라오에 사는 라오인'들의 심성 때문이 아닐까 라는 생각을 해봤다. 갈등이란 사람과 사람, 나라와 나라, 집단과 집단 등 공동체에서는 늘 일어나기 마련인 현상이다. 그 갈등들이 서로 부딪치면서 화학 반응을 일으켜 전쟁이며 싸움이 일어나기 마련이다. 하지만 라오인들은 그 갈등 속에서 묵묵히 그 갈등을 껴안았을 것이라고 상상되어졌다.

싸워서, 빼앗아서, 내 것으로 만드는 것이 아니라. 때리고 빼앗는 손을 가슴으로 안아서 평화를 이뤄낸 힘. 그것이 라오를 지켜낼 수 있는 힘이 아니었을 까라는 생각을 해봤다.

라오 헌법 전문엔 "다민족인 라오 인민은 수천 년 동안 사랑하는 국토에서 존재하고 발전해 왔다"라며 다민족성을 언급하고 있다. 그러나 라오에서는 소수 민족이 독립을 위해 분쟁을 일으킨 적이 없었다(추후 몽 족에 관해서는 따로 설명하겠다. 여타 다른 나라와 다른 점이 있다).

하다못해 땅을 주고 집을 주면서까지 저지대로 내려오라고 해도, 지금 사는 곳에 만족해 선조들이 살아왔던 고산 지역에 소수 민족으로 살고 있는 사람이 지금의 라오인들이다.

물론 라오 역시 근대 이데올로기에 갈등을 겪기는 했다. 하지만 공산화된 국가에서 자행됐던 숙청은 여타 국가와 비교가 되지 않을 만큼

미비했다. 종교를 아편으로 규정하고 있는 공산주의 정권은 라오에서도 탄압을 자행했다.

하지만 불교 신자들이 대부분인 라오인들은 불만을 터뜨렸고, 이에 공산 정권은 신자들의 시주를 허용했던 것이 라오다. 베트남, 캄보디아는 사원의 땅을 빼앗고 승려들을 쫓아냈지만, 라오에서만큼은 승려들이 텃밭을 일구며 종교 활동을 할 수 있었다.

비엔티안이라고 불리는 위엥짠

원고를 마감하다보면 중간 중간에 막히는 도시나 주제가 나타난다. 관련 글에 정보가 아주 많던가, 아니면 하고 싶은 말이 많을 경우가 그런 경우다. 베트남의 하노이가 그랬듯이, 라오의 비엔티안도 나를 힘들게 했다. 너무 많이 알아버렸고, 변하는 속도를 못 쫓아갈 것 같은 느낌 때문이었다.

곰곰이 생각해 보았다. 이유를…. 2007년 처음 비엔티안을 여행했다. 그리고 거의 매년 비엔티안과 만났다. 글을 쓰고 있는 이 시간, 비엔티안은 세계 어느 도시보다 바쁘게 변하고 있었다.
변화. 그렇다. 비엔티안의 변화가 글 쓰는 것을 막고 있었다. 2007년을 이야기 하자니 너무 오래 전 비엔티안을 이야기하는 것이 되고, 오늘의 비엔티안을 말하자니 낭만이 없는 것처럼 느껴졌다. 비엔티안의 너무 많은 것을 본 것이 문제였다.
그래서 차선책을 선택했다. 아주 오래 전 라오의 이야기, 라오 사람의 이야기를 쓰기로. 라오를 여는 첫 문이기에 나쁜 선택이 아니었길 바라며.

오랜 역사를 지닌 라오인 만큼 비엔티안은 고대의 유적이 곳곳에 남아 있었다. 특히 힌두의 영향을 받은 크메르 양식이 많은 부분을 차지했다. 인도차이나 지역 불교 유적에서 많이 나타나는 양식이기도 했다.

식민 시대는 비엔티안에 더 많은 식민의 흔적을 남겼다. 프랑스 때 지어진 건축물은 여전히 비엔티안의 한 모습으로 자리를 잡고 있었다. 식문화 역시 프랑스의 흔적이 남아 있었다.

라오 현지인에게 들었던 이야기가 있다. 라오 공무원들 중에는 프랑스파와 베트남파가 있다는 것. 프랑스파는 프랑스 식민 시대에 유학을 했거나 친프랑스를 했던 집안이었다. 베트남파는 베트남이 라오를 침공해서 베트남 영향권에 두었을 때 앞장섰던 친베트남파 사람들이었다. 그냥 이해하기 쉽게 친일파를 생각하면 쉽겠다.

이 두 파는 지금도 라오 정부의 핵심에 있고 가끔씩 정부 회의에서 격론을 벌이고도 한단다. 휴정 시간 때는 각 파끼리 한 쪽은 프랑스어로, 한 쪽은 베트남어로 자기들끼리 대화를 주고 받는다고 한다. 조금은 이해하기 힘든 부분이지만, 식민 시대의 흔적을 단편적으로 보여주는 모습이었다.

식민 시대의 과거가 청산이 안 된 나라의 민낯이다. 우리의 경우 민족주의 감정이 워낙 강하니 라오와 같은 경우는 없었지만, 경제적인 측면에서는 라오와 하등 다를 바가 없다는 게 개인적인 생각이다. 친일한 인간들과 자손들이 한국 경제를 쥐락펴락하고 있으니 말이다.

빛고을 광주, 한밭 대전 등 대한민국 역시 일본에 의해 도시 이름을 송두리째 뺏겼다. 친일 청산 작업을 한다면서도 단순히 행정적인 어려움 때문에 아름다운 우리네 도시 명을 바꾸지 않는 저의를 절대 이해 못하는 1인이다. 고대로부터 내려온 우리네 마을 이름을 찾지 못한다면, 우리는 여전히 식민 시대를 끝내지 못하고 있는 것이다.

라오 역시 나라 이름부터 도시명이 프랑스 식민 시대의 흔적으로 불리고 있었다. 라오스란 이름을 갖게 된 것은 프랑스 식민 시대부터. Laos라는 이름은 '라오 민족이 살고 있는 나라'라는 뜻이다. Paris(파리 사람이 사는 곳)가 불리게 된 이유처럼.

라오인들은 자신의 나라를 라오스라 부르지 않는다. 자신의 땅을 라오 민족이 살고 있는 나라라고 굳이 말할 필요 없기 때문이다. 베트남에서 만난 라오인들 역시 자신의 나라를 말할 때 라오라고 표현했다.

그러니 여행자 역시 식민 시대의 이름인 라오스를 사용할 필요는 없 겠다.

라오의 대표적인 도시 위엥짠, 왕위앙, 루앙파방은 여행자들에게 낯선 이름이다. 하지만 라오인들은 아직도 비엔티안을 위엥짠, 방비엥을 왕 위앙, 루앙프라방을 루앙파방이라고 부르니, 그리 부르는 게 맞겠다 (독자들이 여행자임을 감안해서 일반적으로 사용되는 비엔티안, 방비 엥, 루앙프라방으로 사용하겠다).
이렇게 불리게 된 것은 프랑스식 표기법과 영국식 알파벳이 가져다 준 폐단이었다. 위엥찬을 프랑스어 식으로 'Vientine'으로 표기하다 보니 영어식으로 비엔티안으로 변형될 수밖에 없었다. 방비엥 역시 'Vang Vieng' 왕위앙에 가깝다.
비엔티안을 위엥짠으로 부르는 라오인이나 호치민을 사이공으로 부 르는 베트남인을 보면서, 조금은 쪽팔렸던 것은 나뿐이었을까.

소심한 복수 - 빠뚝싸이

평화롭기 그지없는 라오를 여행하다보면 왠지 마지막 남은 지상의 낙
원이 아닐까라는 생각에 잠길 때가 있다. 시간은 더없이 느리게 흐르
고, 바람은 라오인들의 성품을 닮아 충분히 넉넉하다. 오가는 이들이
나 노상에 좌판을 깔고 물건을 파는 노파의 얼굴에도 지친 삶보다는
따뜻함이 정겹기 한없다.

오른 뺨을 맞으면 왼뺨을 내밀 것 같은 라오인들의 모습을 보다보면
그들만이 가진 모습 때문에 많은 이들이 라오에 빠진다. 수많은 침략
속에서도 잃어버리지 않고, 지키려고 노력하는 것도 아닌 태곳적부터
지닌 평화로움, 바로 그것이다. 과연 라오인들에게 복수라는 단어가
존재하기라도 할까라는 생각까지 들 정도로.

그런 면에서 '빠뚝싸이'는 라오를 측은지심으로 보는 이에게 작은 위
안거리다. 어느 나라에도 찾아 볼 수 없는 해학과 위트가 숨겨진 건축
물 빠뚝싸이. 개인적으로 위엥짠에서 가장 좋아하는 건축물이다. 고대
유적도 아니고, 미술적 가치, 역사적인 의미 그런 등등을 찾아 볼 것은
없다. 하지만 왠지 모를 기분 좋음이 빠뚝싸이에 숨어 있다.

빠뚝싸이는 정확히 표현하자면 라오 독립투사의 영혼을 기리는 '승리
문'이다. 독립 투사들의 죽음을 기리기 위해 수도 한복판에 기념탑을
세운 그들의 역사의식은 우리보다 한 수 위라는 것은 말할 필요도 없
겠다. 60년대 베트남과 미국의 전쟁이 본격적으로 시작할 즈음 라오
인들에 의해 지어졌다. 아주 영리한 미군은 베트남과 국경을 맞대고
있는 라오를 이용할 마음을 먹는다. 군사적으로 이용하기 위해 가장
필요한 것이 활주로. 제대로 된 활주로가 없는 라오에 미군은 이곳저
곳에 활주로를 놓기로 결정하고 시멘트를 제공했다.

미군의 의지야 어쨌든 무상으로 지원되는 많은 양의 시멘트에 라오인
들은 자신들만의 사고로 자신들의 일을 묵묵히 했다. 그동안 재원이

없어서 짓지 못했을 독립투사들의 기념비를 지을 계획을 세웠다. 미군들이 요구했던 활주로를 어떻게든 만들어 놓으면 그뿐. 어찌 됐던 라오인들은 활주로 건설을 위해 제공된 시멘트 일부를 빼돌려 자신들의 독립투사를 기리는 빠뚝싸이를 건설한 것이다.

관리 감독하던 미군들의 눈에는 유쾌하지 않았을 것은 뻔한 일. 그래서 미군은 수평으로 깔려야 할 활주로가 수직의 탑으로 세워졌다고 해서 '수직 활주로'라고 비아냥거리는 별명을 주기도 했다. 지구상에서 단 하나의 수직 활주로가 라오의 수도 위엥짠에 떡하니 버티고 있다. 작다면 작은 이 사건은 왠지 기분 좋다. 같은 인도차이나 국가를 침략하는 미군을 호의적으로 대하지 않았을 라오인에게 통쾌한 복수가 아니었을까. 시멘트를 훔치면서, 완공까지 지켜봤을 관료나 하다못해 막노동 인부까지. 거기에 밋밋한 프랑스 개선문과는 차원이 다른 빠뚝싸이를 만들었으니 말이다.

사실 빠뚝싸이는 프랑스 개선문을 흉내 냈다고 봐도 좋을 만큼 비슷하다. 하지만 거기서만 끝나는 게 아닌, 그 개선문 위에 라오의 자존심을 올려 세웠다. 비록 비싼 대리석은 아니지만 훔친 시멘트로 자신을 지배했던 국가의 상징, 개선문 위에 자신들의 문화를 올려놓은 건축가의 자긍심이란…….

불교의 나라답게 개선문 위에 연꽃받침을 두고 다섯 개의 탑이 들어선 형태를 띠고 있다. 탑들은 라오의 전통 양식처럼 중앙에 큰 탑을 세우고 각기 네 곳에 작은 탑을 세운 형식이다. 프랑스 개선문을 밑에 깔고 자신들의 독립을 이룬 이들을 위로하는 빠뚝싸이를 사랑하지 않을 이유는 찾을 수가 없다.

빠뚝싸이를 사랑하는 라오인들의 마음은 그곳을 찾아가 본 여행자라면 곤스란히 느낄 수 있다. 위엥짠에 여행 온 지방의 라오인들이 탓루앙과 함께 빼놓지 않고 찾아오는 곳이기도 하고, 위엥짠 어느 곳보다 잘 정돈된 주변 환경에서도 알 수 있다.

분수대와 공원을 만들어 놔 기념 촬영하기에 안성맞춤인 이곳은 라오인들로 늘 활기차다. 빠뚝싸이는 사람들에게 개방돼서 꼭대기까지 올라 갈 수 있는데 외국인들에게는 입장료를 받는다. 작은 탑을 올라가는데 뭔 입장료냐며 걸음을 멈추지는 말자!

빠뚝싸이 꼭대기에 오르면 평화로운 땅, 위엥짠이 한 눈에 펼쳐진다. 아주 멋스럽다고는 절대 말하지 않겠다. 하지만 위에서 바라본, 평야로 이뤄진 도시는 평화롭기 그지없다. 도시 전체가 조금은 조용한, 그래서 왠지 더 빠뚝싸이가 사랑스럽다.

라오의 자존심 - 탓 루앙

라오의 자존심이자 상징인 탓루앙. 라오인에게 있어 단순한 건축물 이상의 신성한 의미를 지니고 있다. 라오 국가 문장과 지폐에도 들어가 있을 정도니 설명이 따로 필요 없겠다. 간혹 시내와 약간 떨어진 이유로 탓루앙을 미처 보지 못한 여행자가 있다면 꼭 다시 라오를 가야할 이유가 하나 더 늘었다고 보면 된다.

부처의 진신사리를 모셨다는 탓루앙은 사원이 아니 거대한 불탑이다. 진신사리가 모셔졌기 때문에 우리나라 단체뿐만 아니라 태국, 중국 여행팀에게도 빼놓지 않는 여행지가 됐다. 아쉬운 점이라면 처음 탓루앙을 찾았을 때의 그 화려한 적막함을 이제 더는 경험하기 힘들다는 점이다.

말 그대로다. 거대한 황금 불탑의 그 화려함에 취해 탑을 돌 때 느꼈던 적막함. 화려하다는 단어가 주는 이미지와 적막함이란 단어가 어쩐지 어색하지만, 오래 전 탓루앙은 정말 화려한 적막함을 선물했다.

넘쳐나는 관광객들로 인해 그 적막함은 깨졌지만. 그래도 라오인들의 자존심 탓루앙은 여전히 화려하지만 결코 오만하지 않은 모습으로 타지인들을 맞이하고 있었다.

탓루앙은 우리의 조선시대 초기에 해당되는 1566년 건립됐다. 당시 그 시대에 세워진 불탑으로는 규모 면에서 비교를 할 수 없을 정도로 거대했다. 선조들의 위대한 유산을 바라보는 라오인들이 어찌 긍지를 갖지 않겠는가.

탑을 이루는 구조는 앙코르 사원들과 비슷한 모습이다. 탑 중앙에 탓루앙이, 동서남북 사면에는 사원이 하나씩 세워져 있다. 크메르 유적이 인근에서 출토되는 것을 보아 탓루앙 역시 크메르 제국의 영향에서 자유롭지는 않았을 것으로 추측된다.

탓루앙에는 11월 하순 '탓루앙' 축제가 열린다. 피마이(신년) 축제와 함

께 가장 큰 라오인들의 기념이다. 이 축제가 시작이 되면 위엥짠(비엔
티안) 인근 지역 사원의 스님들이 탓루앙을 향해 행진을 하는 것인데,
부처님에게 건강과 행운을 비는 축제다. 여행자라면 이런 특별한 축
제일에 맞춰 여행 일정을 맞춰보는 것도 특별한 행운을 얻게 되는 기
회가 될 것이다.

이 신성하고 화려한 탓루앙은 거대한 규모 못지않게 라오의 아픈 역
사를 고스란히 품고 있다. 미얀마와 시암(태국)에 의해 몇 차례 파괴
의 아픔을 겪었다. 원래 황금으로 칠해졌던 외부는 침략자들에 의해
발가벗겨졌다.
심지어 프랑스 식민 시대에는 라오의 자존심이 흉물로 존재해야만 했
다. 자국의 문화에 대해선 그렇게 열광하면서도 식민 국가의 문화에

대해서는 가차 없던 제국주의 국가의 모습 그대로였다.

프랑스 말이 나왔으니 여기서 잠깐. 제발 제국주의 탐욕을 고스란히 보여주는 루브르 박물관에 감탄하지 마시길. 멀지 않은 시간까지 용병으로 살았던 선조를 둔 프랑스인들에게 문화는 콤플렉스로 작용한다. 영국이나 프랑스, 그리스를 여행하면서 생각했던 점 하나는 왜 이들이 박물관에 심혈을 기울일까였다. 각 나라마다 다른 상황이지만 프랑스만을 보자. 긴 줄을 서서 입장을 한 루브르 박물관 안은 그야말로 거대하다. 그 속에 각 나라의 유명한 유물들이 관람객들을 흥분시킨다. 그러면서 은근 프랑스의 위대함을 스스로 가지게 된다. 따지고 보면 식민지 국가들에게서 약탈해 온 것들이 대부분 일 텐데, 그 유물의 나라를 생각지도 않게 된다. 그런 의식들이 퍼지고 퍼져 프랑스를 여행하는 이라면 꼭 루브르를 가야만 하는 것으로 고착화 됐다. 무서운 일이다.

탓루앙이 나온 김에 합장 인사에 대해 좀 말하고 싶어졌다. 정치적으로 베트남과 밀접한 관계를 가진 라오지만 경제와 생활은 태국과 많은 부분이 흡사한 것이 사실이다. 언어조차 60% 정도 비슷해 태국인들이 라오로 여행 올 때 어렵지 않게 의사소통이 가능할 정도다. 집이나 가게마다 작은 스피릿 하우스(사당)를 짓고 기도를 올리는 모습도 너무도 비슷하다.

그 중에 두 손을 모으고 인사하는 모습은 똑같다. 캄보디아와 베트남에서는 합장 인사를 찾아보기가 쉽지 않다.

합장 인사는 태국과 라오의 생활에 가장 기본이 되는 모습이다.

나중에 안 사실이지만 합장 인사에도 예가 있었다. 여행자가 알아두면 사랑 받을 팁이니 꼭 참고하시길. 인사할 때 두 손을 합장하고 공손히 머리를 숙인다. 이때 자신보다 지위나 나이가 낮으면 두 손을 가슴 앞에 두고 인사를 하고, 높을 경우 두 손을 눈 위로 가져다가 합장을 하며 인사를 해야 한다. 합장 인사는 태국과 라오를 여행할 때 필수적인 인사법으로 어른에게 손을 들어 합장을 하면 더 예쁨을 받을 것이다. 또 한 가지 팁. 베트남 경우 개인적인 질문이 친근감을 표시하는 방법이다. 직업, 나이 등등 우리와 비슷하다. 하지만 라오는 연령이나 가족 등 당사자가 먼저 말을 꺼낼 때까지 물어보는 것은 실례다. 같은 인도 차이나를 살면서도 약간 다른 문화 차이가 존재한다.

⟨tip⟩
비엔티안에서 볼거리 중 빠뚝싸이와 탓루앙은 빼놓을 수 없는 곳이다. 빠뚝싸이야 여행자 거리에서 걸어갈 수 있는 거리지만 탓루앙은 녹녹치 않다. 시도를 하지 않는 게 정신 건강에 좋다. 여행자 거리의 여행사에서 파는 일일 투어 프로그램에 참여하는 것도 방법이다. 혹은 길가에 서 있는 툭툭이를 이용하는 방법도 있다. 기사들은 여행자가 초행인지 아닌지를 기가 막히게 알아본다. 그들에게 다가가면 한 장의 브로슈어를 보여줄 것이다. 툭툭이로 이동 가능한 비엔티안 유적지들이 사진 속에 담겨 있다. 자기가 가고 싶은 곳을 손가락으로 가리키면 된다. 간혹 기사들 중에는 영어를 하는 친구들이 있다. 기사들은 수입을 더 올리기 위해 먼 곳을 추천하기도 하지만, 빠뚝싸이와 탓루앙이 목표라면 두 곳만 결정할 수 있다. 그리고 가격을 조정하면 된다. 해마다 가격이 변하기 때문에 여행 전 대략의 가격을 조사해 가면 바가지 위험에서 벗어날 수 있다.
대부분 기사가 부르는 가격에 30% 정도 낮게 부르면 경험상 평균값이었다. 결정됐다면 먼저 빠뚝싸이를 보게 되는데, 간혹 교통 체증 시간을 피하기 위해 탓루앙을 먼저 가는 기사도 있다. 가는 순서가 어떻든, 처음 내린 곳에서 구경을 끝내면 그 기사가 기다리겠다는 곳에서 다시 올라타 다음 장소로 이동하면 된다. 두 곳을 다 둘러본 후 그 툭툭이를 타고 숙소로 돌아오면 된다.

노동자의 땀, 소금 - 소금 마을

노동자가 흘린 땀의 양만큼, 소금의 생산량은 비례할 것이란 생각을 한 적이 있다. 서해 염전에서도, 유럽 소금 광산을 보면서도, 이런 생각은 라오의 소금 마을을 보았을 때 더 확고해졌다.

우연찮게 소금 마을을 찾아간 그날, 하늘은 소금을 뿌려놓은 듯한 묘한 분위기를 풍겼다. 적당히 흩어져 있는 구름과 푸른 하늘. 습한 공기 사이로 스며드는 짠 냄새와 장작 타는 냄새가 작업장 주위를 휩싸고 있었다.
주위는 고요했다. 일반적인 여행지가 아니기에, 대문을 들어설 때 앞에 서 있던 라오인에게 들어가도 되냐고 물었다. 지친 미소를 지으며 소금이 만들어지는 작업장을 가리켰다.
정면으로 보이는 건물은 만들어진 소금의 저장소처럼 보였다. 인부들은 창고 주위에서 느린 걸음걸이로 무엇인가를 하고 있었다. 소금을 나르지는 않았다. 그들은 특별히 대화를 나누지도 않았다.

적막함. 라오인이 가르친 곳은 허름한 단층집들이 붙어 있는 것처럼 보였다. 진갈색의 흙길이 그 집들 앞으로 인도했다. 집처럼 보였던 곳이 소금이 만들어지는 공장(?)이었다. 공장은 100미터가 훨씬 넘을 듯한 길로 이어져 있었다.
'일하는 사람들이 있나'라고 생각이 들 정도로 고요했다. 화덕에서는 장작이 타고 있었다. 소금 마을에서 유일하게 소리를 내고 있는 생명체 같았다. 화덕 위에는 암염 층에서 끌어올린 소금물이 수증기를 내뿜고 있었다. 소리 없이.

사각형 판에는 듬성듬성 소금 결정체가 더운 열기 속에서 흔들렸다.

낡은 대나무 바구니에는 이제 막 세상으로 나온 하얀 소금이 가득 담겨져 있었다. 열대 지역에 내린 눈을 누군가 바구니에 소복이 담아 내놓은 모양새였다.

비현실적인 새하얀 소금에 넋이 빠지고 있을 즈음 인기척이 들렸다. 인간 세상으로 돌아오게 도와준 고마운 소리 쪽으로 고개를 돌렸다. 해먹에서 낮잠을 자고 있는 인부가 인기척에 잠을 깨어 부스럭 거렸던 소리였다. 그도 나도 순간 정지.

2-3초간의 어색함이 지나고 그는 피곤한 미소를 내게 지으며 해먹에 몸을 맡겼다. 아무 일 없었다는 듯이 다시 정적.

얼어 있는 개울물을 지나가듯 내 발소리는 더욱 작아졌다. 카메라의 셔터 소리가 야외에서 그리 크게 들리는지 처음 알았다. 몇 번의 셔터를 누르고 사진 찍기조차 미안해 카메라를 가방에 쳐 넣었다.

더 안으로 들어가 볼까라는 생각도 잠시, 밤새 장작 앞을 지키며 소금을 만들던 이들이 각자의 화덕 옆에서 낮잠을 자고 있겠다는 생각이 들었다. 피곤하지만 정직한 일상의 삶을 사는 이들 앞에, 여행자는 최대한 겸손해야 했다. 조심스러운 발걸음으로 처음 왔던 입구로 나왔다.

입구 앞 큰 나무 밑에는 막 창고에서 일을 끝낸 듯한 라오인들이 담배를 피며 쉬고 있었다. 옆에 앉았다. 씨익 웃어주는 것은 역시 라오 사람들이었다. 담배를 찾아 입에 물자, 누군가 불을 붙여주었다.

그리고 우린 침묵했다. 파란 하늘에 뿌려진 소금 구름 속으로 뿌연 담배 연기를 날려 보내며.

<tip>

바다가 없는 라오스는 소금을 전량 수입해 올까? 아니다. 전량 자체 생산한다. 그럼 유럽처럼 소금 광산 같은 곳에서 암염을 깨서 소금을 만들어 낼까? 아니다.

다행히 라오스 일부 지역에서는 암염이 지하층에 매장되어 그 일대 지하수가 마치 바닷물처럼 충분한 염분을 가지고 있다. 이에 지하수를 가열해 소금을 생산하고 있다.

지하수를 퍼내 소금까지 만들려면 일반적으로 3-4일이 걸린다고 한다. 그러나 라오 대부분 소금 마을은 생산량을 늘리려고 굽는 방식을 이용해 하루 만에 소금을 만들어 낸다. 라오의 소금은 미네랄이 풍부하면서도 짜지 않아 품질이 우수하다는 평가를 받고 있다.

길 위에서 만나다

이상하다
노래 한 곡을 나에게 선물한 새벽
문득 길 위에서 만나 스님들이 스쳐갔다

라오인들조차 더위를 피해 그늘에 앉아 쉬고 있는 시간
이방인이 사찰 주위를 어슬렁거리는 모습이 신기했던지
그들은 나를 훔쳐보고 있었다

스님들의 시선을 느낀 것은
아이스크림을 하나 사서 그늘에 앉아서였다

언제부터였을까?
시선이 마주치자, 기다렸다는 듯이 가볍게 손을 흔들었다
젊은 스님들이 흔드는 도포자루 사이에서 바람이 일었다

과하지 않은 관심
따뜻한 시선
이방인의 땀방울을 안쓰러워는 마음

노래 때문인가
바람 때문인가
아님 라오가 보고 싶어서 그럴까

다시 그 나무 밑에 가면
당신들이 있을 것 같다

기분 좋은 변화 – 비엔티안 둑방길

라오를 북남으로 관통하는 메콩 강은 이상하리만치 도도하지 않았다.
어느 도시에서 마주 쳤어도 메콩은 그냥 유유히 흘러가고 있었다. 물
결이라도 조금 일으킬 법 한데, 그럴 생각은 아예 없는 듯 보였다.

라오의 수도 비엔티안에 도착한 메콩의 물결은 여전했다. 뜨겁게 내
려쬐는 햇살, 눈부신 파란 하늘, 미동도 없던 뭉게구름. 그 아래 흑갈
색의 강이 초라해 보였던 비엔티안에 그나마 위안을 주었다.

아주 오래 전 라오의 수도 비엔티안을 처음 봤을 때, 생각보다 초라했
다. 그래도 한 나라의 수도인 데라는 생각도 잠시, 태국의 어느 시골
도시에 온 인상이었다. 메콩 물이 넘치는 것을 막기 위해 쌓아 놓았던
둑은 현내적 정비 작업도 안 되어 있는 채, 흙으로 쌓여 있었다. 반대
편 태국 쪽 둑이 라오 쪽보다 높아 홍수가 나면 라오 쪽으로 물난리가
일어난다고 했다.

한 해를 건너뛰고 비엔티안을 찾아간 해에 놀라운 변화를 목격했다.
현대식으로 제방 공사가 끝나, 흙길이었던 둑길에 아스팔트가 깔렸다.
그 위로 사람들이 아침저녁 조깅을 하거나 산책을 하고 있었다. 아이
의 손을 잡고 나온 가족, 아이들은 또래끼리 낄낄거리며 시간을 보내
고 있었다.
둑 아래에는 놀이터도 하나 보였다. 한국에서 만들어줬다는 큼직한
안내판도 눈에 띄었다. 어둠이 내리자 형형색색의 천막들이 쳐지면서
야시장으로 탈바꿈 되었다. 여행자뿐만 아니라 비엔티안 사람들이 메
콩 강가로 모여 들었다.

여행자들이 대부분이었던 메콩 강가에, 라오인들이 자신의 일상을 즐기고 있었다. 왠지 모를 뿌듯함. 라오를 떠올리며 가장 기분 좋은 변화라면 둑방길의 변화였다. 흙길의 낭만을 운운하는 이들도 있겠지만, 자본이 주는 기분 좋은 변화도 틀림없이 라오에 필요한 것이었다.

해가 지는 시간, 이 길을 매일 걸었다. 특별히 운동을 하려고 걸었던 건 아니었다. 해가 없었지만 살짝 더운 것은 어쩔 수 없다. 그러나 매일 그 길에 나갔다.

이유는 간단했다. 기분 좋은 변화에, 일상의 삶을 조금 풍요롭게 즐기는 라오인들을 보기 위해서였다.

이런 날씨에 사우나라니!

추운 북유럽 국가와 사우나는 누가 봐도 환상적인 조합이다. 하얀 눈에 뒤덮인 목조 건물 안의 천연 사우나는 북유럽 여행자들에게 보답이라도 하듯 피로를 풀어준다.

그런데 라오스에 사우나? 인도차이나와 사우나? 아무리 짜 맞추려 해도 쉽게 상상이 안 가는 조합이다. 조금만 걸어도 땀이 줄줄 흐르는 열대 기후의 나라에서 사우나라니. 라오스를 비롯해 태국, 캄보디아에도 사우나가 있다. 사우나라해서 스파 시설을 갖췄거나 우리네 사우나와는 엄연히 다른 문화로 존재한다. 특히 라오스와 태국은 중산층 이하도 즐길 수 있는 천연 사우나가 있다. 걷는 것조차 힘든 라오스, 태국 여행길에 사우나를 찾아볼 엄두도 나지 않았겠지만 조금 여유를 갖고 살펴보면 로컬 사우나를 발견할 수 있다.

인도차이나에서 처음 사우나를 경험했던 것은 태국에서였다. 약간의 시설을 갖춘 태국 사우나에서의 좋은 기억 때문이었을까. 라오스를 여행하면서도 사우나를 찾아보게 되었다. 그러던 중에 방비엥 허름한 집 앞마당에 사우나가 있는 것을 보며 환호를 했던 기억이 너무도 강렬했다.

사우나를 좋아하는 여행자라면 라오스든 태국이든 인도차이나를 여행하면서 꼭 로컬 사우나를 찾아보길 권한다. 라오스의 사우나는 그야말로 천연 사우나다. 기본 구조를 살펴보면 나무나 벽돌로 사우나실을 한 두 칸 만든다. 그 뒤편에 커다란 가마솥을 올려놓고 장작을 태우며 물을 끓였다. 물속에는 로컬에서 쉽게 구할 수 있는 레몬글라스나 다양한 허브를 넣었다. 그러면 기분 좋은 향이 나는 수증기가 발생한다. 수증기는 가마솥과 연결된 관을 타고 작은 사우나실을 기분 좋은 향기로 가득 채웠다.

땀이 기분 좋게 흐르면 밖으로 나와, 물을 한 바가지 끼었으면 여간 상쾌한 것이 아니었다. 물론 샤워를 할 수 있는 곳도 있지만, 왠지 바가지로 끼얹어야 제 맛이 났다. 사우나를 이용하는 사람들은 대부분 라오 사람들이었다. 남녀가 정확히 가릴 곳만 가린채로 사우나를 즐기다보면 쉽게 대화가 이어졌다.

아저씨부터 아줌마, 청년, 수줍음 많은 라오 아가씨들까지. 여행자가 라오스 사우나를 즐기는 것이 그저 생소한 지 연신 관심을 보였다. 세계 어디든 여성들은 미용을 위해 사우나를 이용하는 편이고, 남성들은 전날 과음을 해독하기 위한 도구로 사우나를 이용했다.

라오스 로컬 사우나를 즐길 때마다 느끼는 감정은 매번 비슷했다. 사람 사는 모습이 그렇게 다르지 않다는 감정. 경제 수준이 다를 뿐 인간의 욕구나 삶을 즐기는 방식은 형편에 맞게 그렇게 이뤄지고 있었다.

라오스 사우나는 생각보다 쉽게 찾을 수 있었다. 비엔티안 여행자 거리에도 있었고, 방비엥에서도 어렵지 않게 찾을 수 있었다. 물론 루앙프라방도 그랬다. 생경한 모습에 여행하는 맛을 느낄 때도 있지만, 때론 우리와 비슷한 문화를 발견할 때도 다른 여행의 맛을 느낄 수 있다.

비엔티안 야시장을 웃으며 즐기는 방법

비엔티안에서 만났던 여행자들에게 가장 많이 들었던 이야기는 야시장이었다. 그들은 이미 루앙프라방과 방비엥 야시장을 경험한 여행자들이란 공통점이 있었다. 그들은 하나같이 비엔티안 야시장은 살 것이 없다는 말을 했다. 루앙프라방 야시장에서 사려다가 짐이 될까봐 비엔티안 야시장에서 살려고 했는데 찾는 기념품이 없어서 너무 아쉽다는 말도 덧붙였다.

간단하게 라오스 여행지의 야시장을 정리해 본다. 방비엥 야시장은 방비엥 맞춤 야시장이라고 보면 된다. 말인즉 방비엥에서 즐길 물놀이나 액티비티를 위한 제품들이 주를 이룬다. 수영복부터 방수 팩, 코끼리바지나 라오비어 티셔츠 등 한번 사용하고 버려도 될 만큼의 가격과 수준의 제품군이 대부분이다.

루앙프라방 야시장은 방비엥과는 확연히 다르다. 기념될만한 물건들이 대부분 판매되고 있다. 조각이나 그림, 스카프, 라탄백 등 가격 대비 훌륭한 수공예품들이 야시장을 가득 채우고 있다. 라오스 여행을 기념하기 위해서거나 혹은 선물을 준비한다면 꼭 루앙프라방 야시장을 이용하길.

비엔티안 야시장은 여행자들 눈에는 실망할 수밖에 없는 야시장이다. 메콩 강가에 열리는 야시장은 현지인들을 위한 야시장이라고 보면 정확하다. 요즘은 비엔티안센터나 아이테크몰 등 큰 쇼핑몰에 야시장의 위상이 조금은 떨어졌지만, 그 전에는 비엔티안에서 제일 다양한 물건이 거래되는 시장이었다. 퇴근을 하고 저녁을 먹고 나면 낮의 열기가 수그러든다. 그 시간 특별히 즐길 것 없던 라오 사람들은 강가에 위치한 야시장으로 하나 둘씩 모여 들었다.

때문에 각 상점들은 옷이며 화장품, 신발 등 현지인들이 필요한 물건들로 채웠다. 요즘엔 핸드폰부터 각종 전자 제품도 눈에 띈다.

photo by 선충옥

여행자에게 살 것이 없다고 비엔티안 야시장을 부정적으로 평가해서
는 절대 안 되는 부분이 여기서 시작된다. 살 것이 없는 대신, 여행자
는 가장 가깝고 다양하게 라오스 사람들이 사는 모습을 볼 수 있다는
큰 장점이 있다. 그들이 무엇을 입고, 무엇에 관심을 가지며, 어떤 것
을 먹는지. 한 자리에서 볼 수 있는 것이다.

야시장을 유심히 살펴보면 라오인들은 모두가 다 유유자적이다. 물건
을 사는 사람이든 아니든. 유독 바쁘게 움직이는 사람이 보였다. 십중
팔구 한국 사람이었다. 간혹 중국 사람도 섞여 있었다.

여행 중에 만나는 후배들에게 권하는 말이 있다. 여행을 좀 더 풍요롭
게 즐기길 원한다면 현지인들의 보폭을 닮으라고.

왓시싸켓, 모든 것을 멈춰 세우다

장대비가 내리기 시작했다. 뜨겁게 달궈졌던 아스팔트 위로 열기가 차올랐다. 정신없이 쏟아진 장대비로 도시는 한결 평화로웠다. 여행자들은 저마다의 처마 밑에서 숨을 골랐다. 맥주를 마시거나, 담배를 피우거나, 서로 사랑의 눈빛을 교환하거나.

한 두 시간 내리는 빗속을 걷는 이는 그리 많지 않았다. 비엔티안에 축복처럼 쏟아지는 비는 말 그대로 축복이었다. 여행자나 일상을 사는 라오인들에게나 잠시 더위를 식히고 쉼을 가지라는 하늘의 명령이었다.

비가 그칠 즈음 왓시싸켓으로 향했다. 몇 번을 갔을까? 비엔티안에 머물며 비가 올 때마다 찾아가게 되는 공간이 왓시싸켓이었다. 애인이라도 되는 냥 비가 오면 왓시싸켓은 나를 불렀다. 여행자거리에서 길어 10분 거리의 이 작은 사찰은 라오의 작고 아담한 여인의 모습과 많이 닮아 있었다.

2차선 길 건너 호프라께오와 비교해도 왓시싸켓의 외모는 뚜렷한 차이를 보였다. 작은 입구부터 대웅전을 감싸고 있는 사면의 담들조차 어찌 그리 아담한지. 규모면에서 인간을 압도해 인간들로부터 경외감을 갖게 할 의도로 지어졌던 유럽의 성당과는 극명하게 비교됐다.

경외감은커녕 라오스 상류층 고저택보다도 턱없이 작은 이 사찰을 어찌 사랑하지 않을 수 있으리. 비가 오면 왓시싸켓 곳곳에서는 시간이 주는 향기로 가득했다. 낮은 처마에서 떨어지는 빗방울은 내 슬리퍼를 갈색 향기로 물들였다. 내 영혼은 갈색도, 그렇다고 검지도 않는 왓시싸켓만의 색깔로 고스란히 빠져 있었다.

라오스에서 하나의 사찰을 추천하라면 고민 없이 왓시싸켓이다. 물론 루앙프라방의 왓시엥통은 규모 면에서나 아름다움에 있어서 왓시싸켓과 비교 되지 않는 게 사실이다. 그러나 난 이 작고 소외받았을 사원

195

을 사랑한다.

14세기 라오스를 최초로 통일한 란상 왕국은 비엔티안에 왓시싸켓을 짓는다. 태국에서 어린 시절을 보냈던 차오아누 왕은 어떤 이유에서 인지 라오스 건축 양식을 버리고 왓시싸켓을 태국 사찰 양식으로 지었다. 그리고는 태국과 전쟁을 일으키고 참패를 당했다.

그 결과 비엔티안 곳곳은 약탈로 얼룩졌고, 라오스 양식으로 지어진 사찰들은 대부분 훼손됐다. 오직 하나, 태국 양식으로 지어진 왓시싸켓만 그대로의 모습을 간직하게 됐다. 생각해 보라. 불타버린 여러 사찰 속에 오롯이 남아 있는 왓시싸켓의 모습이란, 이 가여운 여인은 홀로 세상의 시간과 맞이했으리라.

이 여인과 함께 한 것은 회랑 사면에 가득 채워진 불상들이다. 지금도 대웅전을 중심으로 사면의 회랑에는 2천 개가 넘은 불상들로 가득했다. 좌상불, 입상불 등 남방 불교를 설명해주는 불상들이 왓시싸켓과 함께 했다. 유심히 불상을 보면 라오의 다민족 특색을 보여주듯, 각기 다른 얼굴을 하고 있다.

왓시싸켓의 상징과 같은 불상이 하나 있다. 불교가 들어간 여타의 나라 불상의 수인은 대부분 비슷한 모습을 하고 있다. 하지만 왓시싸켓의 불상은 단단히 서서 양손을 편 채로 세상을 굽어보고 있다.

불상 앞에 설 때마다 각기 다른 생각이 들었다. 내 마음이 누군가를 한창 미워할 때는, 부처가 그만하라는 듯 속삭였다. 욕심으로 가득할 때는, 양손을 펼쳐 보이며 나 역시 아무 것도 없다고 말하는 듯 했다.

오가는 모든 이에게 부처님은 저마다의 고민을 해결주고 있었다.

한여름 오후
큰스님부터 꼬맹이 스님이 커다란 나무 그늘에서
독서에 한창이다
호기심에 가득 찬 꼬맹이 스님은 한시도 가만히 있지 못한다

메콩의 붉은 강물이 가져다 준 풍요로운 미소가
스님들에게 가득하다

하루는 마치 48시간이 된 듯 천천히 풍요롭게 지나가고
바람도 더위에 힘든 듯
나무 밑에서 숨을 고르고 있다

저 꼬맹이 스님이 자라면 더없이 착한 사람이 사는 라오스에서
넓은 그늘을 만들어 주는 나무처럼
민중에게 쉼이 되는 큰 나무가 되길
부처님께 빌어 본다

내륙 국가의 한계에서, 인도차이나의 중심으로

라오스에는 바다가 없다고 하면 사람들은 순간 놀랬다. 삼면이 바다인 우리에겐 바다가 없다는 것이 상상하기 어렵기 때문이었다. 대부분 국가가 어느 한 구석이라도 바다에 접하기 마련인데 라오스를 비롯해 몇몇 나라들은 사면이 모두 다른 나라의 국경으로 갇혀 있다. 가뜩이나 산업 기반이 열악한 라오스는 바다가 없어 육상 물류까지 발생해 수출입에 이중고를 겪고 있다.

우리에겐 생소한 내륙개발도상국(Land-lock Developing Countries) 그룹이란 국가 간 협의체가 있다. 이들 국가들은 스위스를 제외하곤 온전한 자급이 이뤄지지 않고 있기 때문에 어느 국가 간 협의체보다 끈끈한 모습을 보이는 특징이 있다. 스위스는 바다가 있는 유럽 국가 속에서 살아남을 수 있는 노하우를 전수하는 한편 최대한 내륙 국가들의 발전을 돕고 있는 모양새다.

내륙 국가 라오스는 최근 중국의 일대일로 정책과 맞물려 도약의 기회를 맞고 있다. 중국 정부는 윈난성을 시작해 라오스, 태국, 말레이시아까지 이어지는 철도를 계획 중에 있다. 그 중심에는 라오스가 있다. 이미 오래 전에 중국과 라오스 정부는 중국인 몇 십만 명이 라오스로 이주한다는 계획을 승인하고 진행 중에 있다. 수도 비엔티안에는 이 주민들을 위한 대규모 아파트 단지를 조성하고 있으며 이미 몇 동은 입주를 끝낸 상태다.

인도차이나 일대일로의 시작점인 쿤밍-비엔티안 간 고속철은 70% 이상 공정이 끝난 상태다. 2022년 완공을 목표로 삼고 있다. 아시아내에서 국가 간 고속철이 놓인 예가 없기 때문에 그 파급 효과는 상상조차 할 수 없다.

중국은 라오스를 기반으로 베트남, 캄보디아, 태국을 경제 영향권에 넣으려는 속셈이다. 이미 고속철 역사가 들어설 인근 지역에는 산업

및 물류 단지로 활용할 수 있게 도로, 토지 정리가 끝난 상태다.

고속철이 라오스 중간을 관통하는 프로젝트라면 중국으로부터 시작된 도로 공사는 라오스 북부와 태국 북부를 겨냥한 프로젝트다. 중국 남부 윈난성에서 라오스 북부 루앙남타, 태국 치앙콩, 치앙라이, 치앙마이로 이뤄지는 고속도로 건설은 인도차이나 북부에 큰 변화를 일으킬 게 뻔하다.

이로 인해 라오스는 내륙 국가란 단점을 장점으로 바꿀 기회가 생기게 된다. 바로 수화물 통과국으로 막대한 경제 효과를 누릴 수 있는 것이다. 베트남의 경제 성장도 라오스에게는 큰 경제적 도움이 될 전망이다. 베트남-라오스간 동서 통로가 완공 될 경우 라오스는 인도차이나 중심에서 교통의 요충지로 다시 태어나게 될 것이다.

쿤밍-비엔티안 고속철, 북부 지역의 고속도로화, 베트남-라오스간 동서 고속도로 등 인근 나라와의 협력이 긍정적인 면만 있는 것은 분명 아니다. 이미 라오스 지식인들 사이에서는 라오스의 중국화를 우려하는 목소리가 나오기 시작했다. 틀린 말은 아니다. 여행자의 입장에서도 분명 좋은 그림은 아니다.

하지만 라오스를 오래 보아오고, 라오 사람들의 삶의 질에 대해 고민해 본 사람들이라면 마냥 반대할 수 없는 게 또한 사실이다. 지식인들의 고민처럼 일부 중국화가 이뤄질 것이다. 그러나 여전히 나는 라오인들을 믿는다. 그 수많은 여행자들을 만나면서도 순수한 웃음을 잃지 않는 방비엥 사람들처럼. 라오 사람들은 라오의 방식대로 새로운 세상을 만들어 나갈 것을……

작은 미소 - 메콩강 국경넘기

메콩 강을 가르면 흐르던 작은 배 안에서
흙빛의 작은 미소가 날아왔다
메콩을 닮은 풍요로운 얼굴

더위에 헐떡이고 있을 때
신기하고 귀엽다는 표정으로 나를 바라보던 미소

얼굴엔 땀 한 방울의 흔적조차 없는 차분한 얼굴로
물끄러미 나를 바라보더니
손으로 자신의 얼굴에 부채질을 해댔다
덥다는 말을, 표현으로 대신하고 있었다

혀를 내밀고 고개를 끄덕이며, 그렇다는 표정을 짓자
녀석은 참으로 흙빛의 투명한 미소를 지으며 웃어주었다

자신이 먹고 있던 태국 과자를 내 쪽으로 내밀며
나와의 거리를 줄여주던 녀석

우리 그렇게 서로의 거리를 좁혔다

눈부시게 찬란했던 젊음 – 방비엥

매스컴에 라오스가 알려지면서 한국인 여행자의 수가 기하급수적으로 늘었다. 정보력이 좋은 젊은이들은 라오에 도착하자마자 대부분 북진을 했다. 이유는 이미 유명해진 방비엥과 루앙프라방을 가기 위해서였다. 지금도 방비엥은 여행자들의 발걸음으로 분주할 것이다.

처음 방비엥을 본 것은 누군가의 사진 한 장 속에서였다. 그의 젊고 풋풋한 에너지와 방비엥의 원초적인 분위기는 눈부시게 아름다웠다. 시간이 지나도 방비엥은 늘 숙제 같은 곳이었다.

사진을 보여준 그 때문이었는지, 아니면 그 원초적인 풍광 때문인지. 방비엥은 적어도 나에겐 신화의 공간이 됐다.

조금 오래 전, 처음 그와 함께 했던 빙비엥은 사진 속 풍광을 그나마 간직하고 있었다. 그와 있으면서 그의 치열했던 20대를 띠올려봤다. 라오스라는 이름조차 생소했던 그 시절, 20대의 젊은 날에 그가 이 산 속까지 와야만 했던 이유가 무엇이었을까. 지금은 곁에 없지만, 소나기를 피하기 위해 들어간 허름한 카페에서 하늘을 바라보던 눈빛. 내뿜었던 담배 연기. 침묵 속으로 파고들었던 강한 빗줄기 소리. 글을 쓰는 지금도 그와 함께 한 짧았던 방비엥의 시간이 송곳처럼 심장을 후벼 판다.

아주 오래지 않았던 시간, 유럽 여행자들이 지어준 방비엥의 또 다른 이름은 '여행자의 천국'이었다. 자연 풍광이 아름다워서 그들이 방비엥을 그렇게 부른 것은 절대 아니었다. 캄보디아든 태국이든, 유럽이나 일본 여행자들이 사랑하는 곳의 공통점은 '대마'다. 그들 나라에서 할 수 없는 것을 싼 값에 마음대로 할 수 있다는 매력에 그들은 방비엥을 찾았다.

라오 고산족에게 대마는 우리가 쉽게 이해하는 환각을 즐기기 위한 도구로 사용되지는 않았다. 남미 사람들처럼 힘든 노동을 조금이라도 덜기 위한 생계 수단으로 사용됐다. 때문에 고산족들은 팔기 위한 목적이 아니라 자신들을 위해 대마를 재배했다. 외국인 여행자들이 늘어나면서 약삭빠른 사람들이 대마를 여행자들에게 팔기 시작했고, 산 대마를 쉽게 구할 수 있어서 여행자들이 모이기 시작했다.

하지만 최근엔 라오스 정부가 대마 거래를 큰 범죄로 인식했기 때문에, 혹하는 마음에 시도했다가는 큰일을 겪을 수 있다. 요즘도 비엔티안이나 방비엥에서 대마를 파는 이들이 조심스럽게 다가오는 경우도 있지만 절대 조심해야 한다. 돈을 뜯어내기 위해 경찰과 짜고 그런 짓을 하는 인간들도 있기 때문이다.

방비엥은 딱 두 가지 유형의 여행자로 나눠진다. 하나는 카약, 튜빙, 블루라군, 유이폭포, 짚투어, 사륜오토바이 등 몸을 쓰면 즐기는 여행자다. 두번째는 방비엥이 주는 풍광을 그대로 즐기면서 아무것도 하는 것 없이 유유자적 시간을 즐기는 여행자다.

대부분 짧은 일정의 젊은 여행자들이 활동적인 여행자 쪽에 속한다면, 장기 배낭 여행자들은 유유자적 여행자에 속한다. 정말 작은 마을에 한 달씩 있는 이유가 무엇일까. 여행자들이 배낭을 풀고 방비엥에 눌러 앉으면 떠날 수 없게 된다.

글 쓰는 이의 말이 사실인지 아닌지는 긴 일정으로 방비엥을 찾아가 보면 무슨 말인지 쉽게 이해할 것이다. 단 이젠 한국, 중국 단체 여행객들이 방비엥을 점령했으니, 그들을 피해 다녀야 한다.

장기 배낭 여행자의 게으르면서도 사치스러운(?) 방비엥 하루 즐기기를 살펴보자. 다운 받아 놓은 영화를 몇 편 보느라 새벽 3시가 넘어서 잠을 잔 덕분에 점심때가 다 돼서야 잠에서 깼다. 단기 여행자들이나 눈을 부릅뜨고 가는 아침 시장은 이제 먼 나라 이야기가 됐다. 사실 모닝마켓이라고 알려진 현지 시장은 충분히 구경할 만하다. 특별한 것은 없지만, 라오인들의 활기찬 아침 모습을 보기에는 이만한 곳도 없기 때문이다. 하지만 한 달이 넘게 방비엥에 있었다면, 이미 몇 번을 봤어도 봤을 곳이기에 게으르기 위한 오늘은 아니다.

대충 준비를 하고 게스트하우스 응접실에 나오니, 적막하기까지 했다.

이미 여행자들은 각자의 프로그램을 위해 블루라군나 유이 폭포로 이동한 상태였다. 태양은 열국의 날씨에 맞춰 이글거리고 있었다. 며칠 동안 읽다 남은 책 한 권을 옆구리에 끼고, 최대한 천천히 발걸음을 옮겨 방비엥에서 하나 뿐인 루앙프라방 베이커리(상호명은 루앙프라방인데, 방비엥에서 가장 유명하다)에 도착했다. 이 빵집의 일상도 어제와 크게 다르지 않았다. 푸짐하게 생긴 인상 좋은 어머니가 여전히 그 자리에서 손님들을 바라 봤고, 아들과 며느리들은 자기들 맡은 일을 하고 있었다.

단골을 알아본 아들이 다가와 친근하게 웃으며 메뉴판을 가져왔다. 메뉴판을 보지도 않고 설탕과 우유를 넣지 않는 라오 커피와 코코넛 가루가 입혀진 빵 한 조각을 주문했다. 여기에서는 이보다 더 근사한 브런치가 존재하지 않았다. 라오식 아메리카노는 잠을 깨기에 꼭 필요한 음료면, 조금 달다 싶은 코코넛 빵은 당을 보충하기 위한 최상의 메뉴였다.

점심시간이 조금 되자 막 샤워를 마친 듯 보이는 서양 여행자들이 자리를 치지하기 시작했다. 아마도 어제 저녁 신나게 파티를 즐겼으리라. 방비엥은 물 좋은 나이트클럽(?)이 두 곳이나 있으니 클럽을 좋아하는 여행자는 매일 즐길 수 있다.

어제도 본 여행자가 살짝 눈인사를 해왔다. 노르웨이 청년은 술이 덜 깨서 죽겠다는 시늉을 했다. 주인 어머니가 단골에게나 보이는 행동을 보였다. 메뉴는 그날그날 다르지만, 대충 자신이 먹고 있던 것을 나누는 행위로 친근감을 표시했다. 그럴 때마다 한국에서 올 때 어머니를 위해 작은 선물을 준비해 오지 못한 내 기억력이 못내 못마땅했다. 여행자 구경도 책 읽기도 어느 정도 지겨울 즈음, 사우나로 향했다. 아들 녀석에게 같이 가겠냐고 해보지만, 바빠서 안 되겠다는 대답이 돌아왔다. 뭐 이미 예상은 했지만. 열대 지방에서의 사우나라니 생소하게 느껴질 것이다. 그러나 정말 라오에는 라오식 사우나가 존재했다. 그것도 천연 허브 사우나가 말이다.

방비엥만 해도 몇 군데가 있는데, 게스트하우스가 모여 있는 곳의 마을 안 쪽 사우나를 선호하는 편이었다. 잘 알려지지 않아 조용한 데다, 대부분 현지인들이 많이 오기 때문에 분위기도 좋기 때문이다. 뭐 사우나라고 해서 거창한 것은 없다. 집 마당에 나무 패널로 된 한 칸짜리 움막(?)이 전부다. 움막 뒤에는 허브를 때우는 공간이 있고, 그 연기를 움막으로 이동하게 하는 연통으로 구성된 사우나다.

시설이야 우리 눈으로 볼 때 초라하기 그지없겠지만, 움막 안에 가득한 천연 허브 향에 취해 보면 금세 중독됐다. 땀이 흐르면 움막 밖으로 나와 마당 뜰에서 물 한바가지 끼얹고 쉬면 그만이었다. 현지인들과 거의 맨몸으로 마주 앉아 있다 보면 그들이 급 친근하게 느껴졌다.

마무리를 하고 나오면 살짝 갈증도 나고 영양 보충도 필요한 시점. 망고쉐이크만한 게 또 있을까. 방비엥은 곳곳에 생과일 셰이크를 하는 곳이 넘쳐났다. 그것도 단 돈 1000원에 해결할 수 있는. 팬케이크 하나와 망고 셰이크 한 잔이면 오후 간식으로는 그만한 게 따로 없다.

땀도 뺐고 배도 든든하니 졸음이 밀려왔다. 저녁 시간까지 아직 좀 이른 시간이라 낮잠을 자기로 결정. 달달한 바람이 들어오는 방에서 최대한 편안한 자세로 잠에 빠졌다. 시끌시끌한 소리에 잠에서 깼다. 블루라군에서 흥에 젖어 들어온 젊은 친구들이었다. 아직도 흥에 취해서 비어 라오를 한 잔씩 하고 있었다. 새로 사귄 여행자인지 낯익지 않은 여행자의 얼굴도 눈에 띄었다.

저녁 메뉴를 고민하는 이들에게 라오식 샤브샤브를 제안했다. 우리네 불고기 불판을 이용해서 먹는 방식인데, 국물과 함께 먹을 수 있어 개인적으로 좋아하는 음식이다. 그런 것도 있냐고 신기해하던 이들은 바로 메뉴를 결정해 버렸다. 듬직한 사내 녀석들 몇 명과 동행을 하니 여간 든든한 게 아니다. 조금 시끄러운 분위기는 있었어도 적당히 들뜬 젊은 열기가, 라오의 차분한 기운과 어우러져 그렇게 이질적이지는 않았다. 그리 비싸지 않은 가격으로 고기와 야채를 듬뿍 먹을 수 있는 것도 라오식 샤브샤브의 강점이었다. 어둠이 금세 밀려와 거리는 어둠이 가득했지만, 숯불은 여행자의 이야기에 취해 붉게 발하고 있었다.

쏭강, 가슴에 묻히다

카르스트 지형의 산과 푸른 빛의 쏭강은 방비엥을 상징한다. 우뚝 솟은 산들이 반갑게 여행자를 처음 맞이했다면, 쏭강은 여행자의 하루하루를 풍요롭게 만들어줬다.

대부분 여행자는 가이드 책 때문인지 남쏭강이라고 불렀다. 남쏭이란 이름에 강이 붙어 남쏭강이 된 것이다. 남쏭강을 풀이하자면 강쏭강이란 표현이 된다. 남이 라오어로 강이란 뜻이기에 남쏭이라고 부르지 말고 쏭강이라고 불러야 정확한 표현이 되는 것이다. 루앙프라방의 푸시(루앙프라방 푸시편 참고)랑 비슷한 오류다.

쏭강의 매력은 무엇보다도 푸른빛의 강물을 들 수 있겠다. 메콩의 적갈색 강물 색과는 달리 방비엥의 쏭강은 우리네 강물과 같은 색을 띠었다(우기 때나 폭우가 심한 때는 흑빛을 띠기도 한다). 푸른 빛의 강물로 인해 라오인들에게도 방비엥은 사랑받는 곳이다.

많은 여행자들은 강가에 위치한 게스트하우스를 선호했다. 때문에 마을 안쪽에 있는 게스트하우스보다는 가격이 조금 비싼 편이지만, 방비엥에 왔다면 주저 없이 쏭강이 바라다 보이는 게스트하우스를 선택하기에 주저하지 않기를 조언한다.

쏭강은 아침, 점심, 저녁 각기 다른 모습으로 여행자의 감성을 자극했다. 때론 비가 오고 바람이 부는 날에도 새로운 모습으로 설레게 다가왔다. 운무가 가득한 이른 아침, 여행자 누구라도 시인이 됐다. 그냥 앉아 있어도 땀이 흐르는 한낮에는 시원한 바람을 선사했다. 멀리 산 너머로 노을이 지는 시간에는 잊힌 누군가를 떠올리게 했다.

방비엥의 첫 인상은 카르스트 지형의 산일 것이다. 그러나 여행이 끝나고 돌아와 문득 방비엥을 떠올리면 첫 번째 떠오르는 잔상은 쏭강이다. 강렬하지도 요란하지도 않는 강의 특징이랄까 쏭강은 그렇게 방비엥 여행자 마음 깊이 자리 잡고 있다.

쏭강을 즐기기 위한 여러 프로그램이 있지만 그 중에서 꼽으라면 튜빙과 카약, 보트를 꼽을 수 있겠다. 너무도 유명한 튜빙 이야기는 잠시 접어두자. 개인적으로 제일 좋아하는 것은 보트다. 서너 명이 탈 수 있는 작은 보트로 쏭강을 거슬러 올라갔다 내려오는 게 끝이지만, 시간대를 잘 맞추면 아주 맛있는 시간으로 탈바꿈되기 때문이다.

추천 시간대는 운무가 조금 남아 있는 이른 아침과 노을이 지기 시작할 즈음의 저녁 시간대다. 닭 울음소리가 이 산 저 산 메아리로 들려오는 시간, 세상은 아직 잠에서 덜 깨어 있었다. 나만 태운 보트는 강을 따라 산으로 깊이 들어갔다. 멀리서만 보였던 산들이 정면으로 달려왔다. 산에 걸친 운무는 신비의 세계로 나를 잡아끌었다. 강이 시작된 그 지점에 도착한다면 내가 알지 못한 원시의 시대가 펼쳐질 것 같은 환상에 빠지게 했다.

노을이 시작하는 시간대는 보트를 탔던 곳에 다시 도착할 때 즈음 멋진 풍광이 펼쳐졌다. 작은 마을이 노을에 붉게 물들어 있었다. 아낙들과 아이들은 강가에 나와 석양을 맞으며 목욕을 하거나 수영을 하고 있었다. 강 위에서 본 마을 여기저기에서는 저녁을 준비하는 연기가 하나 둘씩 눈에 들어왔다. 땅거미 지는 시간대에 집집마다 피어오르는 밥 짓는 연기는 세상에서 가장 평화로운 모습 중에 하나일 것이다.

카약은 대부분 단체 여행객들이 주로 이용하는 분위기였다. 가이드를 동행한 20여명의 여행객들이 우르르 내려오는 모습은 언제부터인가 쏭강의 또 다른 모습으로 자리 잡았다.

튜빙은 아주 오래 전부터 방비엥을 즐기는 대표적인 상품(?)이었다. 덤프트럭 타이어에서 나왔을 법한 크고 검은 튜브를 타고 쏭강을 내려오는 게 튜빙의 시작과 끝이었다. 그렇다고 그게 전부이라면 튜빙이 방비엥의 명물이 되지는 않았을 것이다.

튜빙을 하기 위해서는 하루 전 날 현지 여행사에 신청을 해야 한다. 다음날 튜빙을 신청한 사람들이 작은 트럭을 타고(트럭 위에는 검은 튜브가 한 가득 쌓여 있다) 기사가 차를 세운 곳에 내려 튜빙을 시작했다. 강물이 세게 흐르지 않기 때문에 튜브 역시 아주 천천히 흘러 강을 내려갔다. 중간 중간 강가에 맥주 파는 이들이 눈에 들어 왔다. 튜빙을 하면서 하늘을 바라보며 마시는 맥주 한 잔은 설명 불가다. 직접 경험해 보시길! 3시간가량 강을 내려오게 되는데, 처음 30분이야 재미지지만, 그 시간이 지나면 은근 길고 지루했다. 그때부터는 국적 불문하고 튜빙을 하고 있는 모든 사람이 그냥 친구가 됐다. 동변상련이라는 것일까. 서로 웃으며 장난도 치면서 지루한 시간을 서로 보듬었다.

마지막 도착 지점에 도착해서는 낯설었던 다국적 일행들은 친구가 됐다. 그리고 누가 함께 하자는 제안이 없었어도, 그날 저녁은 그들과 함께 했다.

⟨tip⟩

아주 오래지 않았던 시간, 유럽 여행자들이 지어준 방비엥의 또 다른 이름은 '여행자의 천국'이었다. 자연 풍광이 아름다워서 그들이 방비엥을 그렇게 부른 것은 절대 아니었다. 캄보디아든 태국이든, 유럽이나 일본 여행자들이 사랑하는 곳의 공통점은 '대마'다. 그들 나라에서 할 수 없는 것을 싼 값에 마음대로 할 수 있다는 매력에 그들은 방비엥을 찾았다.

라오 고산족에게 대마는 우리가 쉽게 이해하는 환각을 즐기기 위한 도구로 사용되지는 않았다. 남미 사람들처럼 힘든 노동을 조금이라도 덜기 위한 생계수단으로 사용했다. 때문에 고산족들은 팔기 위한 목적이 아니라 자신들을 위해 대마를 재배했다. 외국인 여행자들이 늘어나면서 약삭빠른 사람이 대마를 여행자들에 팔기 시작했고, 산 대마를 쉽게 구할 수 있어서 여행자들이 모이기 시작했다.

하지만 최근엔 라오스 정부가 대마 거래를 큰 범죄로 인식했기 때문에, 혹하는 마음에 시도했다가는 큰일을 겪을 수 있다. 요즘도 비엔티안이나 방비엥에서 대마를 파는 이들이 조심스럽게 다가오는 경우도 있지만 절대 조심해야 한다. 돈을 뜯어내기 위해 경찰과 짜고 그런 짓을 하는 인간들도 있기 때문이다.

건강한 삶의 맛 – 팬케이크/샌드위치

방비엥하면 빼놓을 수 없는 것이 있다. 팬케이크와 샌드위치. 라오와 좀 안 맞는 생뚱맞은 아이템 같지만, 분명 팬케이크와 샌드위치는 방 비엥 어느 명소 못지않게 인기가 대단했다. 팬케이크는 간식으로, 샌 드위치는 한 끼 식사로 여행자에게 최고의 만족감을 주었다.

두 가지 음식은 솥뚜껑을 엎어 놓은 것 같은 커다란 프라이팬에 조리 된다. 팬케이크는 전날부터 준비해놓은 숙성된 반죽을 달궈진 프라이 팬에 넓적하게 펴는 작업부터 시작된다. 얇은 반죽이 뜨거운 프라이 팬을 만나 꿈틀거리면 사정없이 싱싱한 바나나를 잘라 그 위에 얹는 다. 그 후 가게마다 각자 다른 토핑을 얹는다. 그런 상태로 익은 내용 물이 나오지 않게 사각형 모양으로 덮는다. 그리고 잘 익은 바나나 팬 케이크 위에 아낌없이 초코시럽과 연유를 끼얹는다.

바나나 팬케이크. 요 녀석은 향기부터 사람들 발길을 잡아끄는 매력 이 있다. 향기에 끌려 다가가면 재미있는 퍼포먼스에 자리를 지키게 되고, 어느 순간 바나나케이크 하나가 내 손에 들어와 있다.

팬케이크는 엄청 달았다. 라오의 더운 날씨 때문에 늘 칼로리가 부족 한 여행자에게 팬케이크만한 칼로리 보충제는 없었다. 우리네 김밥을 담는 스티로폼 박스에 담아주는 팬케이크는 걸어 다니면서 먹을 수도 있다. 하루 여행 일정을 마친 밤이 되면 팬케이크는 최고의 인기를 누 렸다.

팬케이크가 단순히 간식이라면 샌드위치는 당당히 한 끼 식사로 대접 을 받았다. 해장을 햄버거로 하는 서양인의 입맛 때문인지 팬케이크/ 샌드위치 가게는 거의 24시간 영업을 했다. 샌드위치는 비주얼적인 면에서 어느 나라와 비교해도 손색이 없을 만큼 푸짐했다.

샌드위치는 바게트 반 정도 크기의 빵에 베이컨, 닭, 소고기 등 아낌없 이 들어가 있다(물론 각자의 메뉴에 따라 내용물은 달라진다). 커다란 바게트 빵에 내용물까지 가득하니 간혹 혼자서는 다 먹지 못하는 사람들도 있다. 물론 나도. 2~3천원에 한 끼를 해결할 수 있는 것처럼 장기 여행자에게 매력적인 아이템은 없다. 맛도 결코 뒤지지 않았다.

만약 당신이 샌드위치든 팬케이크든 하나를 사먹었다면 그 가게 주인은 당신을 기억하고 있다는 것을 명심하자. 당신이 지나갈 때마다 라오인 특유의 평화로운 미소로 당신에게 손짓할 것이기 때문이다. 당신이 그 옆 가게를 이용해도 상관없다. 한 번 맺은 인연으로, 당신의 여행이 끝날 때까지 그 가게 아줌마가 전하는 미소는 덤으로 더해지게 되어 있다. 일 년이 지나서 그 가게를 다시 찾아가보라. 분명 당신을 알아보고 더 큰 미소를 띠며 반가워하리라.

블루게스트하우스로 들어가는 골목에 있는 4명의 샌드위치 가게는 인기가 높았다. 어떻게 보면 서로 경쟁 상대일 것 같은데도, 그들은 전혀 전투적이지 않다. 아니 오히려 가족 같은 관계라고나 할까. 한 사람이 가게를 비울 때, 그 가게를 찾아온 손님이 있다면 옆에 있던 다른 아줌마가 걱정 말라는 표정을 지었다. 그리고 바로 그 손님을 위해 음식을 만들어줬다. 물론 계산된 돈은 자리를 비운 아줌마의 돈 통에 집어넣어졌다. 음식을 만들다가 재료가 떨어져도 상황은 전혀 다르지 않다. 옆집 재료를 갖다 쓰거나, 한 가게에 사람이 몰리면 한가한 가게 주인이 와서 같이 음식을 만들어줬다.

그런 모습을 보고 받아 쥔 샌드위치가 어찌 맛있지 않을 수 있을까. 큰 파라솔 하나와 리어카 위에 올려놓은 큰 프라이팬이 전부인 가게가 초라하게 보이지 않는 이유다. 누군가의 눈에는 부족하고 낡아 보이지만, 결코 초라하지 않고 불행해 하지 않는 당당한 삶의 모습. 방비엥 팬케이크와 샌드위치는 라오인들의 건강한 삶의 맛을 보여주고 있다.

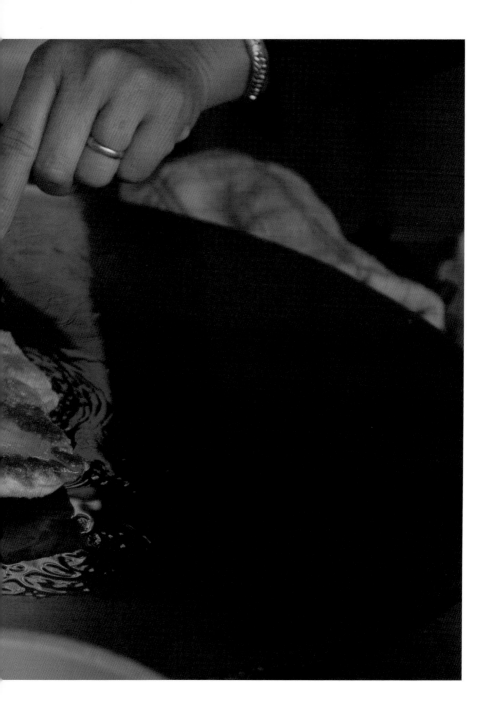

한 그루 나무가 주는 유쾌함 - 블루라군

방비엥하면 '블루라군'이라고 할 만큼 가장 먼저 떠오르는 명소가 됐다. 태국이나 베트남에 비해 여행 인프라가 많지 않은 라오기에, 라오스가 심심하다는 말을 많이 듣게 된다. 솔직히 태국이나 베트남에 비해 놀거리, 볼거리, 즐길 거리가 없는 것도 사실이다.

블루라군은 몇 년 전만 해도 소수만 다녀오는 곳에 불과했다. 왜냐하

면 정말로 에메랄드 빛 작은 냇가와 나무 한 그루가 전부였기 때문이다. 지금도 별반 변한 것은 없다. 하지만 여행자는 블루라군을 향한다.

방비엥에서 6-7km미터 떨어진 곳에 위치한 블루라군은 툭툭, 오토바이, 자전거, 도보로 갈 수 있다. 대부분 여행자는 툭툭, 오토바이, 사륜 오토바이를 이용한다. 간혹 미친(?) 서양 여행자들 중에는 자전거나 도보를 이용하기도.
혹시 커플이나 부부가 함께 블루라군을 향한다면 절대 자전거나 도보를 택하지 말라고 당부하고 싶다. 단언컨대 그 거리는 절대 7킬로미터의 거리가 아니라는 점이다. 가는 것은 어찌어찌 간다고 쳐도, 돌아 올때 그 뙤약볕 비포장도로를 걸어온다고 상상해보라. 지나다니는 차들의 먼지는 보너스로 주어진다.

게스트하우스에서 만났던 퇴역 군인 부부와 블루라군을 갈 기회가 있었다. 특별히 갈 이유는 없었지만, 여행이 초행이신 분들을 위해 같이 따라 나서기로 했다. 사단은 대령 출신이셨던 어른에게서 시작됐다. 몇 킬로미터도 안 되는데 걸어가자는 제안을 하셨다. 아! 짧은 외마디 비명이 저절로 흘러 나왔다.
거기서 끝난 것이 아니라, 직진해야 할 도로에서 풍광이 예쁘다면 옆길로 새기 시작했다. 부인되시는 분과 정처 없이 걷기 시작했다. 결과는 끝내 큰 길로 나와 지나가는 차를 얻어 타고 4시간 만에 블루라군에 도착했다. 그 후에도 그분들과 루앙프라방까지 동행하게 됐는데, 사모님은 남은 일정을 게스트하우스 방에서 쉴 수밖에 없었다.

블루라군을 생각하면 제일 먼저 떠오르는 이미지는 사람들의 유쾌한 웃음소리다. 큰 나무에 올라 다이빙을 하고 노는 것이 전부인 블루라군. 여행자들은 줄을 서서 기다리면서 자기 차례가 오기를 기다렸다. 이미 다이빙을 끝낸 사람들은 물속에서 혹은 냇가 언저리에서 구경했다. 여기까지는 그저 평범한 풍경이었다면 이어지는 모습들은 정겨운 모습으로 이어졌다.

나무 위에서 다이빙 할 수 있는 위치는 두 곳. 한 곳은 낮은 곳이라 누구나 가능하다면, 꼭대기에 위치한 곳은 만만한 높이가 아니었다. 의기양양하게 올라갔던 여성이든 남성이든, 그 높은 곳에 서면 주저주저할 수 있는 그만큼의 높이였다. 간혹 몇몇은 도중에 포기하고 다시 내려오기도 할 만큼.
주저하는 사람이 나타날 때마다 누가 먼저라 할 것 없이 파이팅을 외쳤다. 주저하는 시간이 길어지면 길어질수록 구경하는 이들은 유쾌하게 웃었다. 비웃음은 절대 아니었다. 그저 블루라군이 주는 소박한 즐거움을 즐기며, 타인을 아무 경계 없이 바라보는 시선들뿐이었다.
어디에서도 보지 못한 젊고 건강한 웃음이 블루라군을 가득 채웠다.

초등학교 친구 부부가 라오스에 온 적이 있었다. 비엔티안에 허름한 밤에 도착한 제수씨는 속으로 기대 이하라는 생각을 했다(나중에 본인의 입으로 털어놨다). 물을 무서워하는 친구와 제수씨, 나는 그냥 냇가에서 몸을 적시고 있었다.
그런데 갑자기 제수씨가 용기를 냈다. 아마도 그 젊고 건강한 웃음소리가 용기를 내게 하지 않았나 싶다. 제일 높은 다이빙 포인트에 올라간 제수씨는 그제야 자신이 실수했다는 것을 깨달았다. 살짝 다리까지 떠는 모습이 모였다.
한 10분을 주저하고 서 있었다. 많은 사람들이 다이빙을 하려고 기다리고 있었다. 하지만 기다리면서 짜증을 내는 사람은 단 한 사람도 없었다. 어느 순간 사람들은 파이팅을 외치기 시작했다. 내려갈까 주저했던 제수씨도 그 파이팅에 용기를 얻었는지 엉성한 자세(?)로 다이빙에 성공했다. 다이빙에 성공한 제수씨는 쉬면서 자신과 같이 주저하는 이가 보이면 파이팅을 외쳐줬다. 그리고 박수도 아끼지 않았다.

블루라군에 대해서 글을 쓰는 것은 힘든 게 사실이다. 몇 번이고 블루라군에 대해 쓰려 해도 번번이 막혔다. 어느 여행지에도 없는 블루라군만이 가지고 있는 특별한 것이 있기 때문이었다.

겉으로 봤을 때는 실망부터 하게 되는 곳. 하지만 마음 문을 열고 귀를 기울여보면 참 유쾌하고 건강한 여행지가 블루라군이 아닌가 싶다. 이 글이 만족스럽지 못한 독자라면 꼭 한 번, 혹은 다시 한 번 블루라군을 향하시길.

몽 족, 끝나지 않은 자유

비엔티안과 방비엥은 고작 3-4시간 정도의 가까운 거리에 있다. 그것
도 1시간30분 정도는 평지를 달린다. 그 후 2시간가량 산을 오르고 내
리고를 반복하다 방비엥에 도착하게 된다. 방비엥-루팡프라방 여정에
비한다면 비교가 되지 않을 만큼 편한 여정이다.

그러나 그리 멀지 않았던 시간에 비엔티안-방비엥 구간은 라오스 반
군 게릴라가 출몰하는 지역이었다. 마지막 사고는 현지인을 싣고 가
던 차량이 불타는 일까지 있었다. 반군의 중심에는 라오 소수 민족 중

에 다수를 차지하는 몽 족이 있다.

라오에 대한 평화로운 이야기를 많이 했다. 하지만 라오를 이야기하면서 몽 족 반군 이야기는 한번쯤 거론해야 할 문제가 아닐까 싶다. 소수 민족인 몽 족에 대한 비판이나, 그 반군을 섬멸하려는 라오 정부군을 비판하기 위해서는 아니다.

20세기 경찰국가라고 자처하는 미국의 허상이 몽 족 이야기를 통해 조금이나마 벗겨지길 바라기 때문이다. 미군은 베트남 전쟁에서 소수 민족으로 전락한 참 족을 자신들의 정치적 도구로 썼다.

미군은 라오에서도 몽 족을 친미 정권 수립을 위한 도구로 사용했다. 이미 몽 족은 프랑스 식민 시대에 산악지대를 거점으로 라오의 독립 운동을 벌였다. 중국, 태국, 미얀마, 라오에 700만 명이 살고 있는 몽 족은 고산 소수 민족 중에도 호전적이기로 유명했다.

이에 미군과 CIA는 몽 족을 이용해 베트남을 견제하고, 라오인민당 군사 조직과 싸울 조직으로 몽 족을 선택했다. 군사 훈련은 물론 무기까지 모두 미군이 지원했다. 1969년 몽 족 출신 군사만 5만 명에 다했다는 기록이 있을 만큼 상당한 규모의 군대 조직이었다.

미군의 전 세계 소수 민족을 이용하는 방법은 똑같다. 예를 들어 터키, 시리아, 이란, 이라크 국경 지대에 살고 있는 쿠르드족에게 약속했던 것처럼, 전쟁이 끝난 후 국가를 건립할 땅을 주겠다는 약속이었다. 몽 족에게도 미군은 이 같은 제안을 했다.

그러나 미군은 베트남 전쟁에 패한 후 베트남 내 참 족처럼, 라오 몽

족 역시 미련 없이 버렸다. 문서상에는 없는 비밀 조직이고 비밀 전쟁이었으니 버리기도 쉬웠다. 그래도 양심이란 게 있었는지, 미군은 몽족 군을 철수시키기 위해 딸랑 수송기 한 대를 보냈다. 그 작은 수송기를 통해 단 1000명의 몽 족 군인이 후송됐다.

5만 명에 달했던 몽 족 군인들은 낙동강 오리알이 되어 버린 것이다. 그 후 많은 몽 족 군인들이 라오를 탈출했지만, 일부는 남아서 반군 아닌 반군의 삶을 살 수 밖에 없었다. 하지만 민간인을 사살하거나 약탈했다는 이야기는 없다. 단지 자신들을 섬멸하려는 라오 정부군과 전투를 벌이거나 대정부 게릴라 활동이 전부였다. 마지막 있었던 차량 사고는 민간인을 사살하기 위한 행동은 아니었다는 게 라오인들 대부분의 생각이었다.

라오를 여행하다보면 여행자들이 알게 모르게 몽 족 사람들을 만나게 되어 있다. 그들이 호전적이란 말은 사실이다. 하지만 단어를 바꾸어 보면 용감하다는 표현이 더 적절하다. 라오 현지에서 사업을 하는 한국인들은 몽 족을 선호한다. 그들의 공통적인 말은 부지런하고 영리하다는 것이다. 또한 잔꾀를 부리지도 않는단다. 성향도 라오족보다는 한국인 성향에 가깝다는 말을 한다.

소수 민족이지만 몽 족은 자신들의 말이 있다. 몽 족끼리 만나면 그들만의 언어로 대화를 하고, 몽 족 신년도 따로 지낸다. 탄압을 받고 있지만. 라오 몽 족은 자신들의 전통을 고수하고 살아가고 있다.

평화로운 라오 안에서 아픈 이야기가 아닐 수 없다. 그러나 라오 특유의 방식으로 끈적거리는 평화로운 일상이 오늘도 계속 되고 있다.

〈tip〉

-몽 족 도요타 미니밴 기사 '맹'

라오스 여행객은 여행자 거리에서 하루에 두 세번 있는 여행자 일반 밴을 이용하거나 미니밴을 전세밴을 이용하는 경우가 대부분이다. 일반 밴은 가격이 싼 대신 정해진 시간에 맞춰 탑승 인원을 꽉 채워 이동한다. 전세밴은 말 그대로 일행만 타면서 원하는 시간과 장소에서 탑승해 원하는 목적지 호텔까지 이용할 수 있다.

1-2명일 경우 전세밴 가격이 부담될 수 있지만, 3-4명 이상일 경우는 전세밴이 훨씬 가성비가 높다. 라오스에 여행하고 있다 보면 지인들이 합류할 때가 있는데, 종종 전세밴을 이용한다.

한두 번 이용하다 어느덧 형제처럼 지내는 녀석이 있다. 몽 족인 '맹'이란 동생이다. 도요타 15인승 밴의 주인이자 기사인 맹은 어떠한 칭찬도 아깝지 않은 친구다. 몽 족 특유의 근면함은 물론 라오인 특유의 친절함, 거기에 순발력까지 겸비한 녀석이다.

어느 정도 영어도 가능해 한국 여행자들이 불편하지 않을 만큼의 서비스를 제공한다. 목적지가 아닌 곳에 잠시 멈추자고 해도 인상 한 번 쓰지 않는 녀석이기도 하다. 더욱이 중요한 것은 안전. 맹은 접촉 사고 한 번 내지 않는 무사고 운전사이기도 하다. 책을 통해 라오스 동생 '맹'을 이야기 한다는 게 우습게 보일 수도 있지만, 그와 약속을 했다. 내 책에 너를 꼭 등장시켜주겠다고. 그와의 연락을 원하는 여행자들은 개인적으로 연락을 주시길!

루앙프라방, 100만 마리 코끼리의 도시

사원의 도시 루앙프라방, 100만 마리 코끼리의 도시 루앙프라방. 어느 도시가 루앙프라방처럼 신화적 상상력을 자극할까? 지금이야 사원의 도시로 잘 알려져 있는 루앙프라방이었지만, 아주 오래 전에는 100만 마리 코끼리의 도시로 통일 왕국의 수도였다. 신화의 상상력을 자극하는 100만 마리 코끼리를 상상하면 루앙프라방의 여행은 더욱 풍요로워진다.

루앙프라방과 방비엥은 라오 여행에서 빼놓을 수 없는 절대 여행지

다. 비엔티안 카페에서는 어디가 더 좋았다는 식의 기분 좋은 언쟁을 하는 여행자들을 종종 보게 된다. 그만큼 루앙프라방과 방비엥은 분명한 다름과 차이가 있다. 두 도시(?)를 규모로 따진다면 비교 대상이 못된다. 방비엥은 우리네 읍 정도의 규모지만 루앙프라방은 우리네 군 이상 크기의 도시이기 때문이다.

그럼에도 두 여행지가 여행자들의 기분 좋은 언쟁에 등장하는 것은, 두 곳만이 가진 독특한 모습에 이유를 찾을 수 있다. 우선 방비엥은 산속의 작은 마을이라고 보면 적당하다. 방비엥 입구부터 펼쳐지는 풍광은 여행자를 새로운 세상으로 인도한다. 그렇지만 그 조용한 풍광과는 달리 방비엥은 카약부터 정글짚투어, 블루 라군, 한밤중 작은 클럽 문화 등 여행자의 아드레날린을 분비시킨다.

229

루앙프라방은 방비엥과 비교하면 정말 어마무시한 대도시임에 분명하다. 구도심 전체가 유네스코 문화유산으로 지정되어 개발을 할 수 없지만, 분명 도시 문명 속에 살아온 여행자에게는 왠지 모를 익숙한 편안함을 제공한다. 그러나 루앙프라방은 도시임에도 왠지 요란스럽지도 번잡하지도 않다. 정갈한 식당이나 카페와 라오인의 상냥함이 만들어 내놓는 소박한 만찬은 여행자의 발걸음을 멈추게 한다.

루앙프라방은 1353년 라오 최초 통일 왕국 란상홈카오(Lan Xang Khao, 100만 마리의 코끼리와 흰 우산)의 수도였다. 왕국의 이름처럼 오래 전 라오에는 코끼리가 넘쳐났다고 한다. 그 많던 코끼리는 지금 다 어디 갔는지? 통일 왕국의 수도였던 것만큼 라오인들 대부분은 루앙프라방을 사랑한다. 루앙프라방에 사는 사람이든, 고향으로 두고 있던 사람들이던 보이지 않는 자부심이 있었다.

하지만 웃픈(우습고 슬픈) 것은 유네스코는 1995년 루앙프라방을 고대 왕국의 수도가 아닌, 도시의 대부분을 이루고 있는 사원을 보고 세계문화유산으로 지정했다는 점이다.

한국의 십자가처럼 라오에선 사원의 모습을 쉽게 찾아볼 수 있다. 절대적인 불교 국가인 라오에서 종교는 그냥 삶이다. 때문에 우리는 산사에서나 볼 수 있는 스님들을, 라오에서는 길거리 어디서나 쉽게 볼 수 있다. 처음엔 갈색 도포를 입은 스님들을 볼 때 생소한 느낌이었다. 라오 스님들에게는 소중한 세 가지가 있다고 한다. 첫째는 부처. 둘째는 경전으로서 '가르침'이라는 뜻의 '다라', 때문에 사원에서 매일 아침과 저녁에 이 다라를 암송한다. 셋째는 '부처의 형제들'이라는 상하(Sangha)인데, 승복을 입고 매일 아침 탁발을 행하는 승려들을 말한다. 라오인들은 대부분 승려가 되어 보고 싶어 한다. 때문에 젊을 때 수련자가 되어 절로 들어가는 경우가 많다. 전통적으로 수련 기간은 3개월 정도다. 이들은 십계명을 지킨다. 물론 정식 승려의 경우 227개 엄격한 계율이 있다.

라오에 있어서도 근대화 시대를 겪으면서 사회주의 혁명을 비켜갈 수 없었다. 공산당이 라오를 장악한 후 당은 사찰이 소유했던 대규모 땅을 빼앗고, 탁밧을 금지시켰다. 스님들은 사찰에 딸린 작은 땅을 이용해 먹고 살아야만 했다. 그게 가능하지 않다는 것은 누구도 알 수 있었다. 그러자 라오인들은 한 사람씩 당사무소를 찾아가기 시작했다. "이렇게 탁밧을 금지시키면 스님들은 죽는다." "어떻게 저 조그만 땅에서 스님들이 먹고 살겠냐?" 등등 당 간부들을 귀찮게 하기 시작했다. 그 결과 공산 정권 안에서 라오에서만 유일하게 불교라는 종교가 종교의 모습으로 그대로 유지될 수 있었다.

이 이야기는 단편적으로 라오인들의 종교 성향을 이해할 수 있는 점도 있지만, 이게 바로 라오인이란 생각을 들게 하는 이야기였다.

⟨tip⟩

라오 최초 통일 국가는 '백만 마리의 코끼리'란 뜻을 지닌 란상 왕국이다. '백만 마리의 코끼리'를 지닐 만큼 란상 왕국은 인도차이나에서 거대한 왕국을 건설했다. 중국, 태국 일부를 포함한 국가를 형성했으니 우습게 여길 왕국은 아닌 게 확실하다.

왕국을 건립한 파쿰은 1353년 지금의 루앙파방을 수도로 삼았다. 초대 왕 파쿰은 '정복자'란 별명을 얻을 만큼 강대한 라오를 만들었던 인물이다. 어린 시절 크메르 지역에 정착해 크메르 공주와 결혼을 하고 크메르 제국으로부터 1만의 병사를 지원 받아 라오의 통일을 이룬다. 라오 초기 유적이 크메르 양식과 유사한 형태를 띠는 것도 이런 이유에서다.

파쿰 왕은 20여 년 동안 베트남 중부에 있던 참파 왕국과 영토 싸움을 할 만큼 위용이 대단했다. 바다가 없는 라오에겐 인접국인 베트남의 드넓은 바다가 욕심이 났던 것은 당연한 일.

그러나 그의 폭력성은 왠지 라오인의 성품과는 맞지 않았나 보다. 그의 부하 장수들은 파쿰을 쫓아내고 장남 운휴안을 왕의 자리에 앉힌다. 그는 아버지와 달리 아유타야 왕국(지금의 태국)의 공주와 결혼하면서 태국과의 관계 개선을 꾀한다.

친절함과 편안함

후배에게서 카톡이 이른 시간에 왔다. 여행을 좋아하는 후배라 또 어디에서 시차 생각하지 않고 톡을 보낸 것이라 생각을 하며 핸드폰을 열었다. 하지만 예상과는 달리 한국. 웬일인가 싶었지만, 이내 그는 드디어 라오에 다녀왔다고 말을 꺼냈다. 배낭여행은 아니었지만 짧은 패키지여행을 통해 라오 매력에 흠뻑 빠진 그는 오자마자 내게 문자를 보낸 것이었다. 멀지 않아 배낭을 메고 라오를 향할 그를 상상하는 것은 그리 어렵지 않았다.

그의 문자 때문이었으리라. 하루 종일 라오가 머릿속을 어지럽게 했다. 어지럽게 했다기보다는 간절히 목말라 했다고 봐야 옳은 말이겠지만. 이렇듯 라오는 상상만으로 갈증을 일으키며 당장이라도 배낭을 싸서 달려가고 싶게 만든다.

시간과 자본의 흐름을 어찌 막을 수 있을까. 굳이 막을 필요도 없겠지만 라오를 여행하다보면 전과 달리 한인 게스트하우스가 생겼다는 점이 가장 눈에 띈다. 라오의 수도 위엥짠은 꽤 오래 됐지만, 왕위앙과 루앙파방까지 생겼으니 한국 여행자들에게 기분 좋은 일이 아닐 수 없겠다. 굳이 한인 게스트하우스를 고집할 필요는 없겠지만, 라오, 그 오지의 땅에서 뿌리를 내린 이들을 만나는 것도 행운이겠다.

인도차이나뿐만 아니라 유럽 이곳저곳의 한인 게스트하우스를 운영하는 분들을 보면 하나같이 여행을 좋아하는 이들이었다. 게스트하우스야 큰돈이 되는 사업은 분명 아니지만 바람같이 떠나온 여행자들을 만나는 것에 소소한 행복을 느끼는 이들이었다.

간혹 자기는 한인업소는 절대 묵지 않는다는 여행자도 있기는 하지만 나는 기회가 되면 이용하는 편이다. 라면을 먹더라도 김치가 나오기도 하고, 모르던 지역 여행 정보도 주인장을 통해 얻을 수 있다. 혹은 내공이 있는 여행자를 만나 도움이 되는 정보도 얻을 수 있으니 장점이 꽤 많기 때문이다.

후배의 문자를 통해 라오가 떠오르면서 문득 찾아온 단어가 있었다. '친절함'과 '편안함'. 얼핏 두 단어의 어감이 비슷하게 느껴지기도 하지만, 분명이 다르다. 오래 전 비엔나에 한인 게스트하우스를 하는 동생들을 알게 됐다. 성악을 하는 부부였지만 제수씨가 집에만 있기 답답해서, 아파트 빈방을 이용해 도미토리로 시작한 게스트하우스가 꽤 유명해서 여행자들이 끊이지 않았다.

하지만 그들에게는 말 못할 사정이 많았다. 게스트하우스를 마치 100불이 넘는 호텔처럼 생각하고 그렇게 대접받기를 원하는 이들이 있다는 것이다. 아이를 키우는 집이라 집안 청결은 다른 곳이랑 비교도 할 수 없게 깨끗했지만, 침대보에 머리카락 하나만 있어도 교체해달라는 손님이 있었단다. 3번을 그렇게 바꿔주니까 욕지기가 나올려는 것을 참았단다. 화장실 하나를 공동으로 사용해야 하는 데, 한번 들어가면 1시간씩 샤워를 하고 나오는 이들은 상식을 뛰어넘어 무례하기까지 한 상황이었다.

이렇듯 한인 게스트하우스를 운영하는 분들 이야기를 들으면 한인들을 상대하기가 참 버겁다는 말을 자주 들었다. 거기에는 외국에만 나오면 이상하게 '친절함'을 찾는 이들 때문이겠다. 한인 게스트하우스를 이용하는 이들을 보면 처음 몇 번은 부모나 연인끼리 패키지 여행을 통해 여행의 맛을 들인 이들이 많다. 이런 이들 경우 외국인이 직접 운영하는 곳은 아직은 두렵고 그렇다고 자유 여행에 호텔을 이용하자니 숙박비가 조금 아까운. 값비싼 돈으로 여행을 했으니 비싼 호텔에 그에 따르는 친절함은 기본으로 제공 됐을 터. 그런 이들에게 한인 게스트하우스는 불친절하거나 더럽거나 비좁은 숙소로 밖에 기억되지 않는다.

'친절함'의 기준은 그야말로 모호하다. 한국 사람들은 좀 과하다 싶을 정도로 웃거나 말을 걸어줘야 친절하다고 생각하는 경향이 있다. 친절하다고 평가되는 곳을 가면 역시나 쉼 없이 말을 건네는 누군가를 볼 수 있다. 주인장이나 스텝이 조금만 무뚝뚝해도 인터넷에 '그 숙소는 친절하지 않다'는 글이 쭉 올라오기 일쑤다. 사람에 따라 과한 행동이 친절로 보일 수 있고, 혹은 너무 시끄럽거나 불편하게 느껴질 수도 있는데 말이다.

친절은 내가 지불한 값과 비례해야 상식적이라고 본다. 200불이 넘는 호텔은 그 값에 따른 서비스가 제공돼야 하고, 30유로, 혹은 10불짜리 인도차이나 게스트하우스의 서비스는 그만큼의 친절이면 충분하다. 그 이상의 친절은 덤으로 생각하는 고마운 마음으로 받으면 어떨까. 유럽의 백팩커스만 이용하는 숙소에 가보라. 친절은 이미 사라진 지 오래다.

그럼 '편안함'이란 무엇일까. 예를 들으면 이런 것이 아닐까 싶다. 늦은 아침에 일어나 브런치를 하고 있을 때, 어떤 주인장은 "왜 이렇게 늦게 일어났어. 오늘 어디가면 좋은 구경할 수 있었네. 사진 찍으면 굉장히 멋있게 나올. 오후에는 뭐해? 옆에 누구는 아침부터 어디 가던데 따라가지 그랬어"라며 정신없이 대화를 걸어오는 경우가 있다.

또 다른 경우, 부스스한 머리를 하고 커피를 한 잔 하며 잠을 깨우며 브런치를 주문하면 "잘 잤어요? 새벽부터 닭이 크게 울지요? 라오의 새벽은 그래요. 잠깐만 있어요. 음식 가져올 게요"라면 부엌으로 향하는 경우가 있다.

과하게 말을 붙이는 이가 나쁘다는 것은 아니다. 친절한 분임에 분명하다. 하지만 어딘지 모르게 편안하지는 않다. 그에 반해 잘 잤냐고 묻는 주인장 말에는 왠지 모르게 편안함이 묻어 나온다. 더함도 덜함도 없이 던지는 말에 편안함이 따라 온다.

루앙파방의 '분짤룬 게스트하우스'는 '편안함'이란 단어와 함께 따라 오는 한인 숙소였다. 3주일 넘게 그곳에 있었지만 크게 기억되는 부분

은 없었다. 하지만 여행이 끝나고 분짤룬을 생각하면 '편안함'이란 단
어가 먼저 떠오른다. 매니저 린이나, 여행에 목말라 했던 주인장은 과
하지 않은 친절로 여행자들을 편안하게 하는 재주를 가졌다. 몇 가지
직접 만들어 팔았던 한국 음식도 직원들이 더운데 고생한다고 더 이
상 만들지 않았던, 그러면서도 공짜 커피와 공짜 차가운 생수는 여행
자에게 더 없이 소중한 친절로 기억되리라.
아쉽게도 주인장은 더 이상 게스트하우스를 운영하지는 않는다.

나이트바자, 루앙프라방을 상징하다

라오의 시간은 더디 갔다. 강하게 불지 않는 바람 탓인지 뭉게구름은 미동도 하지 않았다. 진한 라오 아이스커피와 더운 공기가 묘하게 어우러져 있었다. 세상이 라오의 시간만큼만 흐른다면 얼마나 평화로울까라는 생각을 하고 있을 즈음. 방금 루앙프라방에 도착했을 법한 여행자가 질문을 던져왔다.

"혹시 시장이 어디 있나요? 음⋯ 정확히 나이트바자라는 곳이에요." 사진도 보여줬다. 나이트바자 사진이었다.

"여기가 나이트바자인데요." 당황한 기색이 역력한 여행자는 애써 웃으며 "무슨 말인지 모르겠네요. 여긴 그냥 카페 거리 같은데요."

"반은 맞고 반은 틀렸어요. 여기가 나이트바자 맞아요. 하지만 말 그대로 밤에만 열리는 시장이라 해가 질 때 쯤 볼 수 있을 것이에요." 그제야 납득됐다는 표정을 하고, 같이 앉아도 되냐는 형식적인 물음도 없이 자리에 앉았다. 노천카페에서는 왕왕 벌어지는 상황이니 별 대수롭지 않게, 함께 나이트바자를 기다렸다.

루앙프라방 여행의 시작과 끝은 마을 중심에 펼쳐지는 나이트바자라고 해도 과언이 아니다. 한 여름 밤이라도 선선한 바람을 선사하는 기후 때문에 여행자들은 부담 없이 인도차이나의 밤을 만끽할 수 있었다. 요란한 네온사인은 찾아 볼 수 없다. 번잡스러운 시끄러운 클럽도 없다. 화려한 명품 브랜드로 치장한 쇼핑몰은 더더욱 없다. 하지만 동서양 여행자는 루앙프라방 나이트바자가 주는 평화로움에 흠뻑 빠져 쇼핑에 집중했다. 물론 대부분 시간이 아이쇼핑인 경우가 대부분이 될 테지만.

루앙프라방 여행자라면 그곳에 있는 동안 매일 밤마다 나이트바자를 나가게 되어 있다. 이유는 없다. 여행이 끝나고 한국으로 들어와, 저녁식사를 하고 자신이 어디에 있었을까 생각할 필요도 없다. 단연컨대 당신은 매일 밤 찾아갔던 나이트바자 어디에 서 있었을 것이 뻔하기 때문이다.

밤이 주는 안락함, 촉 낮은 전등이 주는 따뜻함, 지나치는 여행자를 아무 손짓 없이 조용히 바라만 봤던 조용한 눈빛, 작은 물건 하나를 팔고도 행복해 하던 라오인의 미소를 루앙프라방 나이트바자는 품고 있었다. 해가 질 즈음 루앙프라방 왕궁 중심의 도로에는 울긋불긋한 간이 가게들이 만들어지기 시작했다. 여행자 눈에는 어떤 표식도 찾을 수 없는데, 천막을 치는 이들은 다툼 하나 없이, 자신들이 오늘 하루 밤 장사를 할 가게를 만들어 갔다. 커다란 짐 가방이 열리면 마치 마법 상자처럼 온갖 물건들이 쏟아져 나왔다.

나이트바자가 만들어지지 않는 외곽의 큰 도로에는 연기들이 퍼져 올랐다. 오래 앉아 있던 터라 엉덩이가 들썩거리던 차에 잘 됐다 싶어 연기가 피어오르는 곳으로 갔다. 거기에는 퇴근 시간에 맞춰 저녁 반찬을 파는 가게들이 본격적으로 음식을 준비하고 있었다.

미리 만들어 놓은 밑반찬은 스테인리스 양푼에 남겨져 있었고, 고기
랑 생선은 숯불에 놓여 퇴근길 근로자들을 유혹했다. 멀리서 봤던 연
기의 정체는 바로 고기와 생선이 맛있게 익어가고 있던 증거였다. 허
름한 모습의 반찬 가게였지만, 우리네 시장에서 만나게 되는 반찬 가
게와 흡사한 모습에 반갑기까지 했다.

먹음직한 크기의 생선이 나무젓가락 사이에서 노릇노릇 익어가는 시
간, 라오인의 하루도 천천히 쉼을 찾아가고 있었다. 물에 사는 녀석들
만 보면 환장하는 본능에 이미 입 안은 침이 가득했다. 큰 놈 두 마리
를 주문하자 주인장은 엄지손가락을 치켜 올렸다. 내 선택이 탁월했
다는 의미였다. 그 손가락질에 침샘은 더 요동쳤다.

하지만 구운 생선을 사고 보니 먹을 곳이 마땅치 않았다. 젠장, 왜 그
생각을 못했지라는 생각도 잠시. 한 손에는 비닐 주머니를 들고, 한 손
은 대나무에 꽂혀 있던 생선을 입에 갖다댔다. 마치 핫도그를 먹는 모
습으로 생선을 먹었다. 생선을 팔았던 주인도, 반찬을 살려고 기다렸
던 라오인들도 이해한다는 표정으로 웃고 있었다. 생선 두 마리는 그
날의 저녁으로 충분했다.

다시 나이트 바자로 발걸음 옮기자, 온갖 과일을 잘라서 셰이크를 만
들고 있는 가게들이 어느새 진을 치고 있었다. 플라스틱 주스 통에 담

겨 있는 형형색색 과일들의 손짓을 외면하는 것은 여행자가 할 짓이
아니기에 얼른 주문했다. 파파야와 망고가 들어간 주스 맛이 어떤지
궁금하신 분은 바로 주문해보시길.

30분도 안 되는 짧은 시간, 나이트 바자는 완전체의 모습을 갖췄다. 드
문드문 저녁을 먹는 가게 주인들도 보였고, 벌써부터 흥정이 시작된
가게들도 눈에 들어왔다. 어떤 이들은 하루를 마치고 반찬을 사서 집
으로 들어가는 시간, 나이트 바자를 지키는 이들은 이제 하루를 막 시
작하고 있었다. 그들이 집으로 돌아가는 늦은 시간, 그들의 주머니가
가득차기를 희망해 보았다.

만낍의 행복

루앙프라방 여행자라면 꼭 한 번은 경험해야 할 것이 있다. 이미 배낭 여행자들에게는 유명 명소로 자리 잡은 곳이다. 특히 혼자 여행하는 여행자라면 고민하지 말고 도전해 보시길 추천한다.

특별한 상호명은 없다. 그저 여행자들 사이에서 '만낍 뷔페'로 알려진 만낍 뷔페 골목이다. '만낍 뷔페'는 나이트 바자 한 모퉁이를 차지하고 있으면서도 명물로 인기가 높다. 사실 만낍이라고 했지만, 라오를 처음 갔을 때는 8000낍 뷔페였다가 어느새 만낍으로 가격이 올랐다.

이 책이 나올 즈음에는 얼마가 될지 모르겠지만 분명 싼 값에 라오 현지 요리를 아주 현지스럽게 먹을 수 있을 것이란 것은 의심할 여지가 없겠다.

아주 오래 전 텔레비전 프로그램에 천원의 행복이란 프로그램이 있었다. 단 돈 천원으로 만들 수 있는 행복을 찾는 프로그램이었다. 혹 그 프로그램을 보신 독자라면 만낍이 주는 행복에 취해 보시길.

인터넷이 발달하지 않았던 시대부터 루앙프라방 만낍 뷔페는 여행자들 사이에 오가는 중요한 정보 중에 하나였다. 가이드 책에는 나오지 않으면서도 요긴한 정보이기 때문에, 루앙프라방을 먼저 경험한 여행자들은 루앙프라방을 이야기할 때 처음으로 꺼내놓는 이야기가 만낍 뷔페였다.

말은 뷔페지만 큰 접시에 자기가 먹고 싶은 만큼 올려서 한 번만 먹을 수 있는 시스템이었다. 예전 훼밀리 레스토랑 샐러드 바에서 이용했던 것을 생각해보면 이해하기 쉽다. 스프링 롤부터 각종 야채볶음 등 싼 재료로 만든 요리가 대부분이었지만 충분히 한 끼 식사를 하기에는 부족하지 않았다.

혼자 밥을 먹는 것에 두려운 이들도 걱정할 것은 없었다. 이 작은 뷔페 골목은 대부분 여행자들이 독차지 하고 있기 때문이다. 음식을 담고 있을 때, 이미 낯선 이방인이 친구가 되어 있을 테니까 말이다.

뷔페를 담는 모습은 동서양 막론하고 똑같은 모습이었다. 한 접시로 정해진 이유도 있겠지만, 본능은 본능이었다. 탑 쌓기는 어느 나라, 어느 인종이든 똑같았다. 탑 쌓기가 끝난 접시를 들고, 낡은 나무 의자에 앉아, 처음 본 여행자들과 어우러져 먹는 시끄러운 저녁도 나름 훌륭한 만찬이었다. 조금 경비의 여유가 있는 여행자라면 옆에서 굽고 있는 숯불 생선구이나 바비큐를 사 먹어도 된다.

기역자 작은 골목에 차려진 '만낍 뷔페'는 나이트바자가 주는 작은 선물 같은 곳이다.

왓씨엥통, 라오스 불교 건축의 진수를 보여주다

라오의 5월 날씨는 그야말로 살인적이었다. 그늘에 앉아 있어도 몸에 뚫려 있는 땀구멍에서는 난리가 났다. 땀방울 하나 흘리지 않던 현지인들조차 5월에는 힘든 표정이 역력했다. 간혹 불어오는 바람도 크게 위로가 되지 못했다. 6월부터는 우기가 시작이라, 건기 끝은 인도차이나의 더위를 고스란히 품고 있었다.

요 며칠 더위를 핑계 삼아 어디 움직이는 것을 포기했던 발걸음을 움직여 보기로 했다. 라오의 고도 루앙프라방을 지도로 볼 때 가장 위쪽에 자리 잡고 있는 사원 왓씨엥통으로 향했다. 걸어서 그리 멀지 않은 거리였다. 물론 가는 도중 나타나는 사원들의 유혹에 빠져 옆으로 셀 수도 있었다. 그러나 오늘은 딱 한 곳, 왓씨엥통이었다.

화려하기로 치면 라오 사원에서 가장 으뜸인 '황금 도시의 수도원'이란 뜻을 가진 왓씨엥통. 라오 기념품이나 자료집에 꼭 등장할 정도니 왓씨엥통은 라오를 상징하는 유산이다. 숙소에서 왓씨엥통까지는 2km미터 떨어진 거리. 툭툭을 타기에는 애매한 거리였다. 하긴 루앙프라방에서는 꽝시 폭포나 외곽을 나가기 전까지야 대부분 도보를 이용했으니 선택의 여지가 없었다.

얼마를 걸었을까, 온몸은 사우나에서 바로 나온 사람처럼 흠뻑 땀에 젖어 있었다. 햇빛을 피하기 위해 그늘진 곳으로 걸었건만 열기는 피할 길이 없었다. 루앙프라방의 낮은 어느 계절이든 조용했다. 메콩 강변 카페든 나무 그늘이든 라오인들의 조용한 대화만이 5월 한낮을 채우고 있었다. 햇볕을 간간히 피해가며 골목골목을 거닐다 보니 개조차도 움직임을 포기한 채 드러누워 있는 모습에 웃음이 절로 났다.

왓씨엥통으로 가는 길은 역시 소박했다. 유네스코 문화유산 지역이라 여타 지역을 가면 흔히 볼 수 있는 화려한 구조물이나 안내판 하나 없었다. 그냥 그렇게 세월이란 시간을 지나서 현재로 이어지고 있다는 것이 전부인 것처럼.

그러나 소박함은 거기서 끝. 왓씨엥통에 들어서자 그 적막함 속에 화려하게 빛나고 있는 왓씨엥통을 보는 순간 숨이 머져왔다. 흔히 볼 수 있던 라오의 여느 소박한 사찰과는 맵시가 눈을 의심케 했다. 탄성도 지를 수 없을 만큼.

지금 생각해보면 적막함이 만들어놓은 성스러움까지 더해져 왓씨엥통과의 첫 만남은 강렬하게 남아 있는지도 모르겠다. 첫 입맞춤처럼 강렬하고 자극적인, 그러면서도 자꾸 되새기게 되는 기억.

하늘은 더없이 푸르렀고, 구름은 멈춰 서 있었다, 작은 바람은 소리 없이 나뭇잎 사이를 오갔다. 누구한테도 들키면 안 되는 것 마냥.

왓씨엥통이 더 아름답게 보였던 이유는 아마도 라오 사원 전통의 모습 그대로를 따라서 일지도 모르겠다. 본당은 루앙파방의 고전 양식을, 지붕 역시 세모꼴을 세 개 겹쳐 놓은 듯 한 전통 약식을 그대로 따랐다. 지붕 끝에는 용 모양 장식은(용은 비가 올 때 하늘로 올라가는 영물로) 비를 기원하는 뜻을 담고 있었다.

왓씨엥통를 생각하면 빠지지 않고 등장하는 상황이 하나 있다. 낡은 사원 안내판에 발견한 'smoke free'. 'no smoking'에 익숙한 흡연자의 눈에는 저 문구가 얼마나 반가웠는지. 사원에서도 담배를 피게 허락해 준 라오 부처님에게 감사할 뿐이었다. 지나가는 사람도, 청소를 하거나 나무 그늘에서 책을 읽는 스님들도 없으니 더 편하게 담배를 펴 댔다. 그 맛이란...

하지만 아주 조금 시간이 지나고 알게 된 사실. 얼마나 창피했던지. 녹슨 안내판에서 사라진 흡연 금지란 그림이 사라진 게 이유였지만, 영어 짧음이 드러나는 순간이었다. 'smoke free'가 연기에서 자유롭다, 금연 표시란 것을. 직접적인 경고 문구에 익숙한 사람들에게 간접적인 표현 방식은 왠지 낯설었다. 이후, 라오 곳곳에 설치된 안내판을 보니 대부분 'smoke free'였다.

'신성한 산'이란 의미를 지닌 푸시

'신성한 산'이란 의미를 지닌 푸시(Phou Si)는 루앙프라방의 심장과도 같은 산이다. 나지막한 산이라 가이드 책에는 언덕이라고 표현하기도 하는 데, 푸시는 어엿한 산이다. 그것도 힌두 신화가 얽혀 있는 신성한 산이다.

식민 시대를 거쳐 온 나라의 지명들이 본래의 의미보다 축소, 격하되어 불리는 경우가 많은데(어떠한 의도가 분명히 있는), 푸시도 자유롭지 못했다.

100미터 남짓한 푸시는 루앙프라방 어디에서든 볼 수 있다. 반대로 푸시에 오르면 란상 왕조의 수도였던 루앙프라방이 한 눈에 들어온다. 왜 란상 왕조가 수도로 삼았는지 지리적 중요성이 쉽게 이해됐다.

프랑스 식민지 시절, 미개한 프랑스인들은 힌두 신화 최고의 신 시바가 거처하고 있는 푸시를 요새로 사용했다. 지금도 푸시의 산 정상에 오르면 촘시 탑(That Chomi) 근처에 대포의 모습이 그대로 남아 있다. 공산 정권이 들어서기 전인 1975년까지 왕궁으로 사용된, 지금은 박물관으로 전락한 옛 왕궁의 정문 맞은 편 계단을 오르기 시작하면서 푸시와 마주했다. 점심시간이 갓 지난 라오의 한낮은 충분히 습하고 더웠다. 때문에 루앙프라방에서 제일 조용한 시간이었다. 나중에 알게 됐지만, 그 시간 대부분 여행자는 꽝시 폭포의 에메랄드빛 물과 조우하고 있었다.

그것도 모르고 푸시를 오르며, 전날 야시장을 가득 메웠던 여행자는 어디들 가고 이렇게 한적할까라는 생각을 했다. 중간의 매표소까지 걸어갔을 때 이미 온몸은 땀으로 흠뻑 젖어 있었다. 땀 냄새 때문인지 산모기는 먹이 근처를 정신없이 날아 다녔다.

내가 왜 이 한낮에 이 산을 오르고 있을까라고 자책할 즈음 정상에 다다랐다. 아이스박스에 담긴 차가운 콜라를 보는 순간, 콜라의 자극적인 탄산이 혀의 침샘을 자극했다. 그늘에 앉아 잠시 여유를 갖자 신성한 땅의 기운 때문인지 땀이 금방 말랐다.

산 아래에 있을 때는 전혀 볼 수 없던 루앙프라방의 전경이 한눈에 들어왔다. 메콩강과 칸강이 루앙프라방을 껴안은 채 유유히 흐르고 있었고, 낮게 깔린 뭉게구름은 더없이 느리게 지나고 있었다. 문득 누군가 한 말이 떠올랐다. "라오에서는 구름조차 쉬어 간다."

강렬한 태양이 내려쬐는 한낮 루앙프라방은 꽤 운치 있는 마을이었다. 야자수가 곳곳에 서 있고, 빨간 기와가 얹혀 있는 집들은 여행자들이 이국적으로 느끼기에 충분했다.

100미터 남짓한 산 중에서는 단언컨대 푸시만한 산은 없을 것이다

한낮이 평화로움의 정점이었다면 푸시가 자랑하는 저녁 노을 시간대는 산이 내려앉을 만큼 여행자들로 꽉 찼다. 중국 국경과 가까운 관계로 자동차를 이용해 라오스로 온 중국 여행자가 대부분을 차지했다. 거기에 치앙콩을 통해 넘어온 태국 단체 여행자까지 합세, 푸시의 신

성한 노을을 즐겼다.

이름 모를 산들 사이로 조금씩 숨어들어가는 푸시의 노을은 신화를 모르는 이들조차도 신화를 떠올리게 할 만큼 신비로움을 품고 있었다. 촘시 탑은 노을에 비쳐 황금빛 자태를 뽐냈고, 노년의 여행자는 사진 찍는 것도 잊은 채 우두커니 앉아 지난 시간을 회상하고 있었다.

그러나 여전히 중국 여행자들은 노을이 주는 넉넉함을 방해했다.

해가 진다 돌아가자

절대 떨어지지 않을 것 같은 한낮의 태양이
붉은 빛을 흘리며 떨어지는 시간
지친 우리네 삶에 쉼이 찾아온다

돌아갈 곳이 있는 누군가에게
삶은 나름의 휴식을 준다
가족을 위해, 사랑하는 누군가를 위해
저녁 반찬거리를 사는 사람들을 보면서
울컥 눈물이 났다

얼굴은 조금 피곤한 모습을 하고
아침에 단정했던 머리는 조금 흐트러져 있었지만
저마다 작은 미소를 하며 반찬을 담았다

해가 진다
가을 차가운 바람이 거리를 점령하기 시작했다
그래서 눈물이 난다

당신은 어디까지나 이방인

여행이 길어질수록, 그곳을 많이 알수록
여행자는 때론, 타인들의 삶에 간섭하고 평가하고 싶어지는 충동을
갖는다.

그 순간부터, 여행자는 여행을 떠나오기 전의 사고로 돌아가고
타인에 삶의 현장을 자신의 기준으로 보게 된다.

때문에 아침 일찍 탁발을 하는 수도승의 모습을 보기에 이만한 동네
가 없다.

탁발의 행위가 종교적인 행위이지만 여행자에게는 생소한, 그래서 관
심을 가지고 지켜보게 된다.
그것이 단지 눈요기 꺼리가 아닌, 인도차이나를 사는 이들의 삶의 일

부이기 때문에 궁금한 것이다.

벽과 전봇대에 붙어 있던 전단지의 모습이다.
전단지의 사진처럼 어느 순간, 순결한 종교 행위는 이방인들에 의해
침범당하고 성스러움을 잃는다.

어느 사진 잘 찍는 분의 사진과 글에서
미얀마의 탁발 광경을 묘사하면서,
루앙프라방의 탁발이 상업적으로 변했다는 식의 표현을 했다.

불쑥, 기분 나쁜 감정이 찾아왔다.

어느 곳의 탁발이 더 성스러울 수는 없다.
발우를 들고 탁발을 하는 걸음걸음이 성스러울 뿐이다.
그리고 그 성스러움의 경계를 지키지 않고
침범하는 이방인들이 세속적일 뿐이다.

라오룸, 라오퉁, 라오숭 – 라오의 고산족

21세기에 들어서면서 단일 민족을 벗어나 다민족 국가로 접어든 대한 민국에 비해, 인도차이나 국가들은 이미 다민족 공동체를 형성해 오고 있다. 인도차이나 국가는 수 십에서 수 백 개의 종족이 어우러져 한 국가를 만들었다. 이들은 이미 오래 전부터 정치적 공동체를 형성해 살아 왔다.

현지에 사는 사람들 역시 자신들의 조상이 어디에서 왔는지 보다는 현재 살고 있는 곳에서 연대감을 갖는다. 하지만 인도차이나에서도 다민족 국가 형성 초기 단계에서는 여러 문제들이 나타났었다. 종족 간, 종교 간, 국가와 소수 민족 간의 얽힌 문제는 늘 풀어야 하는 숙제였다. 거기에 이념적인 문제까지 얽혀 심각한 분열과 갈등을 겪기도 했다. 그러나 이러한 시대적 난제들은 인도차이나 특유의 포용력으로 하나가 됐다.

라오에도 태국, 베트남과 같이 소수 민족들이 많이 분포되어 있다. 각기 다른 민족의 호칭이 있지만, 라오에서는 라오룸, 라오퉁, 라오숭이라는 분류가 존재한다. 저지대, 중간 산악지대, 고산지대를 사는 사람이라는 단순한 분류다.

라오의 대다수를 차지하는 라오족은 저지대에 살기 때문에 라오룸으로 불린다. 중간 산림 지대의 사람들은 라오퉁, 몽족을 비롯해 해발 2000m에 사는 사람을 라오숭이라고 불린다.

라오 족이 속한 라오룸은 비엔티안이나 사반나켓 등에 살며 라오 안에서 기득권의 삶을 살고 있다.

라오퉁 족은 북부와 남부 산악지대(해발 300-900m) 지역에 살며, 몽크메르 민족이다. 이들은 카무, 틴, 라메 등 여러 소수 민족으로 나뉜다. 대표적인 카무 족은 중국 윈난성에서 처음 이주를 해왔으면 다른 민족에게 고용되어 노동력을 제공한다. 때문에 상대적으로 다른 민족보다 교육, 생활수준이 낮다.

라오숭 족은 버마, 티베트, 남부 중국 등 여러 나라에서 이주해 왔다. 해발 1000m 이상의 고지대에 살며, 몽 족이 다수를 차지한다. 몽 족은 자체 언어까지 있을 정도로 독창적인 문화를 형성하고 있는 것이 특징이다. 몽 족은 그 가운데서도 여러 종족으로 나눠지는데, 그들은 각기 다른 종족 의상을 착용하지만 외부인의 눈으로는 분류하기가 쉽지 않다. 꼭 그들의 의상을 통해 분류하고 싶은 맘이 생긴 독자가 있다면, 베트남 박하 시장에 가 보시길.

산악지대에 사는 이들은 대부분 화전을 일구면서 생활한다. 우기가 오기 전 1월부터 4월까지가 본격적으로 화전을 일구는 시기로, 비엔티안-방비엥 구간에서도 화전을 일구는 모습이 가끔 보이기도 한다. 화전을 일구며 사는 이들은 한 곳에 거주하지 않고 3-4년이 지나 다른 곳으로 이주하며 유목민 같은 삶을 산다.

라오 정부 차원에서는 라오숭을 국가 정책에 끌어 들이기 위해 여러 노력을 했다. 화전으로 인한 피해 때문에 산악지대 사람들을 위한 이주정책을 폈다. 라오를 여행하면서 생뚱맞은 산 속 길가에 집들이 옹기종기 모여 있는 것을 쉽게 볼 수 있다. 그런 집 대부분이 라오 정부에서 고산족을 저지대로 내려오게 하기 위해 지어준 집들이다.

하지만 이미 산과 함께 온 이들에게 저지대의 삶은 여간 고달픈 게 아니었다. 거기에 저지대로 내려온 사람들이 이유도 없이 죽었다는 소문까지 퍼지면서, 저지대의 집을 버리고 다시 산으로 올라간 고산족들이 대부분이었다. 그런 고산족들은 지금도 물을 얻기 위해 한 시간씩 산을 내려와 물을 길어 가는 삶을 살고 있다. 그러나 그들의 웃는 모습에는 삶의 무게란 짐을 찾아 볼 수 없었다. 그들 스스로 선택한 삶이라서 그럴지도……

천박한 자본과 맞바꾼 천국 – 므앙응오이느아

딱 세 번째만에 므앙응오이느아는 나에게 문을 열었다. 그것도 일정에 없었던 터라 더 각별했다. 루앙파방에서 만난 일행 3명(나를 포함한 3명은 일정에도 없었다)과 함께 므앙응오이느아행을 결정했을 때의 기분은 깊은 오지로 떠나는 기분이었다.

우기 때 이외에는 수량이 어느 정도 있어야 배가 오가기 때문에 느아는 가고 싶다고 해서 갈 수 있는 마을은 아니었다. 두 번의 시도는 수량에 막혔다. 하지만 예상치 않게 느아행은 하루 만에 결정돼 움직였다. 다들 초행. 하지만 여행의 내공자들이었던 터라 걱정할 것은 없었다. 느아를 충분히 즐길 수 있는 조건은 갖춰진 셈. 거기에 외딴 오지에 혼자보다는 가끔 말벗이라도 있는 게 얼마나 큰 위안을 주는지 아는 사람은 다 아는 불문율 같은 것.

몇 년 전만에도 느아는 큰 맘 먹고 가야 하는 곳으로 여겨졌는데 1박2일 여행 상품도 있을 정도로 보편화 된 걸 보면, 라오의 여행 인프라도 몰려오는 여행자들만큼 확장되고 있었다. 하지만 절대 1박2일로 느아를 다녀오지는 마시길, 절대 후회할 테니 말이다.

느아를 가기 전에 우선은 농끼아우란 마을로 3시간 이동을 한 후 거기서 작은 배로 1시간 가까이 올라가야 했다. 작은 배 안은 여행자들과 라오인들이 한 데 섞여 저마다의 이야기를 만들어 냈다.

거기에서 우리 일행은 영어를 하는 라오 젊은이를 만나게 됐다. 'Bee tree'라고 인쇄된 bar 스티커를 배에 붙이고 있던 그는 우리 일행에게도 스티커를 나눠주면서 한번 놀러오란다. 하루에 3시간 정도 전기가 들어오는 곳에 bar라니, 의아한 의문이 먼저 들었지만 친근하게 웃는 그 얼굴에 알았다고 대답하고 배에서 내렸다.

배에서 내려 동생들이 게스트하우스를 알아보러 간 사이 노친네 둘은 담배를 피며 호사를 누렸다. 똑똑한 동생들을 만나면 이렇게 행복할

수가 있고나라는 생각을 하며 라오의 그 더운 날씨를 피했다.

그 사이 물끄러미 우릴 바라보며 중년의 인상 좋게 생긴 아주머니가
서 있었다. 아무 말도 없이. 나중에 알았지만 닝닝이란 게스트하우스
의 매니저쯤(주인일 수도 있다) 되는 여인이었다. 아무 수확 없이 돌
아온 동생들은 닝닝 아줌마(줄곧 우린 이렇게 불렀다. 얼마나 귀여운
이름인가)를 따라 숙소를 둘러 본 후 아주 깨끗하고 아담한 방 두 개
를 얻을 수 있었다.

동생들 왈 "아 무슨 아줌마가 자기네 게스트하우스를 앞에 두고 호객
행위도 안 하냐"며 괜히 더운데 고생했다고 투덜거렸다. 동생들이 투

덜거릴 만큼 느아에서는 닝닝 게스트하우스만한 숙소를 찾기는 힘들 것이다.

여행자들이 배에 내려도 어지럽게 호객 행위를 하지 않은 모습 때문이었을까? 느아의 첫 인상은 왠지 모를 여유를 갖게 했다. 짐을 풀고 강변이 보이는 숙소의 식당으로 나와 커피를 시키자 느아의 풍경이 고스란히 들어오기 시작했다.

30여 채가 될까 싶을 정도의 깊은 산속의 작은 강변 마을. 배가 내리는 선착장 주변에 게스트하우스 몇 개가 모여 있고 그 안쪽으로 집들이 늘어서 동화 같은 풍경을 만들어 내고 있었다.

어느 여행자가 "느아에는 무엇이 있어요?"라고 물어온다면 할 말은 없다. 왜? 무엇이 없으니까. 근데 라오에 왔다면 꼭 한 번은 가보라고 권할 것은 틀림없다. 무엇이 없기 때문에.

10분 만에 일정에도 없는 느아 행을 결정한 차도녀 스타일의 동생은 일행을 버리고 낙오를 선택. 퐁쌀리라는 더 깊은 오지를 향하게 하는 것이 라오의 무엇이라면 무엇일 듯.

하지만 지금쯤 왜 이 챕터의 제목이 '천박한 자본과 맞바꾼 천국'일까 라는 의문을 갖는 이들이 생길 것이다. 거기에는 'Bee Tree'가 자리 잡고 있다. 여행지에서는 처음부터 친근하게 다가오는 이들을 조심하는 게 상책이다. 대체적으로 숙소나 식당 혹은 기념품 가게의 직원일 때가 대부분이기 때문이다. 무조건적인 친근함은 아니라는 것이다.

처음에도 말했듯이 그 조그마한 마을에 bar라는 것이 영 마음에 걸렸는데, 예상은 빗나가지 않았다. 마을 끝자락에 위치한 bar는 그냥 봐서는 밤이 되면 모닥불에 모여 앉아 술 한 잔 하는 곳으로 비친다. 하지만 'Bee Tree'는 마약을 하기 위한 이들이 모이는 장소였다. 루앙파방에서 사람이 모아지면 그들은 느아로 사람들을 끌고 오는 것이었다.

정말 말도 안 나오는 어처구니없는 상황이었다. 여행을 하다보면 현지인들이 생활을 위해 별의별 일을 다 하는 것을 보게 된다. 단 한 번도 그들의 그 어떤 행동도 손가락질을 해보지 않았다. 왜? 그들의 삶의 모습이기 때문에. 여행자인 내가 무슨 말을 할 입장은 아니기 때문이다.

그래 여행자가 모이니 돈을 벌기 위해 바를 운영하는 것은 십분 이해가 된다. 나라도 만약 마을 사람들이 이해한다면 충분히 민첩하게 bar를 할 수도 있을 것이다. 하지만 이 작은 동화 같은 마을에 마약 쟁이 소굴을 만들어 놓다니, 루앙파방으로 돌아가는 썽태우 안에서 손을 벌벌 떨었던 그 마약 쟁이를 보면서 화가 나 건딜 수가 없었다.

누군가 이렇게 물어올 수도 있을 것이다. 술을 파는 것이나 마약을 파는 것이나 그게 무슨 큰 차이가 있냐고. 보편적이고 상식적으로 생각해서 우문에 불과하다. 십분 양보해 우연찮게 마약을 하는 경우가 있다고 치자, 그렇다고 대도시에서 사람을 모집해서 이 천국 같은 마을로 데려 올 수 있는가 말이다.

자본주의 사회에서 조금 더 배웠다는 것은 어쩌면 조금 더 빠르게 자본을 습득할 수 있는 기술을 배웠다는 말로 바꿀 수 있겠다. 돈의 흐름을 파악하고 그 흐름에 발맞춰 자본을 습득할 수 있는 기술. 그 영어를 할 줄 알던 놈도 그런 분류 중에 하나였다.

핸디캡 센터가 아니라 핸드메이드 기념품 가게를 짓고 있던 모습에, 담 하나 없는 마을에 자신들의 영역에 철조망을 촘촘히 설치한 모습에, 이미 그는 사회주의 체제의 라오에서 몰아내야 할 지주의 모습을 하고 있었다.

하지만 그런 쓰레기 같은 놈들 때문에 느아가 주는 기분 좋음을 잃을 수는 없다. 전기가 나가면 수없이 보였던 별들과 그 사이사이로 떨어지는 별똥별, 조금은 시크하지만 언제나 멋있게 늙어갈 것 같은 닝닝 아줌마, 오후 내내 노래를 부르며 술을 마셨던 마을 아낙네들, 아침 해가 뜨기 전에 마을을 둘러쌓던 운무로 느아에서의 며칠은 충분히 행복했다.

풍경처럼 떠오르는 장면이 하나 있다. 사진을 찍으려 강변으로 나갔을 때, 배의 손질을 막 끝낸 어부가 알아듣지 못하는 라오 말로 뭐라 했다. 요점은 배를 태워주겠다는 말! 혼자라 심심했는데 잘 됐다 싶어 냉큼 올라탔다. 배는 닝닝 게스트하우스를 지나고 있었고 일행은 숙소 식당에서 쉬고 있었다. 우린 서로 손을 흔들었고, 배 주인은 배를 멈추고 일행을 불러도 좋다는 웃음을 보였다. 나 혼자도 미안했는데 일행까지 불러도 좋다며 기다려 주던 그의 눈빛을 어찌 잊을 수 있으리.

집단의 이기심 – 불편한 진실

므앙응오이느아를 떠난 시간은 아침 9시. 모터를 단 작은 배가 나름 정확한 시간에 도착하고 출발하는 것을 이미 목격한 우리는 떨어지지 않는 마음으로 배낭을 꾸렸다. 한 명의 낙오자(?)가 느아에 남기로 하고.

아침 공기는 더없이 상쾌하고 산 너머 마을의 닭 울음소리도 들릴 정도로 가벼웠다. 다행히 왔던 배보다는 사람이 덜 탄 덕분에 엉덩이에 쥐가 나지는 않을 정도로 안락하게 출발이 시작됐다. 하지만 웬걸. 배가 아침 산속 공기를 가르자 이내 몸에 한기가 느껴지기 시작했다. 긴 팔을 하나 껴입었지만 추위를 쫓기에는 역부족이었다.
이런 난감한 경우 서양인들을 보면 동경 아닌 동경을 하게 된다. 그들도 사람인데 그들이 느끼는 추위와 더위는 우리와 조금은 다른 듯. 그들의 얼굴 표정은 전혀 동요가 없다. 이미 우리 일행의 입술은 검게 변하고 나이가 조금 든 형님은 긴팔 후드 티와 모자로 이미 중무장을 한 상태였다.
쪼그려 앉을 수밖에 없는 작은 배는 인내를 요구했다. 미어터지게 꽉 찬 배는 아니었지만 그래도 움직일 수 없는 상황은 마찬가지. 다리에 쥐가 올 즈음 배는 목적지에 일찍 도착했다. 그나마 다행이란 생각이 일행의 눈빛에 가득했다.

떠나오기 싫었던 느아는 이제 물그림자처럼 사라졌다. 루앙파방으로 돌아가지 않고 태국으로 넘어갈 여러 방법을 생각해 봤지만 여의치 않아, 다시 루앙파방을 택했다. 10시 정도에 므앙응오이에 도착, 작은 터미널로 이동해 차 시간을 확인한 결과 에어컨이 달린 미니버스는 1시에 출발할 것 밖에 없었다.

그래도 얼마나 다행인가 버스가 있다는 것이. 그런데 여기서부터 우리 집단 이기심에 빠지는 첫 걸음을 시작했다. 전혀 예상하지 않게 썽태우가 출발하는 것을 발견했다. 우리의 용감한 서양인들은(여기엔 마약에 절어 손을 벌벌 떠는 중년의 여자도 있던) 생각도 하지 않고 표를 끊고 하나둘씩 오르기 시작했다.

잠시 썽태우의 생김새와 용도를 설명하자면, 작은 트럭을 개조해 뒤편에 긴 의자 두 개를 장착, 지붕을 약간 높게 씌어 만든 마을버스 개념의 이동 수단이다. 오토바이를 개조한 툭툭이가 30분 내외의 가까운 거리를 이동한다면 썽태우란 녀석은 1시간 정도의 거리를 이동하는 게 대략 상식적이다.

그런데 루앙파방까지 미니 버스로 3시간이 넘는 데 썽태우로 간다고? 도저히 이해가 안 되는 상황. 하지만 이미 추위에 질려 버린 우리 일행은 주저 없이 썽태우를 탔다. 그냥 추위를 녹이며 어디서 아침이라도 먹으면서 1시까지 버스를 기다리자는 말이 목구멍까지 나왔지만 차마 말을 못하고 표를 끊었다.

선택이 조금 늦은 덕분에 이미 썽태우는 만원. 그래도 우리가 올라탈 기색을 하자 앉아 있던 이들이 조금씩 옆으로 자리를 이동, 간신히 자리를 잡았다. 한쪽 의자에 7명 도합 14명이 앉았다. 맨 앞쪽에는 라오인들이 서넛 앉아 있었고, 그 중에는 신혼여행을 온 듯한 커플이 다소곳 앉아 있었다. 대략 5명이 앉아도 불편함을 살짝 느낄 정도의 공간에 7명이라니. 느아의 그 평화로운 기운은 온데간데없이 나의 내면은 인상을 쓰고 있었다. 하지만 여기서부터 시작. 차는 떠날 기약도 없이 운전사는 분주했다. 어디에서 나타났는지 3명의 라오인들이 차에 올랐다. 엉덩이는 전혀 움직일 수 없는 상황. 그나마 다리라도 조심스럽게 뻗을 수 있는 상황이 이제 다리까지 움직일 수 없게 돼 버렸다. 유럽 커플 중 여자가 한 마디 한다. 우리가 애니멀이냐?

몇 분 전에만 해도 추위에 떨던 우리는 이제 출발하지 않은 차에 앉아 양철 지붕이 고스란히 전달하는 태양열로 땀이 주룩주룩. 엔진이 켜지고 차는 10분을 남짓 달리더니 길가 한 곳에 멈춰 섰다. "아 이건 아니겠지. 정말 또 누군가를 태우려고?" 모든 이들의 눈빛에는 이 한마디 말이 가득했다.

하지만 역시. 한 사내가 차에 오르려 했다. 설상가상, 한쪽 다리가 없는 장애인이었다. 먼저 드는 생각 하나. "아니 이런 상황에서 사람을 태우다니 기사 놈은 생각이 있는 거야 뭐야?" 그 다음에 드는 생각 "흠 저 사람은 어떻게 이 공간에 탈 생각을 하는 거지? 비집고 앉을 자리도 없는데"

하지만 그는 썽태우에 올랐고 사람들의 다리 사이로 쭈그려 앉았다. "아 뭐 이런 X같은 시츄에이션" 물론 그에게 하는 소리가 아니라 그 상황이 그랬다. 한쪽 다리가 불편한 그를 위해 자리를 바꿔 앉아야 하는 것이 당연한 것임에도 불구하고 난 비겁할 수밖에 없었다. 지금 이 상황도 참기 힘든 고통인데 쪼그려 앉을 생각을 하니 도저히 엄두가 나지 않았다. 장애를 가진 이들에게 누구보다 친절한 서양인들조차 눈을 감았다.

'집단의 이기심.' 누군가 그게 뭐 이기심이냐며 사람이니까 그럴 수 있다고 말할 수도 있겠다. 하지만 그 썽태우 안에서 느낀 기운이란. 알면서도 차마 불편해서 양보하지 못하는 이기심이 분명했다.
다행히 그는 30분이 지나서 내렸다. 말은 안했지만 저마다의 눈빛에는 안도감이 엿보였다. 30분 동안 차 안은 그야말로 적막 그 자체였다. 만약 나를 포함한 이 여행자들이 없었다면. 라오인들은 조금 늦게 출발하는 차에 올라타, 그러나 불편하지 않게 자신들이 원하는 곳으로 이동했으리라. 하지만 여행자들이 점령해 버린 이유로 그들은 일상이 깨지고 불편함을 감수해야 했다.

내가 라오인이었다면 그 상황이 정말 싫고 모멸감을 느꼈을 지도 모르겠다. 나의 여행에 있어 제일 중요하게 생각하는 점이 있다면, 그곳에 사는 사람들의 일상에 피해를 주지 않는 것이다. 나는 단지 여행자고 며칠을 지내다 떠나는 나그네에 불과하다. 그런 나로 인해 일상을 사는 이들이 불편함을 느낀다면 그건 전적으로 내 잘못이다.

3시간 30분을 달려 겨우 루앙파방에 도착해 분짤룬 GH에 다시 돌아온 우리 일행은 그날 아무 말도 할 수 없었다. 특히 차 안에서 느껴졌던 그 이기심의 기운은 여간 불편한 것이 아니었다.
아무리 생각해도 그날의 불편함은 내 여행이 계속 되는 한 낙인처럼 따라 다닐 게 분명했다.

고래 싸움에 새우등 터진 라오스
- 호치민 트레일의 애꿎은 피해

인도차이나 전쟁(미국이야 베트남 전쟁이라고 축소 왜곡하고 있지만)의 승전 국가는 베트남으로 돌아갔다. 20세기 미국을 이긴 유일한 국가 베트남인들은 승자의 기쁨을 누렸지만, 종전 후 이웃 국가 라오스는 전쟁의 상흔만 남았다.

베트남의 고엽제, 캄보디아의 대인 지뢰는 세계인들에게 알려져 있지만, 라오의 폭탄 피해는 그리 아는 이들이 많지 않다. 전쟁이 끝난 후 2008년까지 미군이 투하한 폭탄이 불발탄(UXO, unexploded ordnance)이 터져 사망한 민간인 수가 5만 명이 넘었다.

지금도 해마다 불발탄으로 300여 명이 죽거나 다친다는 통계다. 이 중에 40%는 어린 아이라는 사실이 경악하게 만든다. 라오스 국토의 사분의 일이 여전히 불발탄으로 오염된 지역이라니, 다시 한 번 미군의 만행을 떠올릴 수밖에 없다.

그렇다면 왜 라오는 전쟁의 당사국이 아니었음에도 이런 피해를 입었을까. 여기에는 사회주의 혁명이 물결치던 시대로 거슬러 올라가야 한다. 라오와 베트남은 냉전의 시대를 겪으면서 인도차이나 공산화를 만드는 혁명의 동지였다.

미군에 의해 라오의 폭탄 피해는 여기서부터 시작됐다. 위도 17도선을 경계로 호치민이 지휘하는 북베트남(베트민)과 미군이 대립하고 있던 상황. 호치민은 메콩 강 유역에서 미군을 압박했던 베트남민족해방전선(베트콩)을 지원해야 했다.

그러나 중부를 차지하고 있던 미군에 의해 지원은 쉽지 않았던 상황이었다. 이때 호치민은 미군의 눈을 피해 물자를 메콩 강까지 운반할 통로를 만들기로 결심했다. 이게 바로 그 유명한 호치민 트레일이다.

호치민 트레일은 라오와 베트남의 경계를 이루는 안남 산맥을 따라 캄보디아를 거쳐 메콩 유역까지의 물자 운송로를 일컫는다. 베트남에서 볼 때 안남 산맥 밖, 라오 영토를 이용했던 것이다.

이 호치민 트레일을 통해 60만 명이 넘는 호치민군이 100톤의 보급품과 50만여 톤의 트럭, 탱크, 무기, 탄약 등을 메콩 유역의 베트콩에게 전달했다고 한다. 그 길에는 연료 저장소, 차량 수리소가 있을 만큼 규모도 상당했다.

미군이 호치민 트레일을 알고부터 이 길을 파괴하기 위해 B-52(당시로는 가장 위협적인 폭격기, 2020년까지 미군 주력기)를 매일 900회 이상 출격시켰다. 1973년 폭격이 중단될 때까지 총 58만 회 출격에 300만 톤 이상의 폭발물을 투하했다. 단순 계산으로는 9년 동안 밤낮을 가리지 않고 매 8분마다 폭격을 하면 가능한 빈도다.

이로 인해 전쟁의 당사국도 아닌 라오는 불행하게 일인당 가장 많은 폭격을 당한 국가라는 기록을 얻게 된다. 1975년 당시 라오스의 인구가 300만이 안되었으니, 국민 1인당 1톤의 폭탄이 퍼 부어진 것이다.

가장 많은 폭탄이 투하된 지역이 므앙 쿤이었다. 므앙 쿤은 한 때 씨엥쿠앙 주의 주도였다. 하지만 10분마다 이뤄지는 미군의 폭격에 주도는 완전 폐허가 됐다. 이후 씨엥쿠앙의 주도는 폰사완으로 옮겨졌다.

미국은 공식적으로 여전히 라오의 폭탄 투하를 인정하고 있지 않다.

예상치 못한 만남 - 팍뱅

라오스를 여행했던 여행자 중에도 팍뱅이란 이름은 생소할 수 있겠다. 훼이싸이-루앙프라방 구간을 1박2일 동안 슬로우보트 타고 이동해야만 만날 수 있는 산속의 작은 마을이기 때문이다. 치앙콩-훼이싸이에 다리가 놓여 육로 일정이 쉬워진 요즘은, 더더욱 팍뱅이랑 마을과 조우하는 여행자가 줄어들었다.

훼이싸이를 출발한 여행자를 태운 목선은 메콩강을 따라 남하하다가 해가 떨어지기 전 팍뱅이란 작은 마을에 도착했다. 작은 마을이지만 몇몇 게스트하우스가 있어 숙소를 찾는 것은 크게 문제가 되지 않았다. 이미 배를 타기 전에 숙소를 정한 일행들이 많았기에, 게스트하우스 직원이 배가 도착할 즈음 선착장에 나와 기다리고 있었다.

여행이란 것이 낯섦을 찾아 떠난다고는 하나, 팍뱅의 첫 인상은 사뭇 다른 낯섦을 던져줬다. 내가 의도치 않게 하루를 지내야하는 마을이라는 점도 크게 작용했다. 큰 도로도 보이지 않는 산속 한 가운데 덩그러니 남겨졌다는 긴장감도 한몫을 했다.

이런 기분은 나뿐만 아니었다. 숙소에 짐을 품고 나오자 여행자들은 너나할 것 없이 어색한 표정을 하고 있었다. 배에서 친해진 여행자 몇 명만 마을 산책을 가자고 제안했다. 마땅히 할 것 없는 그들 역시 흔쾌한 반응을 보였다.

혼자가 아니기에 낯선 마을도 무섭지는 않았다. 같이 걸었던 여행자들도 그런 듯 싶었다. 걷다보니 조금 이상한 기분이 들었다. 뭔가 곰곰이 생각해보니 이곳 마을 사람들은 여행자들을 생소하거나 이상한 눈으로 쳐다보지 않고 있다는 점이었다. 삼삼오오 무리를 지어 지나가던 아이들도 자기들끼리 수다 떠는데 집중했지, 우리는 염두에 두지 않았다. 노점으로 꾸며진 시장에서도 팍뱅의 라오인들은 어떠한 표정 변화 없이 일상 속에 있었다.

인도차이나를 여행하다보면 여행자는 한 번 더 쳐다보는 시선에 익숙해지기 마련이었다. 그러나 이곳 팍뱅에서는 그런 특별한 점 없이 그 공간에 익숙하게 담겨진 존재로 그대로 투영되고 있었다. 순간 느껴지는 편안함이란……

작고 고립된 작은 마을이지만 상대적으로 여행자를 많이 접했기 때문이란 결과를 이끌어 내기는 어렵지 않았다. 그렇다고 하더라도 무덤덤하기까지 했던 팍뱅 사람들의 시선은 신선했다. 생각하지 않았던 사람에게 크리스마스 선물을 받은 기분이랄까.

아마도 유일한 카페일지 모르겠지만, 유럽풍 카페를 찾은 기분도 좋았다. 전혀 기대치 않았던 곳에서 세련된 카페를 만난 기분은 만나본 이들만 아는 맛이다. 동행한 서양 여행자들도 감탄을 마다하지 않았다. 물론 그 카페가 치앙마이든 루앙프라방에서 있었다면 평범해 보였을지 모르겠지만, 팍뱅이란 곳에 있다는 것으로 그 가치는 충분했다. 한 시간 정도 카페에 앉아 수다를 떨고 사진을 찍고 있을 즈음, 어느새 테이블 대부분은 같은 배를 타고 온 여행자들의 차지가 됐다. 역시 여행자들은 크게 별 차이 없다는 것.

긴장된 낯섦으로 만났던 팍뱅과의 만남은 그렇게 풍요로워졌다. 그 후 훼이싸이-루앙프라방 여정에서는 늘 1박2일 슬로우보트를 고집하는 이유가 되기도 했다.

이틀 간 메콩강 위에서 즐기는 낭만 - 훼이싸이

개인적으로 인도차이나 여행 일정 중에 강력 추천하는 일정이 두 개
가 있다. 장소가 아닌 일정이다. 일정이기 때문에 호불호가 갈릴 수도
있지만 특정 여행지가 주지 못하는 또 다른 여행의 맛을 기대해도 충
분하다.
첫 번째 일정은 베트남 호치민-캄보디아 프놈펜이다(호치민을 시작

해서 올라가든, 프놈펜에서 내려가든 상관없음). 호치민과 프놈펜으로 이어진 메콩강을 따라 이동하는 일정이다. 1박2일부터 3박4일까지 다양한 프로그램이 있다. 일정의 날짜가 다른 것은 베트남 메콩 델타에 흩어진 각 섬을 여행하는 차이 때문이다.

이 일정의 매력은 개별적으로 여행하기 힘든 메콩 델타 섬 도시들을 어렵지 않게 여행할 수 있다는 최대 장점이 있다. 여행사에서 제공하는 호텔이나 식사 역시 충분히 만족할 수준이다. 굳이 혼자서 로컬 버스를 타고 이동해서 숙식을 해결하는 것보다 월등히 낫다(일정 이야기는 베트남 편을 참고).

두 번째 일정은 여기서 이야기할 치앙마이 혹은 치앙라이-치앙콩-훼이싸이-루앙프라방 일정이다. 이 일정 경우 대부분 태국 쪽에서 라오를 넘어 올 때 이용하는 경우가 대부분이다. 1박2일 메콩강에서 배를

타는 것은 라오스에서 이뤄진다.

하지만 치앙마이에서부터 시작한 이유는 대부분 여행자가(최근에 치앙라이가 백색사원으로 유명해져 그곳에서 라오스를 넘어오는 경우가 많이 생김) 치앙마이에서 티켓을 사서 일정을 소화하기 때문이다. 치앙콩은 태국의 국경 마을로 부득이하게 하루를 자게 되는 경우가 왕왕 생긴다. 라오-태국 간 다리가 건설돼 라오 국경 마을인 훼이싸이에서 숙박하는 경우도 새로운 풍경이기는 하다.

국경을 잇는 다리가 없었던 시절은 아침 일찍 일어나 작은 나룻배를 통해 라오 국경으로 넘어갔다. 그곳에서 라오스 일정이 시작되었다. 중국 티베트에서 발원한 물줄기는 라오스에 접어들면서 본격적으로 젖줄 역할을 했다. 흙빛의 메콩은 라오와 태국을 끌어안고 평화롭게 흘렀다.

배는 선장이 키를 잡고 운전을 하는 곳과 가운데 승객들이 앉는 곳, 모터와 배의 직원들이 숙박을 해결하는 뒷부분으로 나뉘어져 있었다.

처음 여행 때의 경험으로 배의 맨 뒷부분, 직원들이 숙식을 해결하는 장소에 배낭을 내려놓고 자리를 깔았다.

이미 다른 여행자의 짐들이 구석에 단정히 놓여 있었다. 직원들의 눈치를 살폈지만 분주히 움직일 뿐 낯선 이의 침입에 개의치 않는 눈치였다. 일단 안심. 뒷부분의 장점은 굳이 앉지 않아도 바닥에 다리를 쭉 펴고 앉을 수 있다는 것이었다. 힘들면 그냥 누워서 잘 수 있다는 장점이 있었다. 유럽 여행자들은 절대 이런 짓을 안 하기 때문에 이곳은 늘 여유로웠다.

특히 이 공간은 배의 직원(대부분 가족이 한 배를 운영한다고 보면 됨)과 어울릴 수 있다는 최대 장점을 가졌다. 배가 선착장을 출발해 본격적으로 남하하기 시작하면 직원들이 하나 둘씩 쉼을 가졌다. 물론 내가 자리를 깔았던 그 뒤 칸에. 하나 둘씩 말을 붙여오고 서로를 알아가는 시간으로 이어졌다.

라오인들은(물론 인도차이나 사람들 대부분 그렇지만) 타인과의 거리 좁히는 데 있어서는 조심스럽다. 마치 우리처럼. 터키나 그리스 사람들처럼 무작정 들이대는 스타일이 아니라 조금은 차분하게 그들과 거리를 좁힐 수 있었다. 배를 운전하는 선장은 아빠, 배 안의 작은 매점은 엄마와 여동생의 몫, 큰아들과 둘째 아들이 배의 잡일을 하고 있었다. 작은 목선이 그들의 생계를 유지하는 도구이자 숙식을 해결하는 집의 역할도 대신하고 있었다. 자신의 집에 방문한 손님을 맞이하는 그들은 가끔씩 맥주도 과일도, 처음 만난 여행자에게 아낌없이 내주었다. 자신의 잠자리를 빼앗은 이방인에게.

둘째 날, 배는 일찍 출발했다. 드디어 오후가 되면 루앙프라방에 도착한다는 설렘도 잠시, 점심시간도 되지 않았는데 배가 고프기 시작했다. 컵라면이라도 먹을까 주문을 했더니 돌아오는 대답은 배고프냐는 것이었다. 잠시만 기다리라며, 자기들도 점심을 먹어야 하니까 조금 일찍 점심을 준비하겠단다.

갑자기 배 뒤편이 분주해졌다. 그 부산함이 영 마뜩치 않았고 미안했지만 어쩔 수 없었다. 잠시 후 모닝글로리 야채볶음, 작은 생선 튀김과 흰 찰밥 앞에 4-5명이 쪼그려 앉았다. 잠시 머뭇거릴 시간도 없이 그들은 맛있게 먹기 시작했다.

튀겨진 작은 생선은 어디서 낫냐고 물어보니 웃으면서 다들 메콩강을 가리켰다. 저 흙탕물에서 잡은 물고기를 그냥 튀겨 먹다니. 야채볶음과 찰밥을 먹고 있는 것을 본 친절한(?) 라오 친구 하나가 큼직한 물고기 하나를 밥 위에 올려주었다. 당황스러웠다. 그 전까지 한 번도 먹어보지 않았던, 아니 시도도 해보지 않았던 메콩의 물고기였으니 당연했다. 그렇다고 맛있게 먹고 있는 이들 앞에서 먹지 않을 수도 없는 상황. 결론적으로 메콩강의 민물고기 튀김은 무지무지 맛있었다는 것. 기름에 튀긴 것은 신발도 맛있다는 말도 있지만, 정말 그 시간 라오인들과 쪼그려 앉아 먹었던 튀긴 생선은 흙냄새 하나 없이 고소하고 담백한 맛 그대로였다. 덧붙여 그들은 튀긴 생선의 식신이 된 나를 위해 한 번 더 생선을 튀겨야 했다. 고마움에 답하기 위해 맥주를 주문했다. 서로의 마음을 알았는지 라오 친구들도 사양하지 않고 기분 좋게 맥주를 마셨다. 찰밥이 주는 뱃속 가득 든든함과 메콩이 선물한 고소한 생선 맛이 입을 향기롭게 해주면서 살짝 단잠이 들었었다.

잠에서 깨어보니 여전히 배의 모터는 시끄럽게 돌고 있었고 가운데 칸의 서양 여행자들은 지쳐 책을 읽거나 자고 있었다. 그 풍경 밖으로 흙빛의 메콩은 우리를 안고 있었다. 그 순간 메콩은, 물은 푸르다고만 생각하고 있던 고정관념을 깨는 깨달음을 던져주었다. 이 글을 읽고 있는 이들은 태어나서부터 푸른 강물을, 에메랄드 바다 빛을 보고 살았다. 당연히 물빛은 푸르러야 하고 그래야 깨끗하다는 생각을 하게 된다.

하지만 메콩에서 태어난 이들에게 물은 흙빛이었다. 그 흙빛에서 수영을 하고 물을 길어 삶을 이어가고 있었다. 그들에게 흙빛은 더러운 색깔이 아니라 자신들의 삶과 일상 속에서 늘 함께 해온 색이다. 똑같은 눈을 가졌음에도 달리 생각하고 다르게 볼 수밖에 없는 다름.

잠시 생각해 보자. 물빛이 푸르다고 고정 관념을 갖고 있는 이들과, 물빛은 흙빛이라는 고정관념을 갖고 있는 사람들과의 다름을…… 분명 다를 수밖에 없었다. 푸른빛은 분명 매력적이다. 선명하면서도 왠지 모를 차가움을 담고 있다. 그렇다면 흙빛은 어떤가. 푸른빛에 익숙한 이들에게는 약간 불편한 색이다. 그러나 흙빛은 일반적으로 풍요로우면서도 따뜻하다. 여유롭다.

그제야 메콩이 제대로 들어오기 시작했다. 아니 인도차이나 사람들에게 내 자신이 제대로 조금 다가갈 수 있었다. 누군가는 이 이야기를 그냥 편히 웃고 지나갈 이야기로 치부될 수도 있겠다. 하지만 그날 흙빛의 깨달음은, 내 여행을 더욱 풍요롭게 만들었다는 사실이다.

르앙프라방 선착장에 내려 제일 먼저 한 일이 있다면 세수였다. 다들 짐을 메고 떠나고 있었지만, 그럴 수 없었다. 깨달음을 준 메콩과 나눠야 하는 대화가 있었기에. 신기하게도 얼굴에는 흙이 묻어나지 않았다. 냄새도 없었다. 그냥 우리가 우리네 강에서 만났던 그냥 그 강물이었다. 단지 색깔만 다른.

여행은 기억되는 파편의 연속이다 – 사반나켓

굳이 여행에 국한 시키지 않아도 되돌아보면 아쉬움이 남을 때가 있다. 삶이 똑같은 모습으로 되돌아오지 않기에 좀 더 하루를 진지하게 살아야 하는 이유가 거기에 있지 않나 싶다.

많은 여행자들이 자신의 일정보다 많은 장소를 여행 일정에 집어넣는다. 그래서 중간에 며칠 더 지내고 싶은 장소가 나타나면 갈등을 하게 된다. 이곳에서 지내자니 자신이 짜온 여정이 흐트러지고, 그냥 가자니 아쉽기만 하고. 그런 여행자에겐(물론 인생의 후배들에게만) 간혹 약간의 조언을 할 때가 있다.

경험상 그것이 도시가 됐건 사람이 됐건 아쉬운 마음이 들면 미련 없이 떠나지 말고 며칠 더 있어 보라고. 분명 답을 찾을 수 있을 거라고. 아마 미련을 남겨 둔 채로 떠난다면 여행 내내 생각 날 것이 다시 역으로 돌아오면 여정은 완전 꼬이니 다른 일정을 짧게 해서라도 있어 보라고 한다.

이런 경우는 그나마 낫다. 그냥 눌러 앉아 있으면 되니까 말이다. 여행할 때는 좋았는데 금방 지워지는 여행지가 있는 반면, 아주 간혹, 떠나왔을 때야 비로소 생각나는 도시가 있다. 난감할 때가 이를 데 없다.

라오의 남부에 위치한 사반나켓은 나에게 아주 강한 잔상으로 남아 있는 도시다. 지금은 수도 비엔티안에서 제일의 도시의 자리를 뺏겼지만, 한 때 라오에서 제일 큰 도시였던 사반나켓은 작은 기억의 파편들이 아쉬움을 남게 했다.

작은 기억의 파편 하나.

아침 일찍 시판돈을 출발할 때만 해도 사반나켓은 비엔티안으로 들어가기 위해 어쩔 수 없이 하루 밤 묵고 지나칠 도시로 여겨졌다. 어림잡

아 저녁때가 될 즈음 도착할 듯 싶어 저녁이나 먹을 생각이었다.
게스트하우스 주인 딸이 허름한 종이에 직접 써 준 표 한 장이 사반나
켓으로 안내해 줄 예정이었다. 작은 배를 타고 육지로 내려온 다음 한
시간 기다려 팍세까지 가는 버스를 이동했다. 가는 도중 운전사가 도
로를 지나는 소를 쳐서 30분 지체.

팍세에 도착하자 같이 타고 왔던 여행자들은 속속 다른 차에 태워져 어디론가 떠나고 맨 마지막으로 다시 작은 미니밴에 태워졌다. 사반 나켓까지 가는데 왠 미니밴이지? 여행자만 태우는 대형 버스까지 이 동하려나 보구나? 햇볕이 내리쬐는 4차선의 대로변에 덩그러니 내려 놓고 운전사 홀연히 사라짐. 여기서 기다리면 버스가 올 것이라는 말 한마디 남기고.

30분 기다리자 예상과 달리 로컬 버스 등장. 뭐 어때, 제대로 사반나켓 까지만 도착하면 되지. 라오인들과 같이 섞여 가면 이야기꺼리도 만 들고 좋지. 승객을 가득 태운 버스는 달릴 틈도 없이 사람들이 내려달 라는 곳곳에 차를 세우기 시작했고 그만큼의 사람들이 다시 탔다.

길가 어느 곳에나 차가서니 제각각 달려 나가 참았던 소변을 보느라 여념이 없었다. 이미 건기의 어둠이 내린 지 오래, 소변을 보고 올라오 는 데 차장이 이때다 싶었는지 표를 보여 달라는 표시를 한다. 의아하 게 생각하면서 허름한 직필 표를 보자 기회다 싶었는지 돈을 내라는 허튼소리를 하는 게 아닌가. 이런 것에 당황할 나이는 지났지만, 라오라고 하지만 역시 여행자를 상대로 먹고 사는 인간들은 한시라도 방심하면 안 된다는 것을 다시 한 번 생각하게 했다.

실랑이가 일어나자 주위에 앉았던 라오 청년들이 합세했다. 자기들끼리 뭐라 뭐라 하며 차장을 꾸중하는 분위기. 역시 라오는 날 배신하지 않아!

차장을 지나 자리에 앉자 주위 청년들이 웃으며 괜찮다는 미소를 보냈다. 이제나 저제나 도착할 것 같던 버스는 사반나켓에 밤 10시가 돼서야, 그것도 30분이나 떨어진 외곽 어느 정류장에 세워졌다. 알고 보니 주위 청년들도 사반나켓이 초행이었다. 그들을 따라 썽태우 위에서 30분 대기. 사람들이 다 차자 드디어 도시로 이동했다. 건기에 밤공기가 왜 그렇게 찬지.

청년들의 도움으로 간신히 뚝뚝이 잡아 몇 안 되는 게스트하우스를 찾았다. 지옥의 여정에 끝에 오자, 이렇게라도 도착했으니 다행이라고 스스로를 위로 하고 감사했다.

작은 기억의 파편 둘.

어둠이 깊을 대로 깊은 시간, 그나마 하루 밤을 지낼 수 있는 게스트하우스를 찾은 것에 감사할 따름이었다. 늦은 밤에 찾아간, 그것도 선택지가 많이 없는 시간에, 야간에 근무하던 청년은 제 값을 부르며 방을 구경시켜줬다. 고마울 따름이었다.

문제는 그 뒤부터. 배낭을 메고 리셉션에 도착하자마자 몇 명의 아가씨들(트렌스젠더)이 한껏 웃으며 지친 몸의 여행자를 맞아 주었다. 한눈에 봐도 그들이 여느 아가씨랑은 다르다는 것을 알 수 있었다. 방을 정하자 종업원이 마사지를 받겠냐고 물어봤다. 다행이다 싶어서 늦은 시간인데도 가능하냐고 되물었다. 가능하다는 그의 말에 흔쾌히 샤워하고 난 후 받겠다고 하니까 마사지 하는 이가 방으로 찾아가겠다고 했다.

지치고 긴장했던 몸은 뜨거운 물이 닿자 기분이 충분히 좋아지기 시작했다. 여기에 마사지까지 받으면 기분 좋게 잠을 청할 것 같은 느낌이었다. 머리를 말릴 즈음 노크 소리가 들려 문을 여니 좀 전에 리셉션에 앉아 있던 그 아가씨들이 한 명도 아니고 세 명이나 서 있었다.

오 마이 갓! 이게 무슨 경우일까. 그들이 마사지를 하는 것은 이해가 간다고 치지만 세 명씩이나 있다는 것은 여간 수상한 게 아니었다. 거기다 마사지 가격을 물어보니 공짜라며 자기들이랑 재미나게 놀면 된다는 게 아닌가.

타인의 성적 취향을 전적으로 인정하지만 나에겐 불편한 것은 불편한 것. 최대한 미안한 표정으로 됐다고 거절을 했다. 아쉬운 모습으로 뒤돌아서는 이들을 보니 왠지 모를 서운함이 묻어 있었다.

작은 기억의 파편 셋.

비엔티안 행 야간 버스를 예약하고 점심도 먹을 겸 도시 구경을 나갔다. 걸어서 가기에는 좀 애매한 거리여서 게스트하우스에 있던 뚝뚝이를 타고 메콩강을 향했다. 뚝뚝 기사는 친절하게도 점심 먹으러 가냐며 일본인 식당을 소개해줬다. 인도차이나 사람들은 대개 한국, 일본, 중국 사람들은 같은 음식을 먹고 산다고 생각한다. 기대도 하지 않았는데 한적한 도시에서 살면서 식당을 운영하는 일본인을 만나볼 수 있겠다 싶었다.

주위와 어울리지 않은 깔끔한 인테리어와 일본 식당에나 있을 법한 메뉴들이 나름 반가웠다. 무슨 사연이 있어 일본인 여자 혼자 외딴 곳에서 식당을 하며 살고 있을까라는 생각이 스쳐갔다.

정갈하게 차려입은 주인이 유창한 영어로 메뉴를 선택하는 것을 도와줬다. 일본인답지 않은 완벽한 영어까지. 신비감은 점점 증폭되어 갔다. 오니기리와 일본식 라멘. 거기에 라오 커피까지. 어제 그 개고생이 언제였나 싶을 정도로 내 몸은 빠르게 행복에 다다르고 있었다.

커피를 마시고 있을 즈음(물론 가게에는 혼자였다) 주인장은 한국 사람이냐고 물어왔다. 어떻게 아냐고 하니까 한국 사람들은 이곳에 오면 거의 비슷한 메뉴를 시켜서 알았다고 했다. 내가 당신은 일본 사람이냐고 물었다. 그러자 그녀는 크게 웃으며 아니라며 라오 사람이라고 대답했다.

헉. 이건 또 무슨? 그녀 왈, 자기도 모르게 뚝뚝이 기사들 사이에 이 식당이 일본 식당으로 여겨지고 있다며 그래서 오해를 많이 받는다고. 실제로 그래서 찾아온 일본인, 한국인들과 친구로 지내고 있다는 부연설명까지 했다.

그의 작은 체구와 깔끔한 옷차림은 분명 오해를 살만한 행색이었음은 분명했다. 비엔티안에서 대학까지 졸업한 이들은 대부분 수도에서 일을 하기 마련인데, 이 여인은 자신의 고향에서 여행자를 맞아 주고 있었다.

오후 시간을 메콩 강가에서 지나고 이른 저녁을 위해 다시 찾은 일본 식당(?). 이미 해는 떨어지고 밥을 다 먹을 즈음 어두워져 있었다. 그녀는 뚝뚝이가 필요하면 자기가 전화해서 불러준다는 제안을 했다. 고맙다며 맛나게 저녁을 먹고 있는데 그녀가 난감한 얼굴로 돌아왔다.

짧지도 멀지도 않은 어설픈 거리의 게스트하우스가 문제였다. 뚝뚝이 기사들이 가기를 꺼려했던 것이다. 마치 자기가 뚝뚝이 기사를 대표라도 하듯이 너무 미안한 표정으로 거듭 미안하다는 말을 했다.

괜찮다고 말을 해도 어쩌지 못해 하는 그녀를 보며 이상한 감정에 사로잡혔다. 계산을 하고 나올 때 그녀가 아주 조심스럽게 물어왔다. 실례가 되지 않으면 자기 차로 게스트하우스까지 태워다 주면 안 되겠냐고.

잠시 기다리자 자신의 차를 가지고 달려온 그녀는 게스트하우스에 도착해서도 미안한 표정이 역력했다. 작은 차 안에는 달콤한 오렌지 향기가 났다. 사반나켓을 떠올리면 늘 오렌지 향이 떠오른다.

라오인이 제일 사랑하는 쌀국수, 까오삐약

쌀국수 한 그릇에 너무 거창하게 의미를 부여하는 게 아닐까 생각을 해봤다. 라오스 여행을 하면 흔히 먹을 수 있는 쌀국수를 너무 미화하는 게 아닐까라는 생각도 했다. 그렇다고 다른 챕터에 붙여 다른 글과 섞어 쓰기에는 왠지 미안한 마음이 들었다.

라오스를 대표하는 쌀국수 '까오삐약'. 라오스 장기 여행의 시작과 끝을 함께 할 까오삐약은 라오인들에게 쌀국수 이상이다. 우리네 김치가 단순히 밥상에 올라오는 반찬 그 이상인 것과 같다.

쌀국수가 뭐 다 거기서 거기라고 생각하는 독자들을 위해 설명을 덧붙인다. 쌀국수는 크게 태국식과 베트남식으로 나뉜다. 태국 쌀국수 경우 다수의 해외여행자들이 태국에서 쌀국수를 먹어보고서 그 맛을 알았다면, 베트남 쌀국수의 경우 인도차이나 전쟁 당시 베트남을 떠나 세계 곳곳으로 도망쳐산 베트남인들이 식당을 열고 쌀국수를 팔면서 세계에 알려지게 됐다.

인도차이나 쌀국수는 대부분 닭 뼈를 이용한 육수를 사용하는 것이 대부분이다. 닭이 돼지나 소에 비해 저렴하기도 하고 구하기도 쉬운 서민 식재료이기 때문이다. 태국의 쌀국수 경우 국물이 상대적으로 걸쭉하고 담백한 맛이다. 베트남 쌀국수 경우 산뜻하면서도 시원한 맛이다. 때문에 베트남 쌀국수가 좀 더 한국 사람들 입맛에 받아들이기 쉽다. 마치 손칼국수 육수 정도라고나 할까.

그 중간 어디쯤에 라오스 쌀국수가 있다. 육수의 농도를 따지자면 그렇다는 것이다. 까오삐약은 그 어디쯤 되는 육수에 담겨 나오는 라오스 쌀국수다. 정확히 말하자면 쌀과 찹쌀을 이용한 국수다. 면의 굵기는 일본 우동보다 약간 얇은 정도의 굵기를 하고 있으며, 식감은 쌀 떡볶이 정도의 쫀쫀함을 가지고 있다.

까오삐약은 라오인처럼 소박하다. 그릇에 담겨 나오는 까오삐약은 면과 약간의 고명, 쪽파 뿐이다.
딸려 나오는 접시에 박하 잎
이며 고추 등이 있지만 그것
은 취향대로 넣어 먹으면 된
다. 외적인 멋은 전혀 없는 국
수다. 하지만 그 단순한 외형
과는 달리 육수의 풍미는 어느
나라 쌀국수와 뒤지지 않는다.
일반적인 쌀국수가 쌀을 이용

했다면, 라오스 까오삐약은 찹쌀을 이용했다는 점이 크게 다르다. 간
혹 라오스 전통 음식을 물어오는 이들이 있는데, 지속적으로 침략을
당해온 라오스에서 전통 음식이란 것은 쉽게 찾아볼 수 없다. 대부분
태국이나 중국, 인도, 베트남 음식과 어우러져 만들어진다.

까오삐약만이 유일하게 다른 나라 식재료 문화와 섞이지 않고 유일하
게 남아 있는 라오스 전통 음식이 아닐까라는 게 개인적인 생각이다.
이 질문에 답을 찾기 위해 라오스 여러 사람과 이야기 해봤지만 그들
도 까오삐약 말고는 라오스의 다른 전통 음식을 설명하지 못했다.

쌀국수를 파는 라오스 식당 어느 곳이든 까오삐약을 판다. 영어가 있
는 메뉴판에는 라이스 누들이 있지만 그건 그냥 쌀국수다. 라오스 누
들이라고 쓰여 있거나 아예 메뉴판에는 없는 메뉴일 수도 있다. 하지
만 까오삐약이라는 한 마디면 긴 설명이 필요 없다.

그냥 쌀국수를 시키면 그냥 쌀국수가 나온다. 그러나 까오삐약을 주
문하면 종업원은 여행자를 향해 큰 웃음을 보이며 그의 선한 웃음과
닮아 있는 맛있는 까오삐약이 나온다. 어느 나라의 사람이든 자신들
만의 자존심과 긍지가 있다. 외국인들이 한국 식당에서 김치를 더 달
라면 옆에서 먹고 있는 내가 왠지 기분 좋은 것처럼. 라오인들에게는
외국인이 까오삐약을 주문하면 그와 비슷한 느낌을 갖는다.

라오스에서는 '까오삐약'이다. 맛은 기본이다.

질기고 풍요로운 시간 – 시판돈 돈뎃

거칠 것 없이 라오를 관통하며 흐르던 메콩도 라오의 최남단 시판돈에 와서야 잠시 쉬어가려는 듯 숨을 골랐다. 풍요로운 적갈색 강물은 돌고 돌아 4000개의 섬을 만들어 냈다. 세상이 이대로 멈춰질 것처럼 시판돈의 시간은 건전지가 다한 시계처럼 영원히 그대로 서 있을 것만 같았다.

메콩 위에 오롯이 떠있을 4000개의 섬은 어떤 모습일까. 프롬펜에서 새벽부터 시작된 시판돈으로의 여정. 생각보다 잘 닦여진 아스팔트를 보며 세상 참 좋아졌다는 생각을 간간히 하면서도 오로지 시판돈이란 신비스러운 이름에 파묻혔다.

라오스 비엔티안부터 남쪽으로 사반나켓, 팍세, 시판돈, 캄보디아 프롬펜의 길고 험한 여정. 인도차이나를 여행하는 배낭 여행자라면 꼭 한 번 도전하는 루트임에도 감히 엄두를 내지 못했던 지옥의 여정. 거친 비포장도로보다 열악한 차로 끝도 없이 달려야 했던 그 어느 때보다 시간이 초라하게 느껴졌다.
이틀은 족히 걸려야 했던 프롬펜-시판돈의 일정이 이제는 13시간으로 단축됐다. 덕분에 육지를 떠나 시판돈의 돈뎃이란 섬으로 가기 위해 올라탄 작은 모터보트 위에 푸른 달이 강의 길을 만들어 주고 있었다. 보트에 올라탄 10여 명의 각기 다른 나라 여행자는 마치 유배라도 떠나는 사람들 마냥, 말을 잃고 시판돈의 낯설음과 마주했다. 어둠과 침묵, 호기심과 낯섦이 교차하는 시간. 충분히 이질적이었다.
선착장이라고 말하기에는 많이 곤란한 모래 위에 배는 멈추고 침묵은 깨졌다. 촉 낮은 전등의 불빛을 따라 불나방처럼 여행자는 게스트하우스를 찾아 사방으로 흩어졌다.

돈뎃은 작은 섬이지만 일출과 일몰을 동시에 볼 수 없기에 숙소도 일출 쪽과 일몰 쪽으로 나눠 형성됐다. 여행자들에게 인기가 좋은 일출 쪽의 숙소로 방향을 잡아 걷기 시작하자마자 이미 저녁을 끝낸 이들이 어둠을 즐기고 있었다.
며칠 전 자신도 그랬을 텐데 어둠 속 배낭을 멘 이들을 낯선 눈빛으로 바라봤다. 그 때문일까. 전기가 들어온다는 것 이외는 그렇게 변한 것이 없는 작은 섬이 그래도 낯설었다.

게스트하우스 주인 딸이 날 기억해서 그랬는지, 아님 여행자에게 늘 같은 미소를 띠는 것인지는 모르겠지만, 편안한 미소로 맞아 주었다. 큰 아들과 딸 서넛이 엄마의 일손을 나눠 했던 예나 크게 다르지 않았다.
여전히 손거울을 자주 보며 예쁜 척 하는 큰 딸이나 수줍게 주문을 받

던 막내딸도 그대로였다. 변한 것은 오로지 나밖에 없다고 착각에 빠질 만큼.

비수기여서인지 여행자가 오랫동안 들지 않았던 침대보는 강바람을 맞아 눅눅해질 데로 눅눅했다. 회색 벽엔 어김없이 보호색을 띤 도마뱀 서너 마리가 정체를 숨기고 이방인을 경계했다. 조금은 귀에 거슬리던 오래된 에어컨 소리가 잦아질 즈음, 새벽 닭 울음소리가 환청처럼 들렸다.

사람들은 일출을 보면 어떤 생각을 할까? 새해가 되면 동해 바다로 일출을 보러 떠나는 사람을 뉴스에서 보면서 늘 떠나지 않았던 의문이었다. 솔직히 일출엔 큰 흥미가 없다. 어느 통계인가에는 일출은 젊은 이들이, 일몰은 나이든 이들이 선호한다고 나와 있던데.

난 일출이 도둑처럼 빨리 세상에 얼굴을 내비치고 아무렇지도 않게 하루를 시작하는 게 싫다. 그와 달리 일몰은 끈질기다. 괜스레 사람을 침묵하게 만들기도 한다.

쓰디쓴 라오 블랙커피를 들고 해먹으로 기어들어가자 에어컨 바람으로 얼었던 몸이 서서히 제자리를 찾았다. 딱히 볼 것도 할 것도 없는 작은 섬 시판돈. 부지런한 여행자는 시판돈에서만 볼 수 있다는 민물돌고래를 찾아 오늘도 헤매겠지만, 아직까지 돌고래를 본 여행자는 만나지 못했다.

막 잠에 깨어난 사람들의 모습은 인종, 국가를 떠나 큰 차이가 나지 않았다. 타인과 있다는 것도 잊은 채 눌린 머리와 초점 없는 눈을 하고 최대한 게을리 아침을 맞았다. 점심시간이 될 즈음에야 우린 모두 정상적인(?) 사람으로 돌아와 있었다.

자동차 소리 대신 오토바이와 자전거 페달 소리, 어부의 작은 어선에서 나오는 모터 소리가 전부인 세상. 해먹에서 하루를 보내다 보면 허리가 아프다. 해먹이란 녀석은 영화에서나 꽤 낭만적으로 보이지 실제론 그렇게 편한 것은 아니다.

언제부터일까. 읽고 있던 책도 흥미가 떨어질 즈음 해가 지기 기다려졌다. 드넓게 펼쳐진 메콩 강 위에 작은 섬들 사이로 안녕을 고하는 붉은 태양은 시판돈에서만 만날 수 있는 광경이기 때문이다.

저마다의 침묵 사이를 비집고 들어온 늙은 어부의 노젓는 소리가 울렸다. 절묘한 타이밍. 하루는 그렇게 질기고 풍요로웠다.

댐 건설, 동전의 양면

국토의 70%가 산악 지대인 라오는 천혜의 자연 환경을 자랑한다. 하지만 역설적이게도 그 자연 환경 때문에 경제 발전은 더딜 수밖에 없었다. 인구 밀도는 낮고 산을 밀고 개발하기에는 비용이 많이 들기 때문이다. 지하자원도 풍부한 편이 아니라 산악 지역을 개발할 수가 없었다.

이런 열악한 산악 지대의 라오에 한 줄기 빛이 등장했다. 수력 발전이었다. 풍력이나 화력 발전에 비해 전기 생산량이 월등한 수력 발전이야 말로, 라오스를 먹여 살릴 중요한 자원이라 평가 됐다.

이미 메콩강 발원지인 중국에서는 수력 발전 댐을 지어 엄청난 경제적 효과를 보고 있었으니, 라오스 정부에서는 댐 건설을 마다할 이유가 없었다. 이런 틈을 이용해 세계 각국의 발전 회사들이 라오스에 댐을 짓기 시작했다.

인구 밀도가 낮아 상대적으로 원주민 보상금도 조금 들어갔다. 높은 산들로 인해 담수 양은 그 어느 나라보다 우수했다. 투자처를 찾지 못한 거대 자본들이 라오스 댐 공사에 투여됐고, 전기가 부족했던 태국

이나 베트남, 중국 정부는 앞 다투어 공적 자금을 지원했다.

이에 라오스에서 생각되는 전기의 상당량이 중국, 베트남, 태국에 판매돼 라오스 국가 수입의 상당 부분을 차지하게 됐다. 더불어 캄보디아나 베트남처럼 전기 부족은 겪지 않는 국가가 됐다. 물론 전기가 풍부하다고 해서 라오스 산악 지역 흩어져 사는 라오인들에게 혜택이 모두 돌아간다는 말이 아니다. 전기는 생산되지만 전기를 흘려보낼 전선이 그만큼 확충되지는 않았기 때문이다.

라오스 전역에 건설된 댐으로 인해 댐 인근 마을 사람들의 삶의 모습도 조금씩 변했다. 단순히 농사를 지어서 살던 사람들이 댐에서 나오는 수산물로 어업에 종사하기도 했다. 일자리도 생겼다. 댐을 관리하는 외국인들을 대상으로 식당이 생겼으며 여행자들을 위한 기념품 가게를 열어 경제적 이익을 취했다.

비엔티안과 방비엥 사이에 있는 남능댐은 라오스인들의 삶을 바꿔 놓은 대표적인 댐이다. 남능댐은 수도 비엔티안의 전기와 식수를 안정적으로 공급하고 있다. 댐에서 나오는 고기를 말리거나 젓갈을 담아 파는 젓갈 마을이 생겨났다. 댐 곳곳에 호텔이 들어섰고 카지노가 생겨났다. 수상 스포츠도 즐길 수 있고, 배를 타고 이동하는 해상 교통편도 생겨났다. 이 모든 것이 댐 건설로 변화된 모습들이었다.

그러나 댐 건설은 이런 긍정적인 변화만 있는 것이 아니었다. 수력 발

전의 가장 큰 문제로 거론되는 환경 파괴를 라오스 역시 피할 수는 없었다. 사회주의 국가인 라오에서 환경 시민단체의 활동은 제한적일 수밖에 없었다. 국가의 사업에 그 누가 반대를 할 수 있단 말인가.

라오스를 잘 몰랐던 사람들도 몇 년 전에 건설 중인 SK댐이 붕괴된 사건으로 라오스를 알게 되었다. 라오스 남부 지역에 건설 중이었던 SK댐은 예상치 못한 강수량으로 무너졌다. 일부 언론이나 사람들은 댐이 무너져 사상자가 발생해 라오스 사람에게 한국인들에 대한 안 좋은 시선이 있다면서 여행을 조심하라고까지 했다. 그런 기사는 정말 라오인들을 모르고 써놓은 잡문에 불과했다. SK나 대한민국의 빠른 대응과 한국 사람들이 보여준 따뜻한 온정에 아픈 상처를 위로 받았다. 물론 100퍼센트 상처가 치유됐다는 말은 아니다.

정말 라오스에 있어서 댐 건설은 동전의 양면이 아닐 수 없다. 산업 기반이 열악한 라오스에서 그나마 활용할 수 있는 자원이 수력인 점에서 말이다. 메콩강이 본연의 모습을 잃어가고 있는 안다까울 뿐이시만, 그것은 단순히 여행자의 마음일 뿐, 라오인에게 댐 건설은 어쩌면 필수적인 선택이 아닐까라는 생각이 든다.

하지만 하나는 꼭 집고 넘어가야 할 문제는 있다. 중국 남부의 댐 공사다. 겉으로는 전력 생산을 위한 명분을 내세우고 있지만, 중국의 대규모 댐 공사는 물을 자원화하고 인도차이나 국가로 종속 시키려는 의도가 분명히 숨어 있기 때문이다.

인도차이나가 존중받는 세상을 바라며

글을 쓰는 작업은 매번 후회를 거듭한다. 힘들 게 시작했으면서도 마침표를 찍고 나면 늘 아쉬움이 남는다. 출판사에 원고를 넘기고서야 부족했던 것이, 생각나지 않던 이야기가 물 밀 듯이 밀려온다.

취재 해놓은 자료들이 빛도 보지 못하고 폴더에 쌓여 있는 것이 여간 미안한 게 아니다. 베트남 원고 일부가 출판사와 상의 끝에 빠지게 됐다. 자식 같은 녀석들을 다시 폴더 속에 가둬 두는 기분이 영 편치 않다. 글을 쓰는 일이 후회가 따른다면, 여행은 늘 감사함을 동반한다. 몇 달씩 떠난 여행 안에서 하루하루가 감사함으로 이어진다. 폭우가 내릴 때도, 폭염이 뒤덮을 때도, 때론 슬리핑 버스가 엔진 고장으로 몇 시간씩 지체했을 때도 돌이켜 보면 감사하게 된다.

여행의 모든 일상이 이야기를 만들어 주기 때문이다. 폭우가 내려 잠시 비를 피하고 있을 때, 우산을 빌려주던 구멍가게 아저씨가 부처였고, 어두운 한밤중 고장 난 버스 엔진을 고치는 모습을 걱정스러운 마음으로 지켜보고 있을 때 걱정하지 말라며 안심시켰던 운전기사는 예수였다.

'굿모닝 인도차이나 : 여행, 힐링, 그리고 아메리카노 -베트남 · 라오스'는 단순한 여행 에세이는 아니다. 조금은 딱딱한, 그러나 인도차이나를 이해하는데 도움이 될 수 있을 것이라 자평해 본다. 대한민국에도 인도차이나의 사람들이 많이 살고 있다. 결혼을 해서 혹은 일자리를 찾아 온 사람들이다. 이 책을 통해 인도차이나를 조금이라도 알게 된다면 한국 내 인도차이나 사람들이 조금 더 사람답게 대접받았으면 싶다.

게으른 여행자에게 출판할 수 있도록 지속적인 영감을 준 Song Hui에게 늘 고마울 뿐이다. 한국을 떠나 바람처럼 떠돌아다니는 아들을 이해하시고 사랑해주시는 나의 엄마에게 사랑을 전한다. 저의 정신적인 지주 김춘섭 목사님과 분짤룬 게스트하우스 사장에서 이제 내 인생에서 때려야 뗄 수 없는 사람이 된 선충옥 형님, 표지를 예쁘게 디자인해 준 디자인두루 이소림 대표, 기획을 맡아주신 복가빈 작가님께 감사할 뿐이다. 이어서 나의 삶을 지지해주는 KCRP 김태성 교무님, 친구인 NCC 김태현 목사와 BSB 김장식 대표에게는 늘 고마울 뿐이다.

터키 책부터 한결같이 날 응원해주신 황세홍 님, 만날 때마다 늘 좋은 말씀으로 저를 위로해주신 유형걸 형님, 라오스 새로운 만남이 시작된 정경식 형님에게 책을 통해 감사의 인사를 대신한다.

베트남, 라오스 묵묵히 신이 주신 임무를 충실히 하시는 이광렬, 강용준, 변종승 님께 고마운 마음을 지을 수 없다.

마지막으로, 여행하는 내내 만났던 인도차이나에 사는 사람들에게 감사한다. 그들의 미소가 여행을 끝낼 수 있게 도와줬다.

굿모닝 인도차이나
: 여행, 힐링, 그리고 아메리카노
-베트남·라오스

초판 인쇄일 **2019년 11월 26일**
초판 발행일 **2019년 12월 1일**

지은이 **조희섭**
발행인 **김미희**
펴낸이 **몽트**

출판등록 **2012.12.20 제 2014-0000-38호**

주소 **안산시 단원구 고잔로 23-12**
전화 **031-501-2322** 팩스 **031-501-2321**
메일 **memento33@menthebooks.com**

값17,500원
ISBN 978-89-6989-046-7 03810

www.menthebooks.com